# ジャッカ・ドフニ

## 海の記憶の物語　上

津島佑子



集英社文庫

ジャッカ・ドフニ　海の記憶の物語　上　目次

# 下巻目次

**【主な登場人物】**

チカ（チカップ）……アイヌ人の母とニホン人の間に生まれる。幼くして孤児となり、きりしたん一行と共にアマカウ（マカウ）へ航海の旅に出る。

ジュリアン……きりしたん迫害で、ミヤコから一族でツガルに流される。パードレ（神父）になるべくアマカウを目指す。チカの兄的存在。

カタリナ……夫と子供は先にアマカウへ。その後を追うため、ナガサキからジュリアン達と船に乗る。

ペトロ……幼いころ日本に捕虜として連れてこられたチョウセン人。ナガサキでジュリアン達と合流する。

ガスパル……日本人の母とナポリ人の間に生まれる。チカとアマカウで出会う。

わたし……シングルマザーで、不慮の事故で幼い息子を亡くす。息子と一緒に訪れたアバシリの地を再訪。

ゲンダーヌ（北川源太郎）……サハリン少数民族・ウィルタ出身。資料館「ジャッカ・ドフニ」（二〇一〇年に閉館）の創設者。

# ジャッカ・ドフニ

## 海の記憶の物語　上

本作品には、一部不適切と思われる表現や用語が含まれておりますが、故人である作家の世界観や、描かれている時代性を重視し、原文のままといたしました。

（集英社　文庫編集部）

# 二〇一一年　オホーツク海

明るい灰色の空はとりとめなくひろがり、灰色の海も静かに平坦にひろがっていた。バスの窓からは、雲に隠された太陽の淡い光がひろびろした空と海に溶けこみ、浜辺や人家の壁にまで、その光が染みいっているように見える。

バスは右側にオホーツク海を見ながら、ほぼまっすぐにつづく車道を進みつづけた。途中、道は海から少し離れるけれど、やがてまた、海岸線に寄り添う。ときどき強い風に吹き寄せられた雨のつぶが、ぱらぱらとバスの窓にぶつかってきた。わたし以外に乗客はひとりもいないし、同じ車道を走る車の姿もめったに見ない。バスの向かうさきには、南からはるばる北上してきた低気圧の渦が待ちかまえている。それでも、海は奇妙なほど静かだった。

ノックルンカ　今年という年は
ノックルンカ　ひどい山津波と
ノックルンカ　はげしい沖津波とが
ノックルンカ　両方から襲来
ノックルンカ　するであろう。……

ゆえに村人よ、今から崖上の村に移住して、津波から逃がれ生き延びよ、という内容のカムイ・ユカラが、バスのなかのわたしの体によみがえってくる。

神の歌という意味のカムイ・ユカラにはひとつひとつ決まったサケへ、つまりリフレインがついていて、この津波のカムイ・ユカラのサケへは「ノックルンカ」だった。意味はすでにわからなくなっていて、このように予言したのは、通常のひとの六倍は生きてきた老巫女《ろうみこ》だったという。でも、これは太平洋側に住むアイヌに伝えられた歌で、オホーツク海の波が陸に押し寄せ、ひとびとを呑《の》みこんだという話は、まったくというほど語られていないらしい。

ほんとにそうなんでしょうか。東京から訪れたわたしは宿のひとや、ノックルンカのカムイ・ユカラを教えてくれたエコツアーのガイドのアイヌ青年にもしつこく聞いてみたが、答は同じだった。

——こっちは地震も少ないし、放射能も関係ないし。ああ、台風？　台風もここまでは来ません、だいじょうぶ。それより温暖化のほうが心配ですよ。流氷がもし、なくなったら、観光客が来てくれなくなりますからね。

前日のそのころ、大型台風が関東地方に迫っていた。そして夜、東京を直撃した。強力なまま、台風は北上して、もしかしたら、北海道にまで達するのではないか、と深夜になって、テレビのニュースで報じられるのを聞き、翌日、東京に飛行機で戻る予定でいたわたしは旅館の部屋でひとり不安に駆られることになった。

そして朝を迎えると、予想にたがわず、きのうは透明な青にかがやいていた空と海が灰色に変わり、風が強くなり、雨までが降りはじめていた。たしかに、北海道に達してから台風は温帯低気圧の渦に変わってしまっていたが、その低気圧の渦がシレトコ半島ではなく、アバシリのほうに進んでいるという。わたしはそのアバシリに向かおうとしていた。

ノックルンカ　本当に
ノックルンカ　その年に

ノックルンカ　ひどい山津波と
ノックルンカ　はげしい沖津波とが
ノックルンカ　両方から襲来
ノックルンカ　したのだった。……

ここは東京からなんて遠いんだろう。

ゆうべ、旧式のテレビの小さな画面に映る新宿駅を見たときも、あるいは夕方、観光船に乗って、クナシリ島の島影を見たときも、驚くというより、ただ呆気《あっけ》に取られていた。テレビのなかの新宿駅では台風で電車が動かなくなり、そのため構内から溢《あふ》れた大勢のひとたちがひしめいている。あんなところに、日ごろ、わたしは住みつづけてきたというのか。あんなところに、わたしは明日、帰ろうというのか。東京を発《た》ってからまだ四日しか経《た》っていないというのに、帰る、という言葉が、自分で受け入れられなかった。

ほぼ六ヶ月前に起きた大きな地震と津波に、東京に住むわたしはまずびっくりさせられ、津波というもののおそろしさと、その後も頻繁に起こる余震におびえつづけ、さらに福島県の海岸に建つ原子力発電所の建物がつぎつぎ爆発し、そこから発生した放射性物質の雲が東京をもおそったと知らされて以来、ひどい頭痛を引きずりながら、原子力に関するさまざまな本を読んだり、ネットの情報をチェックする毎日を送っていた。放射能汚染から逃れるために、北海道、九州、関西に移り住むひとたちが、東京のわたしのまわりにもいた。この北海道にもわかっているだけで、三千人以上のひとたちが汚染地帯から移住したらしい。

どうして、こんなひどい事態になってしまったんだろう、という問いが、嘆きと自責の思いをともない、わたしの体にひしめいていた。津波で失われた多くの子どもたちの命から、わたし自身が引きずりつづけている個人的な経験が呼び起こされた。とつぜん、水の暴力で奪い去られてしまった子どもたちの命。あのとき、なぜ救えなかったのか。無数の後悔に、あとに残されたひとたちはどれだけ苦しみつづけなければならないのだろう。一瞬の迷い、一瞬の楽観。その結果の、生と死との、あまりにあからさまな境界。何年経っても、その境界を受け入れることがわたしにもできなかった。

もう一度大きな地震が起きて、福島の原発がもっとおそろしい事態になった場合に備え、わたしなりの避難計画を立てて、そのための荷物もまとめ、玄関さきに置いた。風呂に入る前には、どうぞ今だけは地震が起きませんように、そう祈らずにいられない毎日でもあった。ところがここウトロまで来ると、それはどこの国の騒ぎですか、と言いたげなのんびりした反応しか見られなくて、拍子抜けした。そうか、そもそもここは日本ではなく、アイヌの国、アイヌ・モシリだったんだものね。そんな感慨が自分でも思いがけず湧いてきた。

けれどその後、東京での生活に戻り、何日か経って、どうやら原発事故の放射能雲はいったん太平洋に出たあと、シレトコ半島の一部をかすめたらしいと聞き知り、あぁ、なんということだろう、とわたしは思わず涙ぐんだのだった。

雨が降らなかったのなら、放射能汚染はあまり心配しなくてもいいのだろう。でも、安心しきっていることもできない。人間も、動物たちも、鳥たちも、植物も、土も、どんな拍子で眼に見えない放射性物質を吸いこんでしまうか、わからない。シレトコに住むひとたちはその危険をどれだけ意識しているのだろうか。そして意識したところで、現実にはどうする手立てもない。かつての核実験のときの汚染を、ほんの少し、上塗りしたていどだと推測できるのかもしれない。とはいえ、だからこそ、眼《め》で見ることができない放射能汚染には、津波とちがったおそろしさがある。ほとんど人間の手を寄せつけないまま今も残されているシレトコの貴重な森と海、そして動物たちの営みに、東京から訪れたわたしは、大震災以来はじめて、ほっとさせられていたのだ。

なのに、そこもまた、今度の放射能汚染と無縁ではなかっただなんて。

バスがアバシリに近づくにつれ、風と雨がしだいに強くなりはじめた。ひとりきりの客だというだけでも心細いうえに、天候の変化も不安だった。運転手に話しかけてみようかと一度ならず思ったけれど、うしろのほうの席に坐《すわ》ってしまったので、動きが取りにくく、押し黙っているしかない。「エアポートライナー」などととてもスマートな名前がつけられた、でも、車体はごくふつうの特急バスで、シレトコ半島のウトロ温泉から二時間以上をかけて、メマンベツ空港にたどり着くことになっている。

空港からウトロに向かったときにも、わたしは同じ特急バスに乗ってきた。空港のカウンターでバスの発車時間を確かめ、時刻が近づいたころを見計らってバスの発着所に行っても、他に乗客らしいひとはいないし、バスの運転手の姿も見えず、首をかしげながら、いったん空港の建物に戻って、トイレに行ったりして、ふたたび発着所に行ってもまだ、だれもいなかった。発車時間ぴったりになって、運転手がどこかから現れ、さらに十分ほど経ってから、釣り客らしい男ふたりがやってくると、バスはようやく発車した。

観光シーズンが終わってしまったせいだったのだろう、特急バスを利用する客がほとんどいなくなっている。空港から来たとき、すでにそう気がつかされたのに、ウトロ温泉の旅館前にある停留所で帰りのバスを待つあいだも、あいかわらず心細さがつきまとっていた。旅館には観光客が大勢宿泊していた。アジア系の外国人が多かった。団体客は観光バスに乗ってくるし、個人客はレンタカーを利用して、ウトロまで来るようだった。とはいっても、わたしのほかにひとりやふたりぐらい、同じバスを待つひとはいるだろう、そう勝手に期待していた。本当にたくさんのひとたちが、旅館に泊まっていたのだから。

停留所にぽつんと立っていると、風に乗せられた小さな雨つぶが容赦なく体を打ち、濡らしていく。まわりには、旅館の建物以外に大きな建築物がなく、灰色のひろい空ばかりが眼に映る。九月の下旬にさしかかった時期なので、風はかなり冷たい。停留所は、旅館の建物から少し離れた場所にあった。できることなら、雨を避けて建物のなかでバスを待ちたいと思ったけれど、そうするとせっかくやって来たバスが乗客はいないものとかんちがいして、走り過ぎて行ってしまうかもしれない。それが心配で、停留所から動けない。一日に一度だけ、バスはこの旅館の客を拾いに来てくれる。旅館の玄関を恨めしげに見つめながら、雨混じりの風に吹かれてたたずみつづける、すでに六十歳を過ぎ、しょんぼりと疲れた風情《ふぜい》の女の姿が、二年後のわたしの脳裡《のうり》に遠く浮かぶ。どうして、こうも遠く感じてしまうのだろう、ごく最近の記憶だというのに。

前の日の同じ時間、わたしはガイドの若いアイヌ青年とふたりで、エコツアーと称するトレッキングを楽しんでいた。その姿は、さらに今のわたしから遠い。距離の遠さもあるけれど、シレトコとアバシリでの時間はもっとむかしの記憶の大波にさらわれてしまっている。だから、なのだろうか。いくつもの記憶の領域があって、なかには、自分からできるだけ近づきたくない領域がある。その領域が向こうから迫ってくる。大きな波のように。

近づきたくなかった記憶の大波のなかにたたずむわたしは、なにを見届けたというのだろう。あなたは、いったい、なにを見たの？　二年後のわたしは、そう問いかけずにいられない。

前の日、理想的にシレトコの空は青く晴れ渡り、内陸の森は静まりかえっていた。およそ半年前に、シレトコの上空を放射能雲が通りすぎていった事実をまだ知らずにいたあなたは、サッポロに住む知り合いの紹介で、青年にガイドを頼んだ。サッポロでの「脱原発デモ」に参加しはじめているその知り合いは、以前、シレトコのエコツアーをアイヌのひとたちとともに企画したとのことで、これが評判いいんですよ、機会があったらぜひ参加してやってください、とあなたに勧めつづけていた。用事でサッポロまで行ったついでに、あなたは思い立って、メマンベツ空港へ飛ぶ飛行機に乗った。

青年も前はサッポロに住んでいたが、知り合いに声をかけられ、試しにウトロでエコツアーのガイドをはじめてみた。するともう、都会生活に戻る気がしなくなって、兄と妹、そして母をも呼び寄せ、ウトロに定住した。ガイド業のほかに、家族みんなで彫刻や刺繡《ししゅう》もするし、それまでほとんど知らないままでいたカムイ・ユカラをも取り戻そうとしている。

——我流《がりゅう》ですけどね。アイヌ語はぼくの母ですら断片的にしかわからないという始末だから、簡単なことではないです。彫刻にしろ、刺繡にしろ、アジアのどこかで作らせた安物が出まわって、ちっとも売れません。でも、ここでは生活費はあまりかかりませんから。

静かな性格らしい青年はひとりごとのようにつぶやいた。あなたの年齢を思いやったのか、まあ、ゆっくり行きましょう、足もとがわるいから、気をつけて歩いてくださいよ、疲れたらそう言ってくださいい、むりしないで、と森に入る前、青年は何度もあなたに言い聞かせた。森での振る舞いについてのレクチャーと、嗅覚がすぐれているヒグマを寄せつけないため、飴《あめ》など甘いものを持っていないかどうかの荷物検査も受けたあなたは神妙にうなずき返した。

　エゾシカが、そんなあなたたちのそばをたくさん歩きまわっていた。ときに、うるさくて追い払わずにいられなくなるほど。増えすぎたエゾシカが森をだめにするので、困った挙げ句、人間の手であるていど駆除して、その肉をみんなで食べることにした、という。

　――けっこうおいしいです。せめて、ぼくたちがおいしく食べてあげなくちゃね。

　自分の携帯に保存したヒグマの子どもの写真も、青年はあなたに見せた。

　――ひょっこり顔を突きあわせることになって、こっちもびっくり、あっちもびっくり、でたがいに動けなくなりました。でも、ぼくがふと思いついて携帯で写真を撮ってやったら、大あわてで逃げていきました。これが証拠写真、というわけです。おびえさせないかぎり、ヒグマは決して攻撃的な動物じゃないですよ。ほら、かわいいでしょう?

　青年はそれから、ノックルンカのカムイ・ユカラを、ちょっといい加減なところがあるかもしれないけど、と弁解してから、歌詞を日本語に直しつつ、あなたに教えた。

津波が来るからとにかく早く逃げなさい、という内容のカムイ・ユカラは、ほかにもいくつか伝えられているらしい。青年のカムイ・ユカラは流暢《りゅうちょう》とはとても言えず、棒読みに近かったものの、柔らかい静かな声は森の静寂に溶けこみ、あなたはノックルンカの話にすっかり引きこまれた。

ノックルンカ　崖のうえの村にも
ノックルンカ　波が打ちつけ破壊し、
ノックルンカ　崖の下の村は
ノックルンカ　沖に流された、……
ノックルンカ　あの老いた巫女は
ノックルンカ　家の屋根に乗って
ノックルンカ　夜も
ノックルンカ　昼も
ノックルンカ　泣いてばかりいて、
ノックルンカ　はるかな海面を
ノックルンカ　遠い海上を

ノックルンカ　漂流していたが、
ノックルンカ　死にもしない……

三時間以上かけて森を歩き通せるのかどうか、内心あまり自信がなかったけれど、たいした疲労もなく、あなたはぶじ、エコツアーを終えることができた。森のなかでは始終きょろきょろしつづけていたにもかかわらず、ヒグマをどこにも見つけられなかった。

旅館まで青年が車であなたを送ってくれた。あなたは青年に、エコツアー、とてもすばらしかったです、充分に楽しませてもらいました、と感謝の思いを告げた。青年は微笑を浮かべ、それじゃ、良い旅を、と言い、あっさりと車で去っていった。東京から気まぐれに訪れた和人の観光客のひとりであるあなたと、そのあなたをエコツアーに案内するガイドである青年とのあいだで、その立場を超える話を交わせるはずもなかった。ノックルンカの歌を和人のあなたに教えたことが、せめてもの青年の好意だったと受けとめるべきなのかもしれない。サッポロに住む共通の知り合いから、和人のあなたがカムイ・ユカラに関心があると聞かされていたのだろうから。けれど、和人のあなたにとってのカムイ・ユカラは、青年にとってのカムイ・ユカラと、おそらく、まったくちがうひびきを伝えるものだったろう。

旅館近くの店であなたはラーメンを食べ、部屋で少し休んだあと、今度は歩いて観光船の乗り場に向かった。陸路ではシレトコ半島の突端に行くことができないと言われ、せめて船から突端を見届けておきたいと、あなたは願った。学生のころ、登山用のリュックを背負った春さきのひとり旅でアバシリまで行きながら、交通の便がわるすぎて、シレトコ半島に近づくのはあきらめるしかなかった、その心残りを、あなたはまだ忘れられずにいた。

バス停とちがって、船の乗り場には、観光客がそれなりに集まっていた。乗船する前に、あなたは酔い止めの薬を飲んでおいた。いよいよ船に乗ってみると、陸地から離れてしまうおびえに身がすくむ一方、海のひろがりへの期待に胸が躍る。観光船はあなたが思っていたよりも大きく、そして揺れた。船着き場が遠ざかると、風が強くなった。海風の冷たさに、ほとんどの客が青ざめた顔で甲板から船室に入ってしまった。船酔いで苦しみはじめるひとたちもいた。船室に閉じこもっていると、海がよく見えなくなってしまうので、寒いのをがまんして、ときどき甲板に出ては、またあわてて船室に戻って体温を取り戻すことを、あなたはくり返した。

波は大きくうねり、あくまでも澄んだ藍《あい》色に海はかがやいていた。黒い体のイルカたちが船から離れた場所で跳ね遊び、岸辺では、数頭の子連れのヒグマがサケを探しているのが見えた。以前は、ここに数えきれないほどのアザラシやアシカが戯れていたのかもしれない。あるいは、クジラだって、シャチだって、セイウチだって、ラッコだっていたのかもしれない。

寒さにかじかみながら、あなたはさまざまな海獣と海鳥でにぎわう藍色の海を思い描いた。サケは今も海から川を遡上《そじょう》してくるらしいが、むかしはもっとたくさん、あきれるほどの量のサケが泳いでいたのだろう。陸地には、今は絶滅してしまったエゾオオカミもうろついていたはず。森では人間の村を守護する神とあがめられるシマフクロウが金色の眼をひからせ、空には、オオワシやオジロワシが悠然と滑空し、早春の時期ともなれば、オオハクチョウとかタンチョウヅルもあちらこちらの湿地帯に飛んできて、にぎやかにその鳴き声をひびかせていたのだろうか。

ノックルンカ　（老巫女の）泣く声が
ノックルンカ　神々ことごとく
ノックルンカ　うるさくてたまらず、

ノックルンカ　そのゆえに
ノックルンカ　神々は会議を開き
ノックルンカ　つぎのように決めた、……

あなたひとりを客として乗せた特急バスは、真横に降りつけてくる雨のなかを進みつづけた。灰色の空は明るいままなので、雨つぶが金属のように白くひかって見える。アバシリ駅が近づいていた。あなたはメマンベツ空港まで行くつもりで、バスに乗った。天候もわるいので、時間はまだだいぶ早いけれどまっすぐ空港に行ってしまい、キャンセルが出ている便があれば、それに乗れるだろうし、そうはいかなくても、空港内の小さなレストランで食事をしたり、居眠りをしたりして時間をつぶせばいい。そう、思っていた。けれどいよいよアバシリ駅が近くなってくると、体が落ち着かなくなった。アバシリ駅でこのバスを降りたら、なにが起こるんだろう。なにも起こりはしない。駅からだと、空港までタクシーに乗ってもたいした金額にはならない。最悪の場合でも、飛行機のチケットは捨てて、駅から列車に乗ることもできる。でもたぶん、そんなことにはならずに済む。

迷いつづけていたあなたは、思いきって降車ボタンを押した。ナイロンのボストンバッグを抱え、バスの前のほうに移動する。駅の周辺は車の数が多く、レインコートを着たひと、傘で自分の頭を守るようにしてあわてて走るひとの姿も見える。あなたはなにがなし、ひとの姿にほっとして、バスを降りた。とたんに、雨混じりの風に打たれる。小さな折りたたみの傘など役に立ちそうにないので、横なぐりの雨に打たれながら大急ぎで走った。まず、幅の広い階段を登らなければならなかった。雨をさえぎるものはなにもない。それから、駅構内を目ざして走る。バス停から、駅舎は遠かった。

駅舎内に走りこんだとき、すでにずぶ濡れになっていた。一息ついてから、さて、どうしようか、とあなたはとまどった。トイレに行き、雨に濡れた頭や体を大ざっぱに拭いてから、構内をひとまわり歩いてみた。りっぱな建物ではあるけれど、さほど広くない。列車の利用客で、構内は案外にぎわっていた。地元のひとたちばかりのようで、旅行客は見当たらない。改札口の脇にある喫茶店に入り、カレーライスを注文する。メニューに書かれたご飯ものはそれしかなく、サンドイッチはまだ用意できていない、と店のひとに言われた。時計を見ると、まだ、昼の十二時前の時刻だった。

構内に置いてあった観光案内のパンフレットを見ながら、ゆっくりとあなたはカレーライスを食べ、食後のコーヒーも飲んだ。いくらゆっくり過ごすつもりでも、狭い喫茶店で一時間以上ひとりで居すわりつづけることはむずかしい。外の風雨はかえって激しくなっている。といっても、本物の台風ほどの勢いがあるわけではない。タクシーに乗って、観光案内のパンフレットで知った北方民族博物館を時間つぶしに訪れてみよう。あなたは思いつき、喫茶店を出て、タクシー乗り場に向かった。さいわい、バス停とちがって、タクシー乗り場は駅舎に寄り添う場所にあった。

アバシリという土地は、あなたにとって二十六年ぶりで、当時、北方民族博物館はまだ存在しなかった。二十六年という年月は、ひとりの人間が生きる時間から考えても充分に長い。そういえば、アバシリへの入り口であるメマンベツ空港の建物も建て替わっていた。新しい建物になっても、ごくつつましいたたずまいであることには変わりがなかったけれど。

二十六年前のあなたはまだ若く、八歳になったばかりの、ダアと呼んでいた子どもを連れて、アバシリを訪れた。東京での年上の知り合いがメマンベツに別荘を建てた、と聞いていたのが、二十六年前の夏、どんなきっかけがあったのか、あなたはアバシリにダアを連れていきたくなり、知り合いに頼んで、その別荘に泊まらせてもらうことになった。「別荘」というから、少しはおしゃれな建物なのかと期待していたのに、実際に行ってみると、広大なビート畑のはじっこに建てられたあまりに簡素な小屋だったので、あなたは落胆させられた。ビート畑が広かったので、よけいに小屋を小さく感じたのかもしれない。

そうだったっけ。雨のなかを走りだしたタクシーのなかで、あなたは思い当たった。今まで忘れたままでいた。忘れたいと願って、忘れたふりをしてきた。あなたが自分の子どもと出かけた最後の夏休みの旅行だったから。その旅行を、ダアはとても楽しんでいたから。

時間が流れるとよくひとは言うけれど、生きている人間がそのような流れを実際に見届けることはできない。現在がどこまでもつづき、現在しか見えず、背中のうしろには、いつもなにかがうごめいているのを感じつづけ、けれど振り返れば、そんなものはすっと消えてしまう。なにひとつ、現在のあなたの手もとに取り戻せない。

それでも折りに触れ、思いがけないところから、たとえば頭上から、あるいは足もとから、あなたを窒息させようとする記憶の波が押し寄せてくる。あなたは身動きできなくなり、一瞬、現在を見失う。その波はあなたにとって苦痛でありながら、喜びでもあった。喜びが大きければ大きいほど、苦痛の波も大きくなる。その大波に圧倒されて、悲しみという感情がいつまでも見つからない。あなたは三月の津波の報道から、そんな記憶の大波を感じつづけていた。

——あのう、ジャッカ・ドフニが去年、閉館になったそうですね。

窓を叩《たた》く雨に見とれているうち、ふと思いついて、あなたはタクシーの運転手に話しかけた。前の年、新聞でその記事を見つけたとき、ああ、またひとつ、消えていくものがある、とあなたは東京で肩を落とした。

——ああ、ジャッカ・ドフニですか。お客さん、よく知ってるね。

運転手はうしろのシートに坐るあなたをちらっと振り向き、いかにも残念だという声を出した。それで、あなたは話をつづけるつもりになった。

——ずっと前に、行ったことがあるんです。小さいけど、とてもすてきな資料館だった。どうしてもつづけられなかったのかしらねえ。ゲンダーヌさんとも、そのとき、お会いして、親切につきあってくださいました。

——お、ゲンちゃんかあ。なつかしいね。いや、いつもあのひとをゲンちゃんって呼んでたから。ゲンちゃんが死んじゃって、さびしくなったよ。おれたち、友だちだったからね。ジャッカ・ドフニに行っちゃあ、よくいっしょに時間つぶしをしてたんだ。

あなたはびっくりして、運転手に問い返した。

——まあ、そんなに親しかったんですか。

運転手は前を向いたまま、何度もうなずいた。

——日本名は北川源太郎さんでしたよね。ウィルタ名はゲンダーヌさんだから、どっちにしても、ゲンちゃんになるんですね。子どもに優しくて、すてきなひとでした。

サハリン少数民族のウィルタであるゲンダーヌさんが、あなたの子どもにほほえみかける顔を、脳裡にたぐり寄せながら、あなたは答えた。と同時に、ジャッカ・ドフニの前庭に建つ、トドマツの樹皮で作られた円錐形の「カウラ（夏の家）」の入り口に顔をのぞかせて笑うあなたとダアの写真も浮かびあがってくる。あなたが選んで、ダアの遺骨をおさめた納骨堂に置いた写真だった。ダアひとりが写っている写真ではさびしすぎると感じ、母親のあなたもいっしょの写真を選んだ。

納骨堂に行き、コインロッカーそっくりな扉を鍵で開けると、その写真がいつもあなたを見つめ返す。べつの写真に替えることは簡単なはずなのに、いったん、そこに置いてしまうと、納骨堂の一部になってしまったようで、取り替えようと思いつきもしないまま、三十年近く経ってしまった。その写真を撮ってくれたひとが、ジャッカ・ドフニの主ゲンダーヌさんだった。それから七ヶ月後に、ダアはあなたの時間から消え去った。

「ジャッカ・ドフニ」は、トナカイ遊牧民ウィルタの言葉で、「大切なものを収める家」という意味になる。その前庭に建つカウラで撮られたあなたたちの写真がダアの遺骨を守りつづけてくれている、だから、東京湾が見える丘のうえにあるその納骨堂もまた、「ジャッカ・ドフニ」と呼べるんじゃないか、そう、あなたは考えたくなる。

今から二十六年前の夏、あなたたちが訪れたとき、まだ新しいトドマツ材のにおいがしていた。「アウンダウ（冬の家）」を模した建物がジャッカ・ドフニの本館で、といっても、拍子抜けするほどつつましい広さで、部屋の真ん中にはウィルタ式——それはアイヌの形式とも共通しているけれど——の大きな囲炉裏《いろり》が切ってあった。壁際には、木彫りの守り神や木幣、満州族の服に似た民族衣装、楽器、トナカイたちに曳《ひ》かせるソリ、手作りの生活用品などが、一見無造作に置かれていて、ダアはおもちゃの家に迷いこんだとでもかんちがいしたのか、すっかりはしゃいで、貴重な陳列物に手を伸ばそうとしたり、囲炉裏のまわりをぐるぐる走ろうともする。あなたはダアの体を必死で抱えて、だめよ、静かにしてなさい、と小声で叱りつづけなければならなかった。

いいんですよ。

男性の声が不意に耳に入った。見知らぬ中年の男性がいつの間にか、あなたたちのすぐ近くに立っていた。

そこら辺に置いてあるものには、どんどん触ってください。ここは、そういう方針なんです。……ねえ、触りたかったら触りなさいね。

男性はダアにも語りかけた。低い声で、そっとささやきかけるように。ダアはとまどって、その顔を見あげた。ダアの頭を撫でるようなことは、男性はしなかったし、それ以上のことも言わなかった。

あ、ありがとうございます。すみません、この子、そそっかしいもので。あのう、失礼ですが、ゲンダーヌさんですよね。ジャッカ・ドフニにこうして来られて、うれしいです。それにゲンダーヌさんともお目にかかれて。

こんな言葉を、あなたは思わず口走ったのだったろうか。正確には思いだせない。あなたはなにかを語りかけ、それで男性がゲンダーヌさんだと確認できた、という記憶だけは残されているのだけれども。ゲンダーヌさんはごくふつうのシャツにズボンの姿だったと思う。小柄なひとだったのか大柄なひとだったのかも、あなたにはわからなくなっている。それでもゲンダーヌさんの寡黙で、やわらかな表情に、あなたがほっとさせられたのは、はっきり思いだせる。

ゲンダーヌさんの日焼けした顔を、あなたは何年も前、ウィルタの文化資料館「ジャッカ・ドフニ」の完成を告げる新聞記事で見知っていた。その後、ゲンダーヌさんについて書かれた本を見つけ、それも読んだ。本を作る仕事をあなたはしていたので、日々手にする本の数だけは多かった。その夏たまたま、ダアの夏休み旅行としてアバシリまで行くことになったので、あなたはジャッカ・ドフニを思いだし、それから本を読んだのかもしれない。

サハリン島の南部が日本領だった時代に生まれたゲンダーヌさんは、日本の特務機関によって現地召集され、ソビエトとの国境付近の偵察などに従事し、戦後、スパイ幇助《ほうじょ》の戦犯としてシベリアのラーゲリに計十年近くも収容された。正式に釈放されてから、先に兄が日本に引き揚げていた事情もあり、ふるさとのサハリンには戻らず、日本への引き揚げ船に乗り、「日本人」の北川源太郎となって、アバシリに住んだ。それから、日本政府に軍人恩給の請求をつづけたけれど、正式の軍人ではなかったという理由で受け入れられなかった。ゲンダーヌさんの存在は、そのことでも知られていた。

以前、日本人が樺太《からふと》と呼んでいたサハリンの少数民族がさんざん戦争に利用されたあげく、正式な日本兵とは認められないままでいる、との事実を知り、戦後に生まれた世代のあなたは驚かされたし、国っていい加減なものだなあ、とあきれていた。ゲンダーヌさんによれば、当時の南樺太では六十名ほどの少数民族が「召集」され、うち五十名がシベリアで命を落としたが、その名前は抑留死亡者名簿に記されてすらいないという。ウィルタの女性たちは輸送用に編成された「トナカイ部隊」の飼育係として駆りだされた。

「キリシエ」とウィルタのことばで呼ばれる少数民族戦没者慰霊碑にも行ったことを、あなたは不意に思いだす。キリシエについては、ジャッカ・ドフニに行ってからはじめて知った。おそらく、今あなたが向かっている北方民族博物館が建つ丘のどこかに、それはあったのではないだろうか。ついでに見届けておきたいと思うけれど、横なぐりの雨のなか、あなたはキリシエについてまで運転手に切りだす気になれない。

その日、夏休みだったにもかかわらず、見物客はあなたたちしかいなくて、ジャッカ・ドフニのなかは静かだった。展示室の隅、あるいはべつの小部屋にだれかがいるのは、はじめからぼんやりとわかっていたものの、まさかそれがジャッカ・ドフニを作った当のゲンダーヌさんだとは思いつきもしなかった。不意を突かれ、あなたも、ダアもすっかり恐縮し、遠慮する気持がかえって強くなってしまった。ダアは忍び足で神妙に歩きはじめ、ときどき、これでいいの、と問いかける顔で、ゲンダーヌさんを振り向いた。そのたびに、ゲンダーヌさんは微笑とともにうなずき返す。すると、ダアは安心したようににっこり笑う。展示品に触ってもいいとせっかく言われたのに、ダアがこわごわ手を伸ばしたのは、柄の長い弦楽器、そして木の皿ぐらいだった。

ゲンダーヌさんは黙って、あなたたちを見守っていた。壁の写真とか地図の前に立ったとき、なにか説明をしてくれるかな、とあなたはちょっと期待したけれど、あいかわらずゲンダーヌさんはにこにこ笑っているだけだった。

そしてあなたたちは靴を履き、外に出て、前庭に建つカウラに入ってみた。そこにはなにも展示品はなく、そのぶん、あなたには気楽だった。外から見るよりもなかはひろくて、涼しかった。緊張から解放されたダアは弾んだ声で言った。この家に住みたいな、住めたらいいね。そして、外に出たがらなかった。あなたが先に出ると、暇をもてあましている風情のゲンダーヌさんがそこに立っていた。子どもが気に入っちゃって、なかなか出てこないんですよ。あなたは弁解じみた口ぶりで言い、カウラの入り口からなかをのぞいて、ダアを呼んだ。

さあ、もう行かないと。

ダアは入り口まで来て、あなたにせがんだ。

じゃあ、ここがぼくたちの家って見えるように写真を撮って。ぼくたち、ここに住んでいるんだって、ショウコにするんだ。お母さんもここに来てよ。お客さんが来て、こんにちはって、ぼくたちが挨拶してる写真にしようよ。

それを聞いてあなたは笑い、バッグから小さなカメラを取りだし、そしてとまどった。だれかほかのひとに頼まなければ、ダアが期待するような写真は撮れない。

わたしが撮ってあげましょう。

あなたが持つカメラに手を差しだし、ゲンダーヌさんが笑いを含んだ声を出した。

え、でも……。

ためらうあなたの手からなかば強引にカメラを奪い取り、ゲンダーヌさんは左手であなたをカウラのほうに追いやるしぐさをした。あなたは、すみません、すみません、と言いつつ、カウラの入り口に戻り、待ちかまえていたダアと並んで、外のゲンダーヌさんに向かって笑いかけた。ダアは右の手で、Ｖサインを作る。

はい、撮りますよ。いいですか。

ええ、お願いします。

そして、カメラのシャッターが押された。

ノックルンカ　（老巫女は）あまりにも
ノックルンカ　人間の国を
ノックルンカ　離れがたく
ノックルンカ　思えるようなので、
ノックルンカ　つぎのごとく我ら取り計らって
ノックルンカ　セミに身を変えてやり……

タクシーの運転手はのんびりした大きな声でしゃべりつづける。車の外では雨つぶが激しく跳ね飛び、窓からはほとんどなにも見えない。それでも、目的地の北方民族博物館にはまもなく到着するのだろう、とあなたは予想する。手描き風の地図が載っている観光用パンフレットには、北方民族博物館は天都山《てんとざん》という名前の丘のうえに建っていて、駅から路線バスで約十分と書いてあった。パンフレットには、キリシエについても書かれていたのだろうか。あなたは確認することを忘れていたし、パンフレットは喫茶店に置いてきてしまった。

――ほんと、ゲンちゃんが死んだとき、あんまりあっけなかったもんだから、びっくりしちゃったよ。せっかく、念願のジャッカ・ドフニができて、いいひとと結婚もできたばっかりだったのにね。

――ええ、たしか脳溢血《のういっけつ》でしたっけ。早く死ぬひとはそれだけ神さまに愛されていたっていうけど、……そう言われても、納得なんかできませんよね。

あなたは言いながら、運転手の頭やうなじを注意深く見つめ直した。ゲンダーヌさんは昭和のはじめごろに生まれたというから、もし生き長らえていれば八十代なかばの年齢になっているはずなのに、このひとはせいぜい、あなたと同じぐらいの年ごろにしか見えない。二十歳も年が離れていたって友だちになれるのだろうし、ここは東京ではなくアバシリなので、人間関係が濃密なのかもしれない。あなたは自分を納得させようとした。アバシリでタクシーを運転していれば、観光客を案内する機会が多く、それでジャッカ・ドフニの館長であるゲンダーヌさんと親しくなった、ということなのだろうか。

二十六年前のあなたはゲンダーヌさんとほんの少しだけ接し、あなたの子どもに向けられたそのまなざしに、感謝したい思いに駆られていた。父親は存在するけれどいっしょに暮らせないという事情の子どもをひとりで育ててきたあなたは、やはり、孤立感をいつも引きずっていて、周囲に対してひがみが強くなっていたのかもしれない。自分の子どもを見るひとびとの視線、とりわけ男性の視線に敏感に反応してしまうところがあった。子どもを心から受け入れ、愛《いと》しがってくれている、と感じとれば、行きずりのひとであれ、それだけで深い安堵《あんど》に包まれ、ありがたく感じていた。あなたにとって、ゲンダーヌさんもそのひとりなのだった。

寡黙なゲンダーヌさんがこの二十歳も年下の男性とおしゃべりを楽しむ姿なんて、なんだか想像しにくい。あなたは怪訝《けげん》な思いを残しつつも、ひとりごとのように話をつづけた。

——わたしたちが以前、ここに来たとき、田川さんというタクシーの運転手さんにずいぶんお世話になったんですけど、ひょっとして、そのひともご存じですか？　下の名前は思いだせない。でも亡くなったのかもしれないですね。あのころでもう、いいお年になっていたんですから。

——いや、田川さんなら知ってるよ。うん、あのひとはまだ生きている。肝臓の病気で入院してる。だいぶ、わるいらしいけど。病院も知ってる。ときたま、見舞いに行くからね。

——ほんとですか？

自分から聞いておいて、あなたは思わず、疑いの声をあげてしまった。

——ほんと、ほんと。入院してからもう、かなりになるねえ。あのひとはおれらの大先輩だから、ここじゃ、けっこう有名なんだ。

——今じゃ相当なお年ですよね。

——うん、もちろんおじいさんだけど、いったい、いくつになるんだろう。

——もう九十歳を越えているのかも。だって以前、お世話になったとき、田川さん、すでに六十代になっていたはずですから。

あなたが言うと、運転手はうなずいた。

——そうかね、九十過ぎまで生きればりっぱなもんだ。あのひとがタクシーの運転をはじめたころはまだ、乗用車もあんまり見かけない時代で、大いばりだったたっていうんだから、今じゃ信じられないね。そうか、するとお客さんが以前、アバシリに来たっていうのは、三十年近くも前のことなんですか。それにしちゃ、いろいろよくおぼえてるもんですね。ゲンちゃんが死んでからだって、ずいぶん経つもんねえ。ジャッカ・ドフニができたのは、たしかおれが結婚した年だったよ。遅めの結婚で、おれはちょうど三十歳だった。えーと、そうすっと七八年だったんだね。それからたった六年でゲンちゃん、死んじゃって、さぞ心残りだったろうね。でも、田川さんはまだ生きてるんだから、お客さん、会いたければ、連れていきますよ。

——ええ、……いいえ、でも……。

頭の整理がつかないまま、あなたが口ごもっているうちに、タクシーは急な坂をのぼりはじめ、そして唐突な感じで停車した。窓の外が白い雨で包まれていて、車がどんな場所を走っているのか、あなたにはほとんどわからないままだった。

——さあ、博物館に着きましたよ。ここで待ってるから、あとで病院に行きましょう。なに、すぐ、そこだから。

あなたはうろたえて、ショルダーバッグから財布を取りだしながら、運転手に言った。

——でも、ご迷惑でしょうし……。

——そんなことない、田川さん、喜ぶよ。お客さんだってうれしいでしょ。

——まあ、そりゃ……、でも、あまり時間の余裕もないし……、やめときます、やっぱり。

運転手にむりやりお金を押しつけ、ドアを開けてもらって、逃げるような思いであなたはタクシーから荷物を持って降りた。さっそく、真横に走る雨つぶに打たれる。

運転手のほがらかな声が聞こえた。

——ここで待ってますよ。いいですね！

振り向く暇もなく、あなたは大急ぎで、博物館のなかに駆けこんだ。

タガワさあん！　タガワさあん！

ダアのうたうような高い声が、館内の天井のほうから聞こえてくる。あなたは思わず、天井を見あげた。尖《とが》った形に高く伸びるガラスの天井に、もちろん、ダアの姿など見えない。あなたは息をつき、チケット売り場でチケットを買うついでに、荷物を預かってもらった。予想以上に本格的な博物館で、チケット売り場がある入り口のホールでは高すぎる天井のせいか、威圧感さえおぼえた。

あのタクシーはあきらめて帰ってくれるだろうか。あなたの頭は混乱しつづけていた。田川さんと再会できるなんて、そんな貴重な機会を逃してもいいんだろうか。今さら後悔しても、タクシーはもういなくなっているだろう。いや、きっと待っている。運転手には、病院行きをあきらめる理由はないのだから。そもそも、田川さんを知っているというのは本当なのだろうか。あまりに偶然が重なりすぎないだろうか。実際には同業者同士のうわさでちょっと知っているだけで、ゲンダーヌさんについても、かなりの誇張があるのかもしれない。それに、ああ、そうだ、運転手が言っているのはべつの田川さんだという可能性だってある。苗字《みょうじ》しかわからないのだ。うっかり見舞いに行って、べつの田川さんだったら、どれほど困った事態になるだろう。

六、七人の女性と子どもたちのグループが、入り口の広いホールに作られた小さなスペースで、にぎやかに笑いながら、なにかを作っていて、完成したその品でさっそく遊びはじめる子どももいた。ヨーヨーのような玩具だった。どこかの少数民族に伝わる玩具なのかな、とその一隅を横目で見やりながら、展示室に通じる湾曲した廊下を進んだ。青い光に通路は照らされていて、あなたの体はふらふらする。さっきのひとたち以外には、来館者がいないようだった。ここまでわざわざタクシーで訪れたのだから、展示をちゃんと観《み》ないわけにはいかない。あなたは進路にしたがって、歩きつづけた。

よく磨かれたガラスのケースのなかに整然と展示されているさまざまな「北方民族」の衣装、手袋、靴、それに民具、楽器、祈りの道具、弓矢、銛《もり》、ソリ、木製のスキー、オホーツク文化の土器。すべてが静かにガラスのケースにおさまっていた。ほかの部屋には、雪を模した白いもののなかに作られた竪穴《たてあな》住居が再現され、アメリカ大陸の大きなトーテムポールも立っている。いろいろなタイプの舟もあった。あちこちで白黒のビデオの映像がひっそりと流されている。シベリアのツンドラで見つかったというマンモスの複製もあった。

あなたはビデオから聞こえてくる歌声を聞き、どこかのシャーマンらしきひとの踊りを見た。トナカイの群れが雪原を走る風景も見た。雪煙が舞いあがり、トナカイたちの大小の角がそのなかで、濃い灰色、薄い灰色にかすんで見える。本当は、角なのかどうかもわからない。ただ、濃淡のある灰色の影が雪煙のなかを見え隠れし、波打つのが見えるだけで、それがなにかのまぼろしのように美しい。犬ゾリに乗ったひとびとも映像に現れる。ああ、これはビデオの小さな四角い画面なんかで見るべき風景じゃない。あなたはうろたえ、めまいをともなう疲労を感じながら、画面をのぞきつづけた。

ゲンダーヌさんはトナカイ遊牧民のウィルタではあるけれど、昔ながらのトナカイの遊牧を経験することはできなかったのではないか。疲れたあなたはベンチを探し、腰をおろした。色鮮やかないくつもの民族衣装や生活用品などとともに、巨大な墓場の底に閉じこめられてしまった、という息苦しさに、あなたの背中は自然に深く曲がっていく。きのうのエコツアーでの元気はすっかり消え失《う》せていた。この博物館がどんなにりっぱでも、ジャッカ・ドフニをもはや取り戻すことはできない。

幼いころ、ゲンダーヌさんは家族とともに、丸木舟で川を渡って、日本人が用意した少数民族のための居留地「オタスの杜《もり》」に移り住んだ。日本の役所が決めたことだった。日本語を教える「土人教育所」に、子どもたちは通わされた。その学校では、北川源太郎なる日本名が待ちかまえていた。それでも、トナカイは飼われつづけていたし、ゲンダーヌ少年は春さきのアザラシ猟を、養父となった伯父から教わった。おとなの男たちは、冬には山に入って、テンやクマを捕り、夏場には川のサケ、マスを捕っていた。そうした生活のなかで、ゲンダーヌ少年はウィルタ語を使いつづけ、ウィルタとしての生き方も身につけていった。一方で日本語を使う「軍国少年」になってはいたけれど。

オタスの杜にはウィルタのほかにも、アイヌなどの少数民族が集められた。ことばにしろ、生活様式、宗教観にしろ、それぞれのちがいをたがいに尊重しながら、オタスの杜に住んでいた。でも、トナカイ遊牧民はウィルタだけで、それはきっと、ウィルタのひとたちにとって大きな誇りだったにちがいない。ツンドラに生えるトナカイ苔《ごけ》などの地衣類を食糧とするトナカイは、ウィルタの命を守ってくれる天からの授けものだったし、トナカイとはツンドラそのものであり、ウィルタであり、すべて自然界に循環する生命だった。

それにしても、和人のあなたには、民族とはどういうものなのか、よくわからないままだった。意識しなくても困った羽目にはならないから、だったのだろう。気がつけば日本語を使っていて、日本列島に住んでいて、日本の習慣をいつの間にか教えこまれ、日本の名前を名乗り、両親も祖父母も同じように日本に生まれ、日本語を使ってきた。いなかの山里に生まれ育ったから、都会のひとにそのいなかことばを笑われ、「山猿」呼ばわりされることはあったにしても、「土人」とまでは呼ばれなかった。たぶん。家族のだれもまったく知らなかったことばを学校で教えこまれることも、異質な生活習慣を押しつけられることもなかった。日本に住んでいるから日本人なんだと、あなたは愚かにも思いこんでいた。

戦後、アバシリに住むようになってから、ゲンダーヌさんは「土人」ということばになによりもおびえつづけたという。「土人」だと知られたくなくて身を縮めていた。「土人」だから結婚できない、と長いこと、悩んでいた。そんなおびえを、和人のあなたはどのていど想像できただろう。でも、ダアがどこかに消えてしまってから、ほんの少しは、そのおびえに自分が近づけたような気がした。

母子家庭の子どもは死亡率が高いだなんてひどいことを、まことしやかに新聞で書くひとがいるのよ。

ダアがいなくなったあと、あなたはダアの父親に言ったことがある。ひどいよね、そんなはずないのに。あなたはつづけて訴え、同意してもらいたかった。けれど、ダアの父親はあなたのことばを最後まで聞かずに、なにげなくつぶやき返した。

母子家庭の子は、そりゃ、そうなんだろうね。

あなたはそのなにげなさに、どれだけ傷つき、痛みを引きずりつづけただろう。「ヒバクシャ」ということばは、原発の事故で古い過去からふたたび噴き出てきた「土人」ということばをも、あなたに連想させる。あなたが中学生のころ、このことばが得体の知れないおびえとともに、まわりでどれだけささやかれていたことか。原爆による「ヒバク」で実際に苦しむひとびとを置き去りにした身勝手なおびえ。被害を受けたひとたちがさらに、心理的に追いつめられてきた日本の社会だった。「ヒバクシャ」は、「ツナミ」ということばとともに日本の枠を乗り越え、そのまま国際語になっている、と聞かされ、びっくりしたこともある。日本の広い地域が「ヒバク」したいま、「ヒバクシャ」であることを自分で認められず、その事実から逃げつづけようとするひとたちが、今後増えていくのだろうか。あるいは、これから以前のような漠然としたおびえだけがはびこるようになるのだろうか。

おいらたち和人だって、駆け落ちもんとか、うしろぐらい連中とか、食いつめもんばっかりでさ。

田川さんがあなたに言ったことばがよみがえってくる。

こんなとこまで逃げてきたのはいいけど、なんもわからんさ。同情したアイヌたちがあれこれ教えてくれなかったら、きっと一冬もまともに過ごせなかったね。だから、小屋も、食べもんも、なんもかも、おいらたち、アイヌそっくりに生きてたんだ。

メマンベツからさらに山深く入った土地で生まれ育った田川さんは、そのように言った。両親は内地からの「駆け落ちもん」で、戻れるところもなし、なにがなんでも、この場所で生き延びるしかなかった。太陽が見えない原生林を自分たちでわずかばかり伐《き》り拓《ひら》き、小屋を作り、でも最初は失敗し、アイヌに教わってようやく、寒い冬にも凍えずにすむ小屋を作ることができた。いつもキツネやフクロウ、コウモリに取り囲まれていた。

こったらもんが、そんなにうれしいのかねえ。

真っ黒な顔で、みごとなほどの乱杭歯《らんぐいば》を見せて田川さんが珍しくにやりと笑って、ダアにプラスティックの籠を渡した。なかには、アマガエルが十匹以上もひしめいていた。

前の日の夜、ダアがビート畑に入ってアマガエルを懸命に探しているのを見て、そんじゃ、あした来るとき、その籠に集めといてやるべ、と田川さんが言い、ダアの昆虫用の籠を持ち帰ったのだった。田川さんは早起きして、まだ寝ぼけているアマガエルを片っ端から捕まえてくれたのだろうか。ダアはそのアマガエルで田川さんを尊敬し、タガワさん、タガワさん、とつきまとうようになった。田川さんもそれで気をよくして、カブトムシやらトンボ、バッタなども集めてくれた。

あれだけたくさんのアマガエルや虫たちは、そのあと、どうしたのだったろう。東京に持ち帰ったという記憶はないから、飛行機に乗る前に、どこかの田んぼか野っ原に放ったにちがいない。


あなたはベンチから立ちあがって、博物館の入り口に向かった。あの田川さんと会いたい。いや、会えるはずがない。あなたの気持は揺れつづけていた。

あなたたちがメマンベツで泊まらせてもらった「別荘」の持ち主はおいらの友だちだと言い、田川さんはあなたたちの前に現れた。実際、別荘は空港から遠く、路線バスのルートからもはずれていて、どこへ行くのにもタクシーを使うしかなかった。

タクシーと言っても、それはどう見ても「白タク」で、田川さんはビート畑の別荘に関するかぎり、専属の運転手だと自負しているようだった。そして幼少のときの話を、客に聞かせる。大げさに言いたてている部分もあるだろうし、田川さん自身が知らない両親の事情もあっただろう。いくら「駆け落ちもん」でも、道庁か、町役場に届けなければ、土地を開拓することはできなかったにちがいない。開拓が許されたら、いくばくかの準備金がもらえたのだろうか。だとしても、生活に必要なものほとんどすべてを自分で工夫して作り、食糧を探し、原生林のなかで孤独に生き延びなければならなかった。気がつけば、アイヌのひとに教えられ、父親はクマ撃ちの名人になっていたし、子どもたちもウサギやキツネなどを捕まえる罠《わな》の作り方をおぼえていった。

とはいえ田川さん一家は和人だったので、アイヌのように動物を殺すとき、いちいち祈りを捧《ささ》げるようなことはしなかったし、アイヌのひとたちと話すとき、当たり前のように日本語を使っていた。母親は子どもたちにアイヌのおとぎ話ではなく、日本のおとぎ話を語り聞かせた。六歳になって、田川さんも地区の小学校に通いはじめたけれど、十人ぐらいしか生徒がいないその学校では日本語を教えられるだけで、田川さんにとってことばの面で困ったことは起こらなかった。校舎は田川さんが生まれてはじめて見る木造の建物だった。そこには、アイヌの子どもはいなかった。家の手伝いが忙しくて、田川さんは結局、たった二年間で学校をやめてしまった。

昭和十年ごろになって、一キロ離れた地区に団体入植のひとたちが入ってきて、豆景気でにぎわいはじめたメマンベツの町には寺が建ち、田川さんの家でもようやくコメを作れるようになった。そして戦争になり、田川さんはアサヒカワに召集されてから、千島列島のどこかの島に送りこまれた。島の名前など、使い捨ての兵士のひとりにすぎない田川さんにはわからなかった。

そういえば、ジャッカ・ドフニを訪れたときも、田川さんの車を使ったのだったろうか。あなたにははっきり思いだせない。田川さんとは、その日、すでに別れていたような気がする。メマンベツの別荘を離れる最後の日、あなたとダアは荷物をまとめて、まずアバシリ駅まで田川さんの車で送ってもらい、それからべつの「本物のタクシー」を使って、駅に近い郷土博物館やジャッカ・ドフニ、そしてキリシエを訪れたのではなかっただろうか。

博物館の入り口のガラス戸は、雨つぶで白くけむり、外が見えなかった。しかも、入り口から屋根のついたアプローチが長く前に延びているので、そのさきに車が停《と》まっているとしても、ドアを開けてみなければ、なにも見えない。

あなたが博物館に入ってから、二時間も経っていなかった。さっきのタクシーがもし、まだ待っていたら、もう逃げることはできない。それにもし本当に、田川さんと会えるのなら、どうして逃げる必要があるだろう。あの運転手だって、わざわざウソをついてまで、田川さんが入院しているという病院まで自分から行くつもりになるわけがない。でも、とあなたは入り口ホールで迷いつづけた。本当にそのような再会があり得るなんて、やっぱり信じられない。

今は、だれもいなくなったホールは静まりかえっていて、受付の女性たちの眼が気になった。外の風雨は強くなる一方で、新しく来館するひともいないらしい。あなたはカウンターの横にあるみやげ物コーナーをながめ、あれかこれかと悩むふりをして、それからカウンターの向こうにいる若い女性のひとりに声をかけ、預けておいたボストンバッグを引き取った。

とにかく、博物館の外に出てみるしかない。あなたは滑稽なほど大仰に覚悟を決め、胸をどきどきさせながら、正面玄関の自動ドアを開け、外に出た。田川さんにふたたび会えるというのなら、会いに行こう。そして二十六年前の夏、ダアにアマガエルや虫たちをプレゼントしてくれたことにお礼を言おう。一歩、二歩、アプローチを進む。屋根があっても、横から白くひかる雨がさっそく飛んできて、体が濡れていく。アプローチのまわりは広場になっている。横に吹き飛ばされる雨の幕に隠され、広場を囲む緑の色がぼんやり見えるだけで、建物もひとの姿もみごとになにひとつ見当たらない。五歩、六歩。車らしい影も見えなかった。何色のタクシーだったのか、あなたはそれすらおぼえていない。

あなたは立ち止まった。どうしてこうも緑以外なにも見えないんだろう。博物館が丘のうえに建っているため、ふだんでもここからは空しか見えないのか。遠くには、もしかしたら海も見えるのかもしれない。それとも、アバシリ湖が。

薄い灰色の空間に、白い雨だけが風に流され、勢いよく吹き飛んでいく。白い雨のなか、キリシエがどこにあるのか、見当がつかない。車はいなくなっていた。あなたは念入りに、何度も左右を見渡す。あきらめきれず、さらにまわりを見る。そして、車がどこかからあらわれるのを待ちかまえる。本当に、あのタクシーがいなくなってしまったとは考えたくなかった。どうして、あの運転手にちゃんと待っていてくれるよう頼まなかったんだろう。田川さんに本当に会えるとはどうしても信じられなかった自分を忘れて、悔やまずにいられなかった。

あなたは眉をひそめ、風に飛ばされる雨を見つめつづける。全身に雨つぶが当たり、メガネもくもっていく。タクシーがいないとなると、路線バスに乗るしかない。雨に濡れた顔をとりあえず片手で拭ってからようやく、現実の問題に思い当たった。バスの停留所はどこにあるのか、いったん館内に戻って、係員の女性に聞かなければならない。それとも、いっそタクシーを呼んでもらおうか。

あなたは入り口のガラス戸を振り返った。そして、思わず、あ、と声を洩《も》らした。運転手の言っていたことばが、一瞬の鳥のようなかたまりになって、あなたの頭をよぎった。

ジャッカ・ドフニが完成したのは一九七八年で、ゲンダーヌさんはその六年後に亡くなったと、運転手は言った。つまり、それは二十七年前のこと。あなたたちがジャッカ・ドフニを訪れたのは、二十六年前。そんなはずはない。あわてて計算し直す。結果は変わらない。それじゃ、あれはゲンダーヌさんの幽霊だったのか。あなたは思わず、呻《うめ》き声を洩らした。幽霊だなんて、あり得ない。あのときのゲンダーヌさんはごくふつうにあなたたちに近づいて、写真まで撮ってくれたのに。それとも、だれかべつのひとをゲンダーヌさんだと思いこんでいたのだろうか。でも、新聞記事や本で見おぼえのあった顔に気がつき、失礼ですがゲンダーヌさんですね、とあの場で確めた。それすらも記憶ちがいなんだろうか。

あえぐように、あなたは考える。あの日、ゲンダーヌさんはもう、亡くなっていた。けれど自分の作ったジャッカ・ドフニが心残りで、死んだあとも離れられずにいた。とても子どもが好きだったから、子どもが来ると、ゲンダーヌさんは姿をあらわした。できれば、そう思いたい。思わせて欲しい。

急に寒気を感じ、あなたは身を縮めて、あとずさった。そのあなたの胸からは、さっきのタクシーが水しぶきを飛ばして、目前に現れてくれるのを期待する思いが消えていなかった。

ノックルンカ　夏になれば
ノックルンカ　人間の村に
ノックルンカ　交わり暮らし、
ノックルンカ　冬が来れば、
ノックルンカ　神々の村に
ノックルンカ　神々とともに棲《す》む
ノックルンカ　べきようにしてやればよかろう。……

大津波のあと、ひとりだけ生き残り、いつまでも泣き声をあげながら、海を漂流しつづけていた老巫女は、こうしてその身をセミに変えられ、夏のあいだだけ、なつかしい人間の村に現れ、泣き声をあげることになった。

さて、おまえは自分の由来を知りたくて、まだ、春にさえなっていないというのに、人間の村を恋しく思うあまりに姿をあらわしてしまったのだね。でもこれで、自分がセミになったわけがよくわかっただろうから、早く天上の神々の村に戻りなさい。そして定めにしたがって、夏になるのを待ちなさい。

ノックルンカのカムイ・ユカラは、このように閉じられる。

九月のシレトコ、そしてアバシリで、あなたはセミの鳴き声を聞かなかった。セミはすでに、神々の村に戻っていたようだ。

# 一章　一六二〇年前後　日本海〜南シナ海

## 1　モコロ・シンタ――ねんねのお舟の物語

――ル、……ルル……。

か細いけれど、とても澄んだきれいな音だったので、同じ船に乗っていたひとたちははじめ、虫の歌声なのか、と疑い、狭くて海水に濡れた船底を見渡したのだという。でも、歌をうたう虫など見つからなかった。船のまわりには、海がひろがっている。小さな帆船は波に揺られつづけ、船客のだれもが押し黙り、早く港に着くことのみを願っていた。

――ルルル、……ロ、ロロロ……。

幼い女の子の口から、その音がとぎれとぎれに流れ出ていることがわかると、海にうんざりしていたひとびとは驚いたり、感心したり、首をかしげたりもした。小さな女の子は船べりにうずくまり、その体を覆い隠すように、兄かと思われる少年がはじめからぴったりと寄り添いつづけ、女の子は少年になにか話しかけられても顔をあげないし、体を動かしもしない。それで、あれは耳が聞こえなくて、喉から声も出せない子なんだな、と船客たちは憐れみを持ってうなずき合っていたのだった。

少年が役人を相手に乗船のための手つづきをし、船頭に船賃を払うときにも、女の子は少年の胴にうしろからしがみついて、地面を見つめたままだった。髪がなかば白くなった船頭は子どもだけで船旅をしなければならないふたりを不憫《ふびん》に思い、自分のそばにふたりの場所を用意してやった。万がいち、高い波が押し寄せてきて、船がひっくり返ったとしても、自分がふたりの子どもを助けてやれる、と船頭は思った。そして、まわりにいる船客たちに、耳の聞こえぬ子はあわれなもんだべ、声も出ん、知恵も足りん、そのうえ、親は遠くにおるとさ、そう説明してやった。十歳ぐらいの少年はひとことも言い返さず、表情も変えずにひたすら、船が進む先にひかる海面を見つめつづけていた。

いったい、それはどのあたりの海でのことだったのだろう。海は荒れていたのだろうか。女の子にはわからない。

――ルル、ル、……ロロロロ……。

波の揺れに身をまかせ、少年の腕のなかで眠っているように見えた女の子はいつの間にか、顔をあげ、まわりの海を見渡しつつ、唇を少し尖らせ、小さな舌を震わせてみて、自分でその繊細な音に驚いているようだった。何度も、何度も、舌を震わせ、驚くことをくり返した。やがて、船客たちがその声に慣れて、関心を寄せなくなったころ、女の子は舌を震わす音にようやく自分で満足できたのか、だれにもことばの意味のわからない歌をゆっくり、たどたどしくうたいはじめた。

――ルル、……アフー、アシー、ルルルル、……ロロロ、……モコロ、……シンタ、……。

――あれはどこからどこへ向かう船やったろうかな、と兄《あに》しゃまであるジュリアンは言った。おまえはまだ、口をきけんかったのやから、二年以上も前になるんだっぺ。まことにおまえはちっこくて、途中でこのわらしは死ぬかもしれぬ、と思われとったのに、生き残って、しかも、歌まで思いだしたんじゃ。おまえはたいしたわらしだべ。

そして、ジュリアンは笑いながらつけ加えた。

――あんときのおまえはまるで、カエルの卵の透明なヒモをたままたまつかんでしもうて、手を放せなくなり、おそるおそる、それがちぎれ落ちぬよう、水中から引きずりだしているかのようであったぞ。

そうからかわれても、チカと呼ばれた当の女の子には自分の姿など思いだせるはずはなかった。ただ、歌が口から出てきたとき、もうひとつのやわらかな声が、体にひびいていて、それはおそらく、ハポの歌声だったんだろう、と八歳になった今では、ぼんやり感じられるようになっている。けれど、ハポの顔をそれで思いだせたわけではなかった。

チカが自分で思いだせることは、ほんのわずかしかなく、歌については、いつの間にか髪の毛が伸びてしまうのと同じ、あるいは、開いた眼に映るものが気がつくと消えていて、見えないはずのものが見えてしまうのと同じで、なにかの拍子に、歌の意味がわかり、ついでに、ハポということばが浮かびあがってくる。でも、それにはかなりの時間がかかる。秋から冬に、そして春に季節が移り変わっていくほどの長い時間。

いくらもどかしくても、チカは静かにそのときを待っているほかなかった。最初のこの歌がチカの口から流れでてきたのが、二年以上も前のことだった、とジュリアンは言う。それなら、まだだいぶ北のほうの海にいたにちがいない。けれど少なくとも、雪が降るような時期ではなかった。モコロ・シンタの歌と雪の記憶は、チカにとって結びつかない。

　自分が生まれてから今のこの土地にたどり着くまで、いつも海を渡る船に乗りつづけてきたようなものだ、とチカにはわかっていた。だけど、おらは海から生まれたんだ、と思うほうが、チカの実感に近かった。

　気がついたら、そこは海で、海の記憶しか残されていない。海に抱かれ、海に眠り、海を渡りつづけた。もちろん、船に乗っていたのだけれど、船に乗るのにも慣れすぎてしまい、船の存在をつい忘れてしまう。海水がしみこんだ船の、かび臭い木材のにおいを嗅《か》ぐと、安心して、眠くなる。船べりを両側からぴたぴた叩く波の音を聞くと、体がやわらかくなる。チカは船酔いというものをまだ一度も知らずにいた。その反対に、ジュリアンはいつまでも海に慣れず、船酔いに苦しめられていたが、それはジュリアンが十歳まで陸地を離れずに育ったからにちがいない。

　いつもいつも波に揺られつづけ、海面にかがやきはじめる朝日に顔を照らされ、夕方になれば、海全体を燃え立たせる夕陽に眼の奥が焦げていく。大雨と雷におびえたこともあるし、とつぜんの嵐で帆柱が折れ、船が渦に巻きこまれそうになったこともある。大きな海鳥におそわれ、ジュリアンが頭から血を流したこともある。イルカやトビウオの群れに囲まれたこともある。だれかが船べりから落ちてしまい、助からなかったということもあった。あれは、どんなひとだったんだろう。そのひとが海に沈んでいくとき、最後の叫び声を聞いたような気もするし、しぶきの音が聞こえただけだったような気もする。どれが本当のことだったのか、自分が夢のなかででっちあげているだけなのか、それもチカにはわからなくなっている。

――ここに来るまで、おら、何回ぐらい船に乗ったんじゃろ。

今は八歳になり、ふつうに話すことができるようになったチカは、ある日、ジュリアンに聞いてみた。

――さあ。それより、おら、はだめじゃ言うとるのに。うち、と言え。ナガサキのおなごは、だれも、おら、とは言わんぞ。

――けんど、兄しゃまもへんなことば、使《つこ》うとるよ。

チカが言い返すと、ジュリアンは顔を赤らめて、苦笑いを浮かべた。

――いろんなことばがごたまぜになっとるからな。しかたねえべ。とにかく、よそもんだと思われぬよう、わしらは努めとかんば。そのうち、また船に乗ることになるんや。時期まではまだ、はっきりしとらんけんど。今度、船に乗るとなれば、今までの船旅を全部合わせたよりずっと長くなるずら。

その話なら、すでにチカは聞き知っていた。とても大きくて、たくさんの白い帆を持つ船に乗って、遠い、きりしたんの国に行く。そこには、世にも壮麗な天主堂がいくつもあり、一日中、美しい楽の音がひびき、大勢のひとたちの歌声が流れる。みいさのはじまりを告げる大小の鐘が鳴り、とくべつなお祝いの日ともなれば、鐘はいとまなくひびきつづける。その天主堂にお参りしても、役人に捕まるおそれはないし、ましてや、火にあぶられて殺されたりはしない。子どもたちは読み書きを習い、絵を描き、木を彫り、歌や楽器も習う。病で苦しむひとたちを集めて、治療をするところもあれば、親を失った子どもたちが安心して生きていける施設もあるという。でも、チカにはジュリアンという兄しゃまがいるので、そこに入る必要はない。

そう聞いてはいるものの、パードレになるための専門の学問を修めることを熱心に願っているジュリアンがその学問所に入ったら、そのあと、ひとり残されるチカがどうすればよいのかは、まだわからない。裕福な商人の家で働いたり、あるいは病人や孤児たちの世話をするのだろうか。

そこは、シナという国にあるアマカウと呼ばれる場所だ、とジュリアンは言った。海の向こうには、シナのアマカウだけではなく、たくさんの国があるのだ、とも言った。ふしぎなひとたちが住む国もたくさんある。ふしぎな家が建ち並び、ふしぎな花々が咲き、ふしぎな鳥が飛んでいる。肌の色が真っ黒なひとたちもいれば、チカが知っているパードレのように白いひとたちもいる。さまざまな、ふしぎなことばもある。何年も船に乗りつづけないとたどり着けない遠い国々ではあっても、それは現実に存在する。そしてもし、そんな遠い国々よりもさらに遠くへ、船を進めつづければ、なんとまた、今のこの場所に戻ってこられるのだという。海はつながっていて、全体が丸い形になっている。

おまえはまだ子どもだから理解できないだろうがな、とジュリアンは自分の知識をひけらかすように、ほんの少し顎を突き出して言った。

——その証拠に、パードレしゃまたちは西のフルトガルっちゅうお国とか、東のノビスパニアっちゅう新しかお国から、丸い形の海を渡って、ここまで来られた。ノビスパニアから渡ってきたパードレしゃまたちは、もともと、イスパニアっちゅう国のおひとらしか。ややっこしいのう。けんど、ともかく大きか船さえあれば、そして海に沈まんですめば、どこにでん行けるんやと。この世界は腰を抜かすほど広いんやと。

チカはジュリアンの話をたしかに頭では理解できなかったが、簡単に信じることはできた。海は丸くて、どこの海もつながっている。水平線を見つづけていれば、ぼんやりとながら、それは感じられる。そして海でつながる陸地に、どれほどふしぎなひとびとが住んでいようが、じつは、チカやジュリアンとたいして変わりはしないひとたちにちがいない、と思えた。チカ自身がえぞ地と呼ばれる土地で生まれ、チカを産んでくれたハポは、ニホンのひとたちにとって、ふしぎなことばを話し、ふしぎな歌をうたっていたはずなのだから。

船に乗って、早くどこへでも行きたい。チカは待ち望みつづけていた。ジュリアンからシナのアマカウの話を聞いてからというもの、いっそう、その思いが強くなった。海に戻りたい。波に揺られ、陸から離れたい。それなのにチカたちだけで勝手に、海を渡ることは許されないらしい。

日の光が強くて、木々や岩までが燃えるようだった夏に、チカとジュリアンは、この海辺の村にほかの島から小舟でたどり着いた。でもそのときは夏のはじまりに過ぎなかった。光はどんどん強くなりつづけ、昼間は体がひび割れそうになった。ずっといつまでもこんな夏がつづくのかと思っていたら、やがて少しずつ涼しい風が吹きはじめ、秋という季節になって、今は枯れた草に白い霜が降り、大きなきりしたんのお祝いの日であるゼズスさまのお誕生の日が近づいていた。

ふたりとも病気ではないのに、これほど長い日々、ひとつの場所に留《とど》まるのははじめてだった。ジュリアンはあちこちの近在の村に出かける機会が多いのに、チカはいつも留守番をさせられた。チカにとって、穏やかだが、退屈な日々だった。しかしそれは、ことばを身につける日々でもあった。チカが話す相手は今のところまだ、ジュリアンだけで、村のひとたちの前では、あいかわらず口を開かなかった。村には真っ黒に日焼けした子どもたちだっているし、親切なおばさんたちもいる。それでも、チカの口からそのひとたちに向ける声は出なかった。里ことばがよくわからなかったという事情もあるけれど、村のひとたちはみなおびえていて、そのおびえがチカの喉を塞いでしまっていた。チカ自身のおびえも胸の奥から喉にこみあげてくる。たがいにいつも、みなが警戒し、探り合っている。たいせつなことは裏でひそひそと語り合う。ジュリアンと出会ったときから、今までたくさんの村を通り、ひとびとと会ってきたが、どこでもひそひそ声が交わされていた。

へんなことばをしゃべる、とチカに言われて、顔を赤らめたとき、ジュリアンはふと子どもの顔をのぞかせていた。まだ十三歳か、十四歳で、声は女のように高く、髭もあげていないのだから、おとなたちから見れば、子どもにほかならない。でもチカから見れば、じゅうぶん頼りになるおとなだった。そのときのジュリアンはちょうどほかの地域から戻ってきたところで、とても疲れていたらしく、そこで話を打ち切り、チカとふたりで暮らす物置小屋から外に出て行ってしまった。外に出れば、昼にはまばゆくひかる海が見え、夜には星がきらめく。ジュリアンは星を見あげながら、天にましますわれらがおん親、というようないつものおらしょを唱えたくなったのだろう。

ジュリアンはおらしょがとても好きで、なにかというと、天にまします、とか、がらさ充ちみちたもうマリヤ、とか、ひとりで唱える。それが、おらしょというものだと、最近になって、チカは知った。けれど、いまだに出だしのことばと最後のあぁめんということばしか、チカの頭には入っていない。耳も聞こえん、口もきけん、チカのような半分えぞ人の子どもには、おらしょなんぞ必要ないのさ、はじめからデウスさまがとくべつに守っていてくださる、パードレさまがそうおっしゃっていたぞ、と以前、パードレの世話をする信徒の青年が言うのを、チカは聞いたことがある。それで、おらしょを自分からおぼえる気もないままだった。

ゼズスさまはこの地上で人間として生きたおひとではあるけれど、デウスさまのひとり子で、マリヤさまは人間のなかからとくべつに選ばれたおなごで、ゼズスさまをお産みになった。おふたりとも地上の人間すべてを深く愛してくださっていて、世界の造り主であるデウスさまにチカやジュリアンの願いごとを伝えてくださる。マリヤさまはつまり、みんなのお母さんでもある、と説明された。それじゃマリヤさまとはハポのことなんだろうか。チカはつい考えたくなる。でもハポはえぞ人なので、マリヤさまとはなんの縁もないのだろう、そう思い直すと、チカはぼんやりとながら、さびしい気持になった。

ジュリアンは始終、近くの村、遠い村に出かけて、ひみつの連絡を伝える役目を果たしている。今まで船を乗り継ぐときも、必ずだれかがチカとジュリアンを待ち受けていた。ジュリアンのような連絡係がどこにでも存在し、ふたりの動きはどこに行ってもきちんと把握されていて、それで三年にもわたる長い移動のあいだ、ふたりは寝泊まりや食事に不自由することがなくてすんだ。そうしたひみつのつながりを、幼かったころは当たり前のことと受けとめていたが、今ごろになって、チカはびっくりせずにいられなくなっている。ジュリアンのようにひみつに動きまわるひとたちが、いったいこの国に全部で何人いるのだろう。

ふたりはそのつながりの世話を受け、ここに来てからは、今の物置小屋に身をひそめるようになった。小さな女の子であるチカは昼間、海辺で村人に混じって、魚を干すのを手伝ったり、魚をすりつぶしたりして過ごす。海に迫る山に登って、畑の手入れもするし、森では木の実やきのこを拾い集め、ときには、ウサギとかキジを捕まえ、その肉でおなかをふくらませた。とつぜん、役人が来ても、チカなら隠れるのが簡単だし、もし、その姿を見とがめられたとしても、この子はニホン人じゃなくて、どういうわけかこの海岸に漂着したえぞの子どもなので、えぞ地に返してやったほうがいい、と言い逃れができる。

でもジュリアンはそうはいかないので、村でおおっぴらに働くことができない。よそのひとに見つかったら、あれはどこの家の子どもじゃ、と村の責任者たちが呼ばれ、詰問《きつもん》されて、その結果、住人として登録されていないきりしたんの少年が紛れこんでいると判定されて、役人に連れ去られてしまう。

寛大な領主のおかげで、今までのところ、この村はほかと比べて、いくらかきりしたんに対する取り締まりがゆるやかではあったものの、よそのきりしたんが不法に住みつくことは許されない。この場所はナガサキの町に近い。けれど町の出入りは取り締まりが厳重すぎて、チカは一度も町まで行ったことがないし、ジュリアンも用事でどうしてもナガサキの町に行かなければならないときは、なにとぞ捕まりませんように、と祈りつづけずにいられなかった。

ジュリアンにも、もとは両親から与えられた名前があったのだろうが、チカはその名前を知らなかった。そして、おおよその年齢しか知らない。あちこち移動するのに必要な書類に書いてあるのは、適当にでっちあげた名前に過ぎなかった。チカはもともと、ニホンのどの役所にも登録されていない、幽霊のような存在だった。チカがいつ生まれたのかもはっきりしない。たがいに、それで困ることはなかった。

パードレはまだ幼かったチカにも、イサベラという名前を与えてくれた。額にお水を流され、これでおまえの胸に永遠の光が宿った、とまわりのひとたちに祝福された。お水をかけられたとき、ちょっとこわかったことを、チカはよくおぼえている。永遠の光とは、いつまでも消えない星の光のようなものらしい。けれどチカが自分の胸をいくら見ても、ひかるものを見つけることはできなかった。

イサベラやジュリアンというのは、もともとは遠い国のさんとたちの名前で、さんとは、デウスさまのおそばにいる高貴な方々だとの話だった。チカも本来ならば、お水を受けたあとはイサベラと呼ばれるべきだったのが、半分えぞ人の子なので、もしかしたら、この子はいずれ大きくなったら、えぞ地に戻してやるほうがよいのではないか、少なくとも、チカにはえぞ地に戻るか戻らないか、その選択をする資格がある、とパードレたちに配慮され、チカという名前で呼ばれつづけた。

チカという名前に、チカ自身、強い執着があるわけではなかった。三歳のとき、マツマエでハポが死んだあと、それまでハポの世話をしてくれていたニホン人の女が、そういえば、あのかわいそうなえぞ人の娘は自分の子どもに、鳥を意味する名前をつけたがっていた、と思いだし、えぞのことばで鳥はチカップというらしい、とマツマエまで交易のために来るえぞ人から探りだしてくれた。それが縮んで、通称チカという名前になってしまった。とはいえ、チカは自分の名前に満足していた。鳥という意味の名前だと思うと、いつか本物の鳥になれそうな気がする。ニホン人の名前をつけられなくてよかった、とそれだけははっきりと意識していた。

――ルルル、ロロロロロ、……アフー、アシー、アフー、……モコロ、シンタ、ランラン、……ホーチプ、ホーチプ！……。

チカが歌の全部を思いだし、同時に、歌の意味も急に理解できたのは、山の緑が赤や黄色に変わり、その葉っぱも風に飛ばされはじめたころだった。

長い夏がつづき、そのあいだ、山肌には見慣れない色鮮やかな花々が咲き、奇妙な形の木々がひげのような長い葉をそよがせ、山から海へ、風がゆったり重く流れていった。黄緑色を帯びた海は、夕方になると、全体がまばゆく金色にかがやいた。暑さにあえぐうち、少しずつ光はやわらぎ、山の色が変わり、海の色も青みを増し、日が沈むときの海はますますかがやきを豪奢《ごうしゃ》にひろげた。

小舟に乗って、この村にたどり着いたときも、日が沈むころだった。チカとジュリアンのふたりは金色の光に包まれていた。チカは思わず、波に手を伸ばし、金色にひかるものをすくい取ろうとした。金色の砂のようなものが、海面に降り積もっているように見えた。けれど水に濡れた自分の手を見れば、金色のかがやきはすっかり消えていた。

冬が近づいた海辺で金色の海をながめながら、チカはそのときの感触を思いだし、するとルルル、ではじまる歌が最後まで喉から流れでてきて、驚いたことに、歌の意味も理解できた。今まで、歌をうたっていても、なにかが足りないと思っていたが、それが最後のホーチプ、ホーチプ！　という部分なのだった。

ああ、そうだったのか。チカはひとりでうなずいた。これはやっぱりハポの歌だったんだ。そして、三年もの時間を経て、ようやく最後まで思いだせた歌を、ひとりで何度もうたいつづけた。

つぎの日、重要な用事で十日以上もどこかに出かけていたジュリアンが物置小屋に戻ってきた。さっそく、チカは歌の話を伝えようとした。けれどまず、母屋のひとたちが用意してくれた夕飯をともに食べ、そのあと、みんなでかなり長い時間、おらしょを唱えなければならなかった。チカはそのあいだ、黙ってうなだれている。

――ゼズスさまのお誕生の日が近づいとるんやから、いつもより念入りにおらしょを唱える必要があるんや。

ルチアという名前の母屋のおばさんが、長いおらしょのあいだ、すっかり重くなったまぶたをこすっていたチカの頭を撫でて、ひとりごとのようにつぶやいた。

──ジュリアンとおとなたちで深刻な相談ごとをせんならんから、あんたはしばらく外に出ていなはれ。

つづけてルチアさまはチカにささやきかけ、手を戸口のほうに振った。チカと毎日接しているルチアさまは、チカの耳がどうやら聞こえていることに気がついていた。チカは家の外に出て、ジュリアンが出てくるのを辛抱強く待ちつづけた。

時間つぶしに井戸端で、ジュリアンが身に着けていた泥だらけの脚絆《きゃはん》や足袋をゆすぎ、ついでに自分の顔を洗い、体も拭き、物置小屋に入って、チカには苦手な藁《わら》ぐつ作りもしてみた。それでもまだ、ジュリアンは母屋から戻ってこない。ふたたび外に出て、母屋で飼っているよぼよぼの白い犬をかまってから、浜辺におり、夜の海を見つめながら、ルルルルル、ロロロ、と低い声でうたいはじめた。うたううちに、チカはほかのことを忘れてしまう。ハポの歌を飽きずにいくらでもくり返す。夜の海は空の高いところにある月の光で、白く波立って見えた。

──こら、だれかに聞かれるやろ。気をつけねば。

ふと、ジュリアンの声が聞こえた。驚いたチカは口を開けたまま、振り向いた。ジュリアンが寒そうに身を縮めて、チカのすぐうしろに立っていた。チカはジュリアンが浜辺まで来てくれたのがうれしくて、にっと笑いかけた。

――心配せんでもええ。これはえぞの歌だもん。

ジュリアンは青ざめた顔で、チカをにらんだ。

――わけのわからん歌だというだけで、近ごろは疑われるけん、油断はならぬぞ。

またなにかおそろしいできごとがどこかで起きたらしい。そう悟って、チカはうなだれた。

ナガサキの町で、イサハヤというところで、ミヤコで、エドで、おそろしいことが起こりつづけているという。あまりにおそろしい内容なので、耳が聞こえなくても、まだ幼い子どものチカがそばにいると、口にするのもはばかられる思いになる。それで、おとなたちはチカを母屋から追いだしたのだろう。チカの頭は炎に包まれたように熱くなり、全身に痛みが走った。今さら隠されなくても、すでに、おそろしい話はたくさんチカの耳に入ってしまっている。

むしろで体を巻かれ、熱湯を注がれて死んでいく夢、十字架にはりつけられ、じりじりと炎に焼かれる夢、自分の首が大きな刀で斬り落とされる夢、手足の指をつぎつぎと血だらけになったのこぎりで切り落とされ、棒で背中や肩の骨を砕かれ、その痛みに泣きじゃくる夢、額に真っ赤な焼きごてを当てられる夢。そうしたおそろしい夢を見ては、チカは眼をさまし、ジュリアンに抱きついた。

炎に足のつま先があぶられ、融《と》けていく。むしろのなかで窒息していく。指を失った手の穴から血が噴き出る。斬り落とされた自分の頭がごろんごろんと転がっていく。なにが、その頭の眼に見えるのだろう。斬り落とされた頭でなにかを考えられるのだろうか。血のにおい、血のねばねばした感触が、チカにつきまとう。

チカひとりが見ている夢ならば、まだよかった。すべて現実のできごとだと聞かされたから、夢が夢で終わらず、チカは吐き気におそわれ、体の痛みに涙を流した。チカより幼い子どもたちもどんどん殺されている。母親の首が斬り落とされるのを見てから、その血しぶきを受けつつ、自分の細い首を黙って役人の前に差しだす子ども。役人は無表情に、子どもの首を斬り落とす。その話を聞いたときには、ハポと自分の首が斬り落とされた気がして、チカは一晩、熱病のようになって震えつづけた。

なして、ちっこい子どもまで殺されるんだべ。おら、涙が止まらんよ。

チカが聞くと、ジュリアンは答えた。

さあな、ふつうは三歳ていどの子どもなら見逃すもんやと思うが、信仰ちゅうのは眼に見えん。けんど、体んなかに一粒でもタネが蒔《ま》かれとれば、あとは成長しつづける。だから、例外なく殺さねば、という理屈やろうか。きりしたんの国はニホンを征服しようとしとるけん、しっかり守らねばならんとも言われとる。見せしめなんだべ。火あぶりなんぞを見たら、みんな、きりしたんに近づくのがこわくなるもん。眼に見えぬ敵ほど、こわかもんはねえ。そげな敵を作っとけば、国内を支配しやすくなるっちゅうのが、お国の本音なんかもしれん。きりしたんをやめんのは、反逆罪ちゅうふっとか罪になるとよ。お国にとって、わしらは逆徒ずら。謀反と同じじゃ。今は、きりしたん発見に賞金まで出ておるから、ますますわしらにとっては物騒になっとる。

浜辺から村の道に登るジュリアンのうしろを、チカは黙って歩いた。パードレからお水をかけられたときから、チカもきりしたんのひとりになった。でも実際には、それでなにかが変わったという気がしない。逆徒、謀反ってなんだろう。反逆罪の意味がわからない。その音のひびきだけでこわくなる。刀も槍《やり》も持っていないきりしたんがどうして、ひどく残虐な方法で殺されなければならないのか、ジュリアンの話を聞いても、やはりチカには謎のままだった。

チカの知っているきりしたんは、みな親切で、人間の罪深さを悲しんでいるひとたちだった。いつも自分たちを苦しめる役人や支配者のためにも祈るひとたちだった。なにより、半分ニホン人で半分えぞ人の、そのうえ耳が聞こえず、口もきけない、とされている孤児のチカを、今までニホンのきりしたんのひとたちはとてもやさしく扱ってくれた。だから、わるい考えを持つひとたちだとはとうてい思えない。

悲しみに充ちたマリヤさまの絵を、チカは忘れられずにいる。あれほど悲しげなマリヤさまの絵に手を合わせるひとたちが、どうして逆徒とか謀反というこわいことばを押しつけられるのだろう。遠い国から来たパードレやパードレの補佐をするイルマンたちが見つかれば、当然、真っ先に殺されているし、パードレの世話を親身にする同宿《どうじゆく》のニホン人や組頭《くみがしら》も殺され、その親類縁者も根こそぎ殺されている。

それでも、ジュリアンによれば、このナガサキ近辺でも、じつはまだ、パードレや同宿たちはあちこちの信徒の家から家へとひそみつづけているのだという。それは信徒たちの決死の協力に支えられてはじめて可能になっているのだけれど、もしデウスさまのお恵みがあれば、ゼズスさまのお誕生の日のみいさのために、この村にも小舟で来てくださるかもしれない。どれほど切実に、きりしたんたちはみな、その実現を祈りつづけていることか。

ジュリアンはいったん、物置小屋に入ってから、また外に出て、井戸で体を拭きはじめた。チカは胸のなかで、モコロ・シンタの歌をくり返しながら、ジュリアンを待った。外から戻ってきたジュリアンは、ああ、眠か、眠か、とつぶやき、すぐ藁のなかに潜りこんだ。チカはその体に抱きつき、なあ、さっきの歌じゃけんど、と話しはじめた。いつもあっという間に眠ってしまうジュリアンなので、チカとしては、ジュリアンが眠りに落ちる前に急いで話してしまわなければならなかった。歌を最後まで一息でうたって聞かせ、その意味も伝えた。

――……おらもびっくりしたっさ。体のどっかにある卵が、急に割れたみたいに、意味がわかったもんね。

ジュリアンの腕を精いっぱいの力でつかみ、チカはささやきかけた。ジュリアンは藁のなかでもがき、呻き声を洩らしてから言った。

――チカよ、ちゃんと聞いとるから、痛いけん、その手を放してくれんか。……ほうか、あのルルではじまる歌がのう。おまえのおかっつぁまがうたっとったえぞの子守歌なんやな。えぞのことばで、おかっつぁまはハポか。けんど、ふしぎなもんだべ、おまえがその歌を聞いとったのは、ほんの赤んぼのころやろ？　そいでもこうして思いだせるとはなあ。やっぱり、おまえはえぞの子どもなんね。ねんねのお舟が降りてくる、降りてくる、そら漕《こ》げ、そら漕げ、とね。うつくしか歌ずら。

それから、あくび混じりに、ジュリアンは付け加えた。

——前に、おまえ、ここに来るまで何回船に乗ったんやろか、と言うとったな。おまえはえぞ地で生まれたから、わしよりずっと多く船に乗って育ったにちがいねえべ。そもそも、モコロ・シンタで眠っとった赤んぼのころから、おまえは船に乗りつづけてきたんや。わしもちょこっと、えぞ地に行きとうなってきた。えらく寒かところやと聞いとるけんど。

ジュリアンはミヤコに住む裕福な商人の子どもだったが、きりしたんだという理由で、ツガルに一族で流されたのだった。死刑にならず、ツガルへの流刑ですんだだけましだった、と言えるのかもしれない。しかし、ツガルなどというところは、ニホンの果ての果てで、まともな人間が生きられる土地ではない、とみなされていたため、流刑を命じられたミヤコのきりしたんたちは自分たちの行く末に絶望を感じていた。そんな土地でにわかに農民となって生き延びられるのか、あるいは商人として生きつづけるにしても、どんな商売ができるというのだろう。実際にツガルでの新しい生活は、農民になるにせよ、商人のままでいるにせよ、とくに、はじめの二、三年、失意の壁にいつもぶつかり、苦しみと心細さにつきまとわれていた。

けれどそんななか、ジュリアンはものごころついたときにはすでにツガルにいたので、おとなたちの嘆きをよそに、春から夏の、ツガルの美しさに眼をかがやかせ、ほかの子どもたちといっしょに野山を大喜びで駆けまわり、冬になったらなったで、雪の遊びをそれなりに楽しみながら、たくましく育っていた。やがて、おとなたちもそうしたジュリアンのような子どもたちにはげまされ、ミヤコとは比べものにならないほど冬の寒さが厳しく、農民も商人もひとしなみに貧しい暮らしを強いられるツガルという土地に、きりしたんとしての信仰を固く守りながら、しだいになじんでいった。

当時、ツガルに流刑になったのは、ミヤコだけではなく、オオサカ、カガ、キュウシュウ各地に住むきりしたんたちだった。そのだれにとっても、ツガルは想像の及ばない、あまりに遠いところだったのに、ツガルよりももっと北にあるというえぞ地など、氷雪に包まれた遠すぎる異国でしかなく、そこに住むというえぞ人についての知識もなかった。ジュリアンにしてもチカと出会って、はじめてえぞ人は、動物のように生きて死ぬだけの野蛮人ではなく、自分たちのことばを持ち、歌を持ち、ミヤコ生まれのジュリアンに負けない考える力も持っていることを知ったのだった。とはいえ、えぞ地の話になると、行ったことのないシナのアマカウよりもさらに遠い気がして、氷に閉ざされ、獰猛《どうもう》なけものがわがもの顔に走りまわる世界なのかもしれないと思えば、そらおそろしくもなった。

むかしは、ミヤコにもたくさんのきりしたんがいて、なんばん寺と呼ばれる大きな天主堂や学問所、治療所もあり、きりしたんにとってありがたい時代がつづいていた。ジュリアン自身が当時を知っているわけではない。両親からおとぎ話のように聞かされつづけたので、むかしのミヤコと、これから向かおうとしているアマカウとが、ジュリアンの頭のなかで重なってしまっていた。ミヤコにも天主堂の鐘が高らかにひびき、美しい歌声と楽の音がながれ、ゼズスさま、マリヤさまのお姿を描いたり、彫刻をしたり、楽器を造る工房からも、職人たちのおらしょの声が聞こえた。よみがえりの日などの大きな祝日には、大きなくるすとゼズスさま、マリヤさまの像を掲げた、信徒たちのきらびやかな行列がミヤコの大路を練り歩いた。

そげな平和な時代があったっと、とジュリアンは悲しそうに言った。わしだって信じられんが、おまえはもっと信じられんやろうな。

ところがこれもジュリアンが生まれる前の話になるが、とつぜんパードレたちに対する禁教令が出された。大勢のきりしたんがそうしたように、ジュリアンの親たちもパードレとともに命を捧げる覚悟をつけ、自分たちから進んで、きりしたんである旨を代官に届けでた。もしそのとき、処刑されていれば、この世にジュリアンは存在しなかったことになる。しかし実際に処刑されたのは、一般の信徒たちではなく、イスパニア出身のパードレたちを中心にした二十六名だった。イスパニアのパードレたちのもとで、みいさの手伝いをしただけの少年や、パードレのために食事を作っていた者、門番だった者、病人の世話をしていた者も含まれていた。

神国ニホンの仏法を踏みにじったきりしたんの末路の悲惨さを強調するため、そのひとたちはそろって片方の耳を切り落とされたうえ、八台の牛車に乗せられ、ミヤコの大路をひきまわされたのだったが、大勢の見物衆に交じって、ジュリアンの両親も涙ながらにその一行を見届けたという。見物衆のなかから、ごく自然に、パライソでの永遠のしあわせを祈るおらしょの声が大路にひびいた。受刑者たちはオオサカ、サカイをまわり、はるばるナガサキまで歩かされた。冬のさなかだったので、体は寒さにかじかみ、足の裏が割れて、血が流れた。受刑者の一行のあとを追いつづける信徒たちが多かった。護送人にムチで打たれても打たれても、群れの数は減らなかった。

一行はナガサキに着くと、海を見おろす丘のうえに用意された十字架に縛りつけられ、ちょうどゼズスのように槍で殺された。受刑者たちは静かにおらしょを唱えたり、デウスを称える歌をうたった。また、自分たちを殺そうとする処刑人のためにも、おらしょを唱えた。刑場のまわりにはたくさんの見物衆が集まった。あとを追いつづけてきた信徒たちは、ゼズスさま、マリヤさまと叫び、感きわまったある信徒などは、槍で刺された傷口から流れ出る受刑者の血を自分の服に受けた。

おらにはようわからん。なして殺されたひとの血を？

その話を聞かされたとき、チカは眼を丸くして、口をはさまずにいられなかった。

ジュリアンは答えた。

ゼズスしゃまの血と肉を、わしらはみいさでいただく決まりになっとるからな。マルチリオを遂げなさったひとたちの血も、ゼズスさまの血と同様だと受けとめたんだべ。

じゃあ、その血をみんなで飲みなったと？

チカは吐き気をおぼえながら、質問を重ねた。

そげなおひともいたんやろうけど、すぐに追い払われて、血も捨てさせられたんじゃねえかな。

けんど、おらはやんだなあ。こわいのも、痛いのもやんだ。

そのとき、ジュリアンは笑って、うなずいた。

そりゃ、だれでんおんなじずら。わしらも、だから、こんげんして捕まらんよう気いつけとるんや。けんど、もし捕まったとしても、わしらはこれでパライソに行けるんや、と思えるからな。これは、きりしたんの強みだべ。もっとも、おまえのような半分えぞ人の子は、そう申し出れば、この国の禁令からはずされて、えぞ地に送り返されるのかもしれんが、どっちがええのか、わしにはなんとも言えん。

ともかくミヤコでは、そんな悲劇もむかしに起きた。そのあとしばらくのあいだ、息をひそめながらも、きりしたんたちは咎《とが》められずに、ミヤコでの生活をつづけることができた。ニホンの支配者が替わり、戦《いくさ》がつづいて、きりしたんどころではなかった、という事情もあったにちがいない。新しい支配者の、きりしたんについての考えも揺れつづけていた。

ジュリアンはそのころに生まれた。熱心な信徒である両親の希望によって、まだミヤコに残っていたパードレからお水をかけられ、ジュリアンという名前を与えられた。ジュリアンの兄姉たちも同じように、お水を受けて、きりしたんとして育っていた。

ところがやがて、ミヤコのきりしたんたちが心の底深くで案じつづけていたように、以前の禁教令よりもはるかに厳しい命令が、新しい支配者から出されたのだった。パードレたちは一斉にアマカウに追放された。自分たちからアマカウ、そしてマニラという、もっと南にあるきりしたんの大きな町に逃げていく信徒たちもいた。ミヤコやナガサキなどにあった天主堂、学問所はこわされた。

ミヤコでは捕縛されるきりしたんの数が多すぎて、その処遇に困り、女子どもについては米俵に入れて縄で縛り、雪の積もる道に転がしておき、転《ころ》べ、転べ、と役人たちが叫ぶだけだったとのこと。なかには、おなかの大きな女がいて、か細い声で、転ばん、転ばん、と言いつのっていた。その声が役人の耳に届かぬよう、まわりにいた町のひとたちが、転んだ、転んだ、と大声で叫び、さっさと女をどこかに運び去ったという話も伝わっている。

その年の春、ナガサキの町ではパードレたちの国外追放を悲しみ、もっと寛大な処置を役人に乞うきりしたんの行列が毎日のように見られた。ゼズスのように、頭にイバラで作った輪をはめ、大きなくるすに自分を縛りつけて、はだしで歩く者、重い材木で首をはさむ者、または石で胸を打ちつける者、ヘビを体に巻きつける者もいた。ジュリアンがのちに聞いた話によれば、ある日は、二千人の少女たちが行列の先頭に立って、八千人の少年たちがそれにつづいた。その行列の最後には、黒い布で包んだくるすがあった。

人数についてはかなり誇張があるのかもしれないが、ナガサキの港から追放されるというパードレたちを慕って、全国からきりしたんが集まっていたのだから、ナガサキの町がかなりの数のきりしたんで溢れたのは、事実だったのだろう。捕まえるなら捕まえてくれ、喜んでマルチリオします、そのつもりの行列だったのに、役人たちはただ圧倒され見つめているだけだったという。日ごろからたいせつな祭りの日はくるすを掲げる行列をつづけてきたきりしたんだったので、こうしてそれぞれの組ごとに町なかを行列することには慣れていた。一般の信徒が捕縛されはじめたのは、そのあとのことだった。

ミヤコやオオサカからツガルに流されたきりしたんだけでも、七十名以上のひとたちがいたという。むろんそのなかに、ジュリアン一族も含まれていた。幼かったジュリアンがツガルでたくましく、しかも賢く育つあいだ、きりしたんに対する処置は厳しくなる一方で、ナガサキやミヤコで行われつづける残酷で、執拗《しつよう》な処刑についてのうわさを聞くたび、ツガルに流されたひとたちはやはり自分たちは幸運だったのかもしれない、と改めて思うようになった。ミヤコから追放されずに残ったきりしたんは、そののち、橋の欄干に縛られたり、縄で吊《つる》されたりしたし、女は娼家《しょうか》に売り飛ばされたらしい。

ミヤコの商人だったジュリアン一族にとって、それまでの財産を奪い取られ、農民に転じるだけでも困難をきわめることだった。(とはいうても、あるていどのカネは隠し持っていたらしいべ、とジュリアンは声をひそめて言った。そいまで親しくしておった知り合いの商人たちが同情して、かなりのカネを集めて、こっそり手渡してくれた、とも聞いとる。たまたま用事で奥州に行くひとがおれば、文とカネを託して、わしらの生活を支えてくれたおひともいたと。途中でネコババされずに、ツガルまでそいがちゃんと届いたっちゅうから、すごかこつだべ。ばってん、身の安全のために、ミヤコに残ったひとたちは急に、仏教の寺に通うようになって、寄進をしたり、お伊勢さんにもお参りするようになったそうや。きりしたんとまちがえられんが、おそろしゅうてならんとたい。そいもしかたのなか用心じゃけんど、なんとのう、滑稽やな)

ツガルでは、ジュリアンの家族もほかのきりしたんも、以前からの住人たちとは、当初ことばすら通じず、白い眼で見られ、井戸を使わせてもらえないとか、薬の代金としてとんでもない高額をふっかけられるとか、さまざまな形でうとんじられた。死者の埋葬もいちゃもんをつけられるので、山奥まで自分たちで運ばなければならなかった。

それでも、きりしたんとして生き延びることはできたのだった。少なくとも、ジュリアンたちがいたときまでは。

ツガルは、あれからいったい、どうなっているのだろう。パードレの追放令が出されたあとも、何人かのパードレがナガサキに居残ったし、新たに、アマカウから、マニラから、ニホンに渡ってくるパードレたちもいる。それを執念深く追い求め、捕縛し、できるかぎり残虐な処刑をしても、ほかのパードレがどこかにひそみつづけ、信徒たちがこっそり助けつづける。きりしたんを敵視する支配者はいっそういきり立つ。以前は比較的きりしたんにとって安全とされていた奥州でも、いよいよ、きりしたんの取り締まりがはじまっているらしい。ジュリアンはツガルの家族が心配でならなかったし、パードレたちについても毎日、ぶじを祈っている。風の便りだけでは、ひとりひとりの消息までは把握できない。自分たちがこうして生き延びているのだから、家族もパードレたちも生き延びていてくれる。そのように信じたかったが、ともすると、悲観的な思いに押しつぶされそうになった。

厳重な検問をくぐり抜けて、ツガルからえぞ地へと逃げこむきりしたんも出ているという話も伝わってきた。マツマエではなく、金の鉱山でもなく、もっと奥の、えぞ人とクマしか住まないような土地にまで逃げているという。そんな奥地でいったい、どれだけのひとが生きのびられるのだろう。もともとがミヤコの人間であるジュリアンなどはそう案じてしまうが、チカはあまり心配していない。えぞ人はニホン人とちがって、よそ者をいじめはしないし、生きるすべを知らず、死にそうになっているひとがいれば、食べものを分け与え、自分たちの住まいにしばらく置いてやる。だから、えぞ人がいるところなら、行き倒れが出るはずはない。ごく幼いころに離れてしまったえぞ地なのに、チカにはそう確信できた。

ミヤコとはどんなところなのか、ミヤコとアマカウはどこがちがうのか、チカにはわからなかったし、肝心のえぞ地についても、その景色、えぞ人の村のたたずまいについて、じつはなにかをはっきりおぼえているわけではなかった。船を乗り継いで、このナガサキに近い村に着くまでの三年のあいだに、雪の降りはじめる日があった。雪の白い粒がふわりふわりと降ってくるのを見ると、固くてさらさらした雪の感触と、いつまでも見飽きない美しい結晶の形がよみがえり、それと同時に、見渡すかぎり真っ白で、静かな風景がすっと頭をよぎり、チカは息を呑んだ。あるいは、海面で、川《かわ》面《も》で、小さな魚が銀色の体を躍らせ、その魚を白い水鳥が細くて長いくちばしでねらう。ほかの川では、すばらしく大きな魚がひしめき合い、泡だつように見える。そうした川のまわりで、動物たちも、鳥たちもここぞとばかり魚をねらいつづける。そのさまが、チカの眼に浮かんだ。もちろん、そこにはえぞ人の男たちがいて、川に網を投げ、専用の棒を構えて、魚の動きに眼をこらしている。

えぞ地のマツマエで生まれたことはわかっているものの、どんな事情で、ハポがマツマエで自分を産むに至ったのか、なぜ、そこには父親がいなかったのか、チカは知らなかった。おとなたちが教えてくれる話だけがよりどころだった。今の村に着いてから、ジュリアンとあれこれ語り合い、えぞ地でのチカについて、そしてツガルからこの土地にたどり着くまでの日々について、ふたりでひとつの物語を作りあげた。

それは、えぞ地からツガルに渡る船のなかで、幼いチカがパードレをパードレとは知らず、その腕にしがみついて離れなくなったときを軸にした物語で、えぞ地でのことは、ずっとパードレと行動をともにしてきたという、荷物持ちの信徒の青年が愉快そうに話してくれた内容を頼りにしていたし、パードレと出会ってからのことは、ところどころチカもおぼえていて、なによりツガルで出会ったジュリアンが直接に知っていた。


なぜ、ボロに身を包んで鉱夫に変装していたパードレの腕に、チカがとつぜん、しがみついて離れなくなったのか、もしかしたら、短い袖から突き出た腕の、金色に見える毛がふかふかしていて、それが、いかにも気持よさそうに見えたからだったのかもしれない。

とても大きな体のひとで、日焼けして赤黒くなった腕も太く、色あせた黒い手ぬぐいで頭を包み、さらに菅笠《すげがさ》を深くかぶっていたので、顔はよく見えなかった。でも船が大きく揺れたときとか、カモメが船をかすめたときに、ふと顔をあげると、まつげの長い、茶色の丸い眼がひかり、高く尖った鼻の先端も赤く透き通って見えた。あとは、腕の毛と同じ色にひかる顎ひげしか見えなかった。

ほかの男たちに囲まれていたから、同じ船に乗り合わせたとは言え、チカのような子どもは簡単に近づけないはずだった。まわりの男たちはだれもが、大きなひとの手下であるかのように、声をかけるときはうやうやしく頭をさげ、大きなひとが波しぶきをかぶれば、白い手ぬぐいで丁寧に拭っていた。それでもほかの船客のだれひとりとして、大きなひとがいわゆるなんばん人だとは気がつかなかった。それどころか、のんびり世間話を大きなひとに聞かせたがる年寄りの商人までがいた。大きなひとはうなずき返すだけで、声を出さなかった。

親方のそばにいたチカは、少し離れた場所に坐る大きなひとを見つめつづけていた。そして不意に、波に揺られたふりをして、船底を器用に転がり、大きなひとに近づくなり、金色の毛が生えている腕にしがみついた。まわりのひとたちがいくらチカの体を引っ張っても、歯を食いしばって手を放さなかった。すると、とつぜんチカの体に強い力がおそいかかってきた。同時に、体が浮かびあがった。こわくて、一瞬、眼をつむった。でもすぐに、柔らかなふとんのようなものに包みこまれたのを感じ、チカは眼を開けた。

それまで自分がしがみついていた腕に、今はしっかり抱かれ、そのひとの膝のうえに寝かされているのを知った。海のにおいに混じって、マツマエにたくさん咲いていた花の甘いにおいを感じた。チカは安心して、体から力を抜いた。そしてそのまま、どうやら眠ってしまったらしい。

――パードレしゃまはずっと、おまえをにこにこ笑って、抱きなさったずら。船をおりてからもな。あんじょじゃ、あんじょじゃ、と言うとったべ。あんじょはな、主なるデウスしゃまのお使いで、小鳥のように空を飛ぶんや。チカはえぞ人がおかっぁまのせいか、大きか眼で、めんこいもんな。どうしてこのあんじょを見捨てられようか、とパードレしゃまは言いなったと。おまえは運が良か。けんど、……。

ジュリアンは言いよどみ、口を閉ざしてしまった。

……けれど、その出会いゆえに、チカもきりしたんになって、えぞ地とは正反対の、こんなナガサキに近い村までこそこそ逃げてこなければならなくなった。チカの身になってみれば、このような流浪から逃れられなくなった成りゆきを、単純に運が良かったなどと言ってよいのだろうか。

たぶん、ジュリアンはそのようなことを考えずにいられなかったのだろう、とチカは思いやった。

きりしたんの栄光に、わずかなりとも疑いを持ってはならない。うわさに聞く無惨な処刑さえも、主デウスのおわすパライソへの入り口に過ぎないのだから、いざとなったら、喜んで処刑の苦痛を受けとめよう。熱心な信徒であるジュリアンはまだ子どもながら、そう決意していた。けれど、ジュリアンにはべつの役割があてがわれた。ツガルのきりしたんたちのために、アマカウに渡って、ゼズス会の学問所に入れてもらい、必要な学問を修めなければならない。そして、おそらく八年後ぐらいに、正式なパードレになってふたたびツガルに戻ってくる。気の長いその計画は、きりしたんの組頭であるジュリアンの父親の願いでもあった。

あんじょと呼ばれた孤児のチカは、ジュリアンのおまけで、いっしょにアマカウへ向かう定めとなった。ジュリアンがひとりで動くよりは、チカのような幼い少女が寄り添っているほうが、おそらく、その正体を疑われずにすむだろう、とパードレ一行や信徒たちによって考慮された。チカの処遇に困っていたという事情もある。

それもこれも、デウスしゃまの思し召《おぼめ》し、とジュリアンは信じ、自分に与えられた使命に誇りも感じているが、はるか遠くのアマカウへの船旅はいったい、どんなものになるのだろう。体がしびれるような心細さはいやでもつきまとう。同じ船に乗って、いっしょにアマカウに向かうひとびとを、ほかならぬ自分がひそかに集めつづけているにもかかわらず。

ぶじに船を調達でき、冬の北風を頼って日本を離れることができても、途中で嵐に遭い、海に放りだされて死ぬ可能性は高い。アマカウまで天候に恵まれ、なおかつ、海賊などに遭わずにすんだとして、およそ十五日間の船旅になるらしい。とはいっても、それほどなにもかも順調な船旅は珍しい。果てしなく深い海の底に沈んでしまうよりは、きりしたんとして処刑されるほうがありがたい。

チカについても、迷いが生まれる。これからでも、きりしたんと縁を切ったほうが、チカにとって幸いなのではないか。でも、そんな迷いはジュリアンの口から言えない。それとはうらはらに、お誕生の日が近づいとるんやし、そろそろ、おまえもきりしたんの勉強をせねばな、とジュリアンはチカに言い聞かせ、アベ・マリヤのおらしょからまずおぼえるとええ、などとも言っている。母屋のルチアさまは、アマカウに旅立つまでに、せめてニホンのひらがなぐらいは身につけさせておきたい、と主張している。この子は口がきけんのやから、この先、ひらがなで筆談ができれば、それだけでん、だいぶ助かるやろ、と。

指折り数えてみれば、今年で八歳になると推定されるチカはどんどん、えぞ地から遠ざかっていく。ジュリアンにしても、おそらく二度と両親と会えないのだろうし、すでに、その両親は処刑されてしまっているのかもしれない。アマカウに行くよりも、ツガルで家族といっしょに殺されたかった。いや、アマカウに行くのは、ジュリアン自身の希望でもあったのだ。

アマカウに行きたい。アマカウに行きたくない。こんな迷いがあるのは、わしの信心が足りないせいずら。ジュリアンは悲しくなり、改めておらしょを心の内で唱える。

……主なるデウス、われらを守りたまえ。救いたまえ。

その耳に、チカのうたう、ハポの子守歌がひびく。

——ルルル、ロロロロロ、モコロ、シンタ、ランラン、ホーチプ、ホーチプ！……

## 2　えぞ地で生まれ、ツガルに渡ったチカの物語

えぞ地にたくさんの荒くれ男がニホン各地から集まっていた。金のつぶ（砂金じゃなく、金の小さなかけらしか、とジュリアンが言った）がいくらでも採れるという話を聞き、運がよければ一挙に金持ちになれる、と夢見たやからだった。マツマエの

北のほうにある山で、つぎからつぎに大粒の金が出る。国の出入りはきびしく、必ず、鉱夫として組を作って、関所でひとりひとりの名前を届け、荷物のお調べも受けてからでなければ、えぞ地には入れなかった。(カネも払わされたど、とパードレたちの世話をしていた信徒の青年が言った。関を通るたんびにカネを払わにゃならんから、カネの工面でいっつも難儀させせられる)

けれど、実際のところ組を作るのはむずかしい問題ではなく、アキタならアキタの船着き場で、えぞ地に同じ目的で入りたがっている男たちが示し合わせ、その場で即席の組を作り、組頭を選べば、それで済む話だった。(パードレさまの一行も鉱夫の組に入れてもらえたから、船に乗ることができたんじゃ、と青年が言った。ツガルだけでのうて、奥州のあちこちから、ほかの土地からも、えぞ地に逃げこんだきりしたんの鉱夫が多くてな。パードレさまは偶然に、アキタの港クボタでそうしたきりしたん鉱夫のひとりと出会《でお》うた。港で風待ちしていたと。なんと、それはパードレさまと二ヶ月前に会うた熱心な信徒やったんよ。まっこと、デウスさまのお導きじゃな。そのきりしたん鉱夫の組に、パードレさまとわしら一行は入れてもらったというわけじゃ)

パードレは金採りとなったきりしたんたちのために、えぞ地になんとしてでも渡る決意を固めていた。マリヤさまのおはからいか、波が荒いのでおそれられている海峡でも、船はたいして揺れず、すこぶる順調にマツマエに渡ることができた。パードレはマツマエに上陸してすぐに、ミヤコ時代からの信徒の家にひそんで、みいさを行った。それはえぞ地におけるはじめてのみいさだった。

一年前、ほかのパードレがマツマエを訪れているにもかかわらず、〈ほぼ毎年、ふたりのパードレしゃまが交替で、えぞ地におるきりしたんをわざわざ訪ねてくださっとるとよ、とジュリアンが言った。おひとりはずっと以前からミヤコにいらした、たしかアンゼリスとおっしゃるパードレしゃまで、それまでに二度、ツガルにも立ち寄られておるから、家族といっしょにわしもお会いしとるはずなんや。けんど、わしはまだ八歳、九歳の子どもやったから、ようおぼえとらん。おまえとちごうて、わしはみんなから甘やかされたぼんくらやったからな。両親にとっては、ミヤコ時代からお世話になっとった、なつかしかパードレしゃまじゃ。追放令が出されたときも、そのアンゼリスしゃまはニホンに残られたそうな。もうひとりがわしたちがお会いしたパードレしゃまで、カルワールしゃま、いや、カルワーリしゃまだったか、そんなお名前やった。

チカが笑い声をあげた。

おらは最初、パードレっちゅうのが、お名前なのかと思うとった。みんなが、パードレしゃま、パードレしゃまって呼んでおったから。

ジュリアンも笑ったが、すぐまじめな顔に戻って言った。

ほんで、カルワールしゃまはいったんアマカウに追放されなさったが、またひそかにニホンに戻られて、すでにアンゼリスしゃまがひそんでおられた奥州に向かわれたと。そいから、おふたりで手分けして、毎年、夏には、どちらかがえぞ地に行く決まりになったと聞いとる。きりしたんがおるところには、どこにでん、パードレしゃまたちは行かるるんや。まったく、頭がさがるっちゅうか、すごかおひとたちやな）そのときはみいさに必要な祭具と祭服を持参できなかったので、信徒たちのためにみいさを行うことができなかったのだ。

えぞ地でのはじめてのみいさは、くしくも、雪の聖母の日（きりしたんの暦で、八月五日じゃ、と青年が言った。なぜ真夏に雪の聖母なんぞという日があるかっちゅうと、……じつはよう知らん。聖母マリヤさまが夏なのに雪が積もっている場所に教会を建てよ、とあるひとの夢に現れて、おっしゃったらしい）だった。信徒たちは涙ながらに、パードレの話を聞き、おのおの罪を告げ、デウスの赦しを得た。

そのあと信徒たちに引き留められるのを振りきって、パードレ一行は北の金山に向かった。ひどく険しい山道なので、ウマは使えず、ほとんどの行程を徒歩でたどった。ある山のいただきに着いたとき、そこからのながめに一行は心を奪われずにいられなかった。静かな海が澄みきった藍と銀にかがやき、遠く陸地の緑が波打つように連なる。地上の試練はいつ終わるとも知れずにつづくけれど、この世界は主なるデウスの栄光に包まれつづけている。そうした思いにそれぞれ胸がいっぱいになった。

金山の近くに新しく作られた村に着いてから、ここでも一軒の信徒の家に隠れ、パードレは祭服に着替えて、さっそく、きりしたん鉱夫たちのために、みいさを行った。それは聖母被昇天の祝日だった。（きりしたんの暦で、八月十五日じゃ、と青年が言った）一週間の滞在中、鉱夫である信徒たちはつぎつぎ現れ、病人も救いを求めに訪れた。

金を採るには、役所に前もって担保としていくらかの金塊を渡し、金採りの許しを得なければならなかった。その金塊は言うまでもなく、マツマエで借りなければならず、大きな借金となる。もし、運良くかなりの金粒を得たとしても、実際には、ほとんど鉱夫たちの儲《もう》けにならない。そんなずるがしこい仕組みに気がつかず、鉱夫たちは許しを得た自分たちの縄張りにしがみついて、一年でも、二年でも、金のつぶを探しつづけた。そのうち、食べるものがなくなって飢えて死んだり、冬の寒さに負けて、病死してしまう。組はばらばらになって、残った者たちは以前より借金を増やして、命からがらニホンに逃げ帰る。

パードレの一行が身を寄せたきりしたんの家は、丸太を組んで、屋根と壁を木の皮で覆っただけの、えぞ人の家に似た小屋だった。(ちがうか、とジュリアンが聞いた。チカは知らなかったので、首をかしげた) そうした小屋を鉱夫たちはまず、自分たちの手で建てる決まりになっていた。チカの父親もおそらく、同様の小屋に寝泊まりする鉱夫のひとりだったのだろう。一般の鉱夫たちは基本的に荒くれ男の集団だったから、えぞ人の女を見つければためらいなく、自分の女にしようとした。

近くに住む (と言うても、山をひとつ、ふたつ越えたところだったのかもしれぬが、と青年が言った) えぞ人のほうも当然、用心していたものの、慣れない土地で殺伐と生きているニホンの男たちに同情する思いをおさえられず (たぶんな、と青年は言った。ニホン人のことをえぞ人は、シサムっちゅうんじゃ。これは隣人という意味やそうな。どんな立場の人間であろうと、人間たちが助け合わなければえぞ地のようなところじゃ生き延びられん、とえぞ人は骨の髄までわかっておるらしい。そこがニホン人とちがうところじゃ)、ときに、ウサギやイノシシの肉を分け与えようとした。シサムがその礼として、わずかな持ち物のなかから、干し飯《ほいい》、それとも麦粉の一握りでも渡せば、えぞ人たちは大いに喜んだ。

たがいに言葉が通じないから、すべて手真似《てまね》でのやりとりだった。やがて本当の友情が生まれる場合もあっただろうが、シサムがわるい気持を起こして、えぞ人に被害をもたらす場合のほうが多かった。

金山まで足を延ばしたパードレだったけれど、信徒たちの対応に追われ、えぞ人の事情については、話に聞くだけで、実際に調査し、対処する余裕はなかった。マツマエに戻ってから、船を待つあいだに、パードレは港に集まるえぞ人たちと会い、シサムとの関係、かれらの暮らしなどについて、話をくわしく聞いた。えぞ人のおとなの女たちは、口のまわりに青い入れ墨をほどこしている。年配の男たちはみごとなヒゲを生やしている。頭の前は髪の毛を剃り、全体には、短く切りそろえていて、清潔な印象だった。

えぞ人の着る服に、くるすの模様が縫いこまれているのを見て、これはいにしえのゼズスさまの使徒サン・トメから遠く伝えられ、今に残されたしるしにちがいない、とパードレは信じた。いずれ、えぞ人にもきりしたんの教えを伝えれば、すでにその基礎は作られているのだから、乾いた砂地に水を注ぐように、えぞ人たちはすぐさまデウスさまの教えを受け入れるだろう。すこぶる楽観的に、そんな見通しをつけた。
（いっつも楽観的なんが、パードレしゃまたちの特徴ずら、とジュリアンが言った。
えぞ人への布教どころか、自分たちが今にも捕まって、殺されるかもしれんってのに、
それには知らんふりやった。
　チカはパードレの、体は大きいのに、子どものようにぎこちないニホン語と、奇妙にとんがった鼻を思いだして、笑い声をあげた）
　パードレがマツマエの港で見届けた光景だったが、えぞ人たちは家族全員をむしろの帆舟に乗せて、シサムとの物々交換のため、マツマエまでやって来る。えぞ人は干したサケや動物の毛皮、タカの羽根を、シサムはコメや酒、漆器などを渡す。（えぞ人にとって、酒は儀礼のためにどうしても必要なんやと、と青年は言った。この点も、きりしたんみたいじゃな。もっとも、儀礼以外でも、飲める酒は喜んで飲むんじゃろうが）
　あるていどの期間を超える移動については、家族ともども移るのがえぞ人の習慣なのか、それとも物珍しいシサムの世界をのぞくのを妻女たちも楽しみにしているのか、そのどちらともシサムの側にはわからない。海で海獣狩りを、山でクマ狩りをするときなどには、いくらなんでも危険すぎて家族を連れていかないのだろうから、えぞ人

はシサムとの接触を娯楽の一種と心得ているのかもしれない。（えぞ人たちはむりなまねはせず、のんびりと暮らしとるんやろうな、うらやましいもんだべ、とジュリアンは言った）

そうしたえぞ人の家族のなかには、赤んぼもいたし、少女たちもいた。シサムにとって苦手な青い入れ墨をまだ顔にほどこしていない娘たちは、瞳が黒曜石《こくようせき》のようにかがやき、大陸風のびーどろや銀の首飾りと耳飾りをつけ、短く切りそろえた髪の毛のところどころには色とりどりの布を巻きつけていて、シサムの男たちのだれもが見とれるほどに美しかった。えぞ人は大陸と交易をして、みごとな錦をたくさん手に入れ、シサムとの物々交換に役立てていた。その錦はしたがって、えぞ錦、とシサムからは呼ばれていた。あまりにきれいな布なので、錦の端切れで耳を飾る少女も少なくなかった。（そういや、おまえの耳にも穴があいとるな、とジュリアンが言った。おまえのハポが耳輪をつけてくれたのかもしれんな。錦の端切れだったのかもしれんが、とにかくハポの耳飾りと首飾りをおまえにゆずったんじゃないやろか。

そうなんかなあ、とチカは自分の耳たぶを指先でさわりながら、答えた。穴はたしかにあいとるが、ほんじゃ、耳飾りはどこに消えたんずら。

マツマエで、だれかが盗み取ったんにちがいねえ、とジュリアンはチカの耳を見つめ、つぶやいた。首飾りもそうや。おまえにとっちゃ、ハポの形見なのに、強欲なやつがいるもんだべ。

チカは深い溜息《ためいき》をつき、きっとすばらしか耳飾りと首飾りやったろうに。

自分たちの少女がシサムの眼にどれぐらい美しく見えるか、そんな反応には無頓着な（えぞ人にとってごくふつうの顔なんじゃからな、と青年は言った）えぞ人は、シサムと接する際、えぞの流儀で（両方の掌《てのひら》をうえにして、高くあげる、ようじゃったが、と青年は自信なげに言った）挨拶をしてから、手振りでシサムに自分たちの酒を勧め（シサムもマツマエで仕入れたどぶろくや酒を出すんじゃろう、と青年は言った）、シサムにはさっぱり意味がわからない歌を陽気にうたいはじめる。女たちはみごとな刺繡で飾られた着物をはためかせ、くるりくるりと踊ってみせる。

えぞ人としては、金採りのシサムの、孤独な心を慰めるつもりなのだった。友人ならば、それは当たり前の気配りだった。

そのような宴のあるときのこと、ひとりのシサムの若い鉱夫がひどく酔っぱらった。男はふらふらと、輪を作って踊る美しいひとりの少女に近づいた。宴のはじまる前から、眼をつけていた少女だった。男は少女の手を取り、踊りの輪からはずして、ふところから、小さなニホンの笛を出し、手渡した。(笛やったか、クシやったか、わからんが、おとめの心をとても喜ばせるなにかで、誘惑したはずなんや、とジュリアンが言った)

魅力的な男の贈り物でつい警戒を忘れた少女は、男にうながされるまま、林のなかに入りこんだ。男はすぐさま、少女を押し倒した。その刹那、少女は悲鳴をあげたのかもしれない。けれど、宴の歌声で少女の声は消されてしまった。酔いのなかで、欲望を満たした男は、少女には背を向けて、ぐっすり眠ってしまった。(おまえにはまだ、男の欲望の意味がよう理解できんやろうが、これはふつう、若いおなごにとって、おっとろしかもんなんやよ、とジュリアンが声をひそめて言った)

ところが、少女は眠っている男のそばから離れなかった。夜遅く、林まで探しに来た家族に、少女は言った。(むろん、えぞのことばや、とジュリアンが言った)

——……わしはこのおひとの妻になりました。んだから、村には帰りませぬ。

えぞ人たちは納得して、少女だけを残して、自分たちの村に帰っていった。(おなごの貞操、つまり男女のつながりをえぞ人は非常に重く考えるというぞ、男に乱暴されただけでも、もう、そのおなごは両親のもとにはいられなくなるらしい、と青年が言った。

まったくちがう成りゆきだったのかもしれんが、つらくなるだけの想像をしてもしかたねえべ、とジュリアンが言った。このようにおまえのハポについては考えておこうな。ハポはシサムの男から逃げたりせんかった。なあ、ハポ自身の意志で、シサムの男のもとに留まったんや。

チカは小さくうなずいた)

翌朝、眼が覚めたシサムの男はまだ、えぞ人の少女がひとりおとなしく居残っているのを見て、驚いた。けれど、すぐに金採りの作業をはじめなければならないので、少女は放っておいて、いったん、自分の小屋に戻り、朝のかゆをすすってから、作業の場所に向かった。

夜になって小屋に戻ってくると、林にいたはずのえぞ人の少女が、小屋のなかにいて、組の男たちに囲まれているのに気がついた。少女は男を見つけると、それまで身を縮めてしゃがみこんでいたのが、急に立ちあがり、男に抱きついた。少女にしてみれば、自然な行為だった。(な、そうやろ、とジュリアンが言った。チカは少し迷ってからうなずいた)それを見て、組の男たちは大笑いした。そして、少女から逃れられなくなった男に、あれこれにぎやかに声をかけた。シサムの荒くれ男たちにとって、それはかっこうの気晴らしとなった。少女には、そのことばが理解できなかった。

男としても、もちろん、少女を憎く思っているわけではなかった。一攫千金《いっかくせんきん》の夢を追う鉱夫の身で、よぶんな女を養うどころではなく、その可能性を考えることもできずにいただけだった。けれど、温かく、やわらかな少女の体を抱いて眠るのは、日々の疲れが消えていくような心地よさだった。少女をほかの男たちに奪われたくない、とも思った。少女が自分からどうしても離れる気がないと知ったシサムの男は、少女に手伝わせて、組の小屋から離れた場所に木の枝とむしろで仮小屋を作り、そこをふたりの寝場所とした。男が仕事で仮小屋から離れているあいだは、林の奥に隠れてい ろ、と手振りで伝えた。少女は意味を理解したらしく、男にうなずき返した。

男の怒りをおそれ、組の男たちは少女にむやみに近づきはせず、食糧を男と少女ふたりのため、少しばかり多めに配ってやったりもした。（ほかにも同じように、えぞ人の少女を自分のものにしてしまうシサムの男がいたのかもしれんべ、とジュリアンが言った。なんしろ、男ばかりの集団で、心さびしい毎日なんやろうからな）えぞ人の少女は器用に罠を作って、自分でウサギぐらいは手に入れることができたし、草や球根などを林でせっせと集め、ふたりの食糧にすることもできた。

しばらくして冬になり、少女のおなかがどんどんふくらみはじめた。冬場は川も凍り、金採りの作業ができなくなる。ある日、男は少女をともなって、山をおりた。山での冬は寒さが厳しすぎて、ほかにも、山をおりて過ごすシサムの男は少なくなかった。男は痩せはじめ、顔色もわるくなっていた。何日も、とぼとぼと山のなかを歩きつづけた。さいわい、吹雪には見舞われなかった。（夜はどう過ごしていたかって？むしろと動物の毛皮にくるまって、ふたりで抱き合えば、けっこうぬくかったんじゃねえべか、とジュリアンが言った）

そして、ようやく海の見える見晴らしのよい場所まで来た。つぎの日に海辺までおりてみよう。男は少女に告げた。そのころの少女は、あるていど、ニホンのことばを理解できるようになっていた。けれど、男のほうはえぞのことばを知らないままで、ふたりのあいだでほとんど会話らしい会話はないままだった。

ふたりはその場所で、月明かりのもと、いつものように抱き合って眠った。山歩きはこれでもう終わりなんだと安心したので、少女は久しぶりにぐっすり眠った。そこまで来れば、だいぶ、寒さもやわらいでいた。

朝になり、眼が覚めて、少女は男がいなくなっているのに気がついた。近くで用を足しているのかもしれない。まわりの地形や道を探っているのかもしれない。さまざまな可能性を考え、その場を離れなかった。日の光が頭の真上に来ても、シサムの男は戻らなかった。おなかが空《す》いた少女は、イナキビで作った団子（えぞ人はこういうものを食べるそうな、と青年が言った）を少しだけ、口に入れた。日の光がななめになっても、シサムの男は戻らなかった。男とは二度と会えないのかもしれない、というおびえを、えぞ人の少女は感じはじめた。とにかく海辺におりてみよう。そして村に住むひとびとに聞いてみよう。そう思った。

海のきわまでおりてから、少女はとまどった。ひとに聞くと言っても、どのように聞けばよいというのだろう。男の名前も知らなかったし、シサムの男には目立つ特徴もなかった。痩せていて、黒い髪もひげも伸び放題で、眼が細い。腕に古い切り傷があったが、それだけではほかの男たちと区別できないだろう。ニホンのことばがそもそもじょうずにしゃべれない。ひとに聞くよりも、自分が歩きまわって、男を探したほうがよい。少女は心を決めた。その場所には大勢のシサムたちが住んでいた。港にも、大小の船がたくさん停泊している。えぞ人の船がないかと期待したが、そこには見つからなかった。えぞ人の船が入ってはならない、と決められた港だったのかもしれない。

おなかの大きな、えぞ人の少女は小さな、朽ちかけた船のなかで、それとも家の軒下で寝ながら、その小さな村を歩きまわった。五日。十日。

シサムの男は山の作業場に戻っているのかもしれない。少女が思いついたのは、十五日も経ってからのことだったろうか。(せつなか話じゃけんど、おまえのハポがひとりでおまえを産んだのは確かなんやからな、とジュリアンが言った。シサムの男はとっくに船に乗って、えぞ地から逃げだしていたんだべ。くり返しになるが、おまえのハポが勝手にシサムの男から逃げたわけじゃねえっちゅうわけや)
　少女は山に戻った。山道に慣れているはずではあっても、おなかが重くて、思うように足を運べない。雪が降りつづけ、風も吹き荒れ、吹雪に変わっていく。シサムの男の仕事場に少しは近づけているのかどうかすらわからない。見知らぬ山で、しかも大きなおなかを抱え、たったひとりで吹雪のなかを歩かなければならないのは、いくらえぞ人といえど、さぞ心細く、おそろしいことだったろう。吹雪で木々が激しく揺れ、山の全体がなにかを呪うようなうなり声をひびかせ、ときどき雪のかたまりが一斉に大きな音をたてて落ちてくる。
　夜には、雪の穴を作り、キツネの毛皮に身をくるんで眼をつむった。すると、遠く近くでオオカミの吠《ほ》え声が聞こえる。なにかにおびえたシカが雪のなかを走り過ぎ、ムササビが頭のうえを飛び交い、フクロウが木の高いところで鳴く。ざわざわと得体の知れない影が、木々のあいだをかすめていく。冬眠しているはずのヒグマだったら、と思うと、おそろしさに眠れなくなる。

ヒグマも、フクロウも、オオカミも、それぞれ人間を守ってくれる神のはずなのに、おなかの大きな、えぞ人の少女には、その神たちに語りかけるすべがない。（人間の役に立つ動物、植物、道具、すべてに神が宿っておる、そのようにえぞ人は信じて、とくべつな方法で、神々に祈るんじゃそうな、と青年が言った。狩りをするえぞ人だが、むだな殺生はせん。えぞ地のような土地では、自然の摂理にしたがい、人間の弱さをわきまえて、謙虚に生きることが大切なんじゃろう。

そいにしても、えぞ地の山はツガルの山と似とるんやろうか、とジュリアンが信徒の青年に聞いた。

ツガルの山とはだいぶちがうぞ、と青年は答えた。えぞ地の山には白い木がたくさん生えとるんじゃ。幹が白くて、そこに白い雪が降りつづけるから、見分けがつかなくなる。それと、でかいフキにも驚いたな。まっこと、でかいんじゃ。そうじゃな、チカの体がすっぽり入るぐらいの大きさじゃ。

ああ、おらもぼんやりとだが、おぼえとる、とチカは眼を見開き、胸のなかでつぶやいた。白くて、うつくしか木が生えとった。ほんで、へんな葉っぱがいくらでん、地面に生えとった）

来る日も来る日も山のなかを迷い歩き、ついにおなかの大きな少女は歩くのをあきらめ、雪のなかにうずくまった。その場所は、荷車や馬車も通る道の脇だった。（もう少し、林の奥であったら、おまえのハポは助からず、したがって、おなかにいたチカも助からなかったってわけや、とジュリアンが言った。しかし、おまえはあんじょやから、ちゃあんといつも助かることに決まっとるんや。おや、おまえは泣いとるんか？　ハポの苦労がつらかっと？

ジュリアンに聞かれ、チカは自分の口に流れこむ涙を舌のさきで舐《な》めながら、首を横に振って答えた。

おらのハポが助かってくれたんがうれしいだけじゃ。けんど、ひとつ聞いてもええか。そんなら、どっかに消えてしもうたシサムの男は、チカのお父《と》う、えぞのことばでどういうのか知んねえけんど、お父うじゃねえってか？　チカのお父うじゃと思わなくてもええってか？

……そげな男はおまえのおとっつぁまじゃねえ、とジュリアンはしばし考えこんでから、答えた。おとっつぁまというのは、子どもを守ってくんさるから、おとっつぁまなんだべ。おまえのおとっつぁまはな、ゼズスしゃまや。それじゃうまく想像でけんっちゅうのなら、あのパードレしゃまをおとっつぁまと思えばええ。もともとパードレはおとっつぁまという意味のことばなんや。

チカはそれを聞いて、首をかしげながらうなずいた。そいでええけんど、困ったな、あのパードレしゃまの顔を、おら、忘れかかっとる。

おまえはまだ、ほんの五歳やったからな、とジュリアンはほほえんで答えた。今度のお誕生の日にお会いできるかもしれんパードレしゃまでん、アマカウにおられるパードレしゃまでん、だれでん、おとっつぁまと思えばええずら。なあ、アマカウには、ぎょうさんパードレしゃまがおられるから、おまえはおとっつぁまの選び放題だんべ）

荷車などが通る道の脇で力尽き、雪のなかで眠りに落ちたえぞ人の少女は、いったい、どれだけのあいだ、眠りつづけたのだったろう。

夢のなかで、少女は姉妹たち、兄弟たちといっしょに、ソリで遊んでいたのかもしれない。まわりを、犬たちが雪まみれになって、白い息を吐き、元気に駆けまわる。おとなの男たちが冬の猟から村に戻ってくる。獲物はイノシシ一頭に、ウサギが四羽、キツネが二匹。少女たちの父親もそのなかにいる。子どもたちは猟から戻ってきた男たちのもとに行き、自分たちのソリにも獲物の一部を載せて運ぶ。ハポが小屋の前で、みなを待っている。このウサギの毛皮で、ハポは耳つきの新しい帽子を作ってくれるかもしれない。今までの帽子はとっくに、毛がすり切れてしまっている。新しい帽子はさぞかし暖かいことだろう。

少女は夢のなかで笑い声をあげる。

ふと少女が眼を開けると、そこは藁を敷きつめた納屋のようなところだった。ウマのにおいが漂っていた。なぜ、こんな場所にいるんだろう。ふしぎに思ったが、とりあえず、藁はいやなにおいがしなかったし、ここで殺される心配をしなくてもいいらしい、と自分に言い聞かせ、そのまま眠りつづけることにした。

つぎに少女が眼を開けたとき、見知らぬシサムの女がそばに坐っていた。顔にたくさんのあばたのある中年の女だった。

眼をさました少女に気がついた女は、なにか話しかけた。少女には、そのことばが聞き取れなかった。でも、親切そうなひとで、しばらく世話をしようと言ってくれている、と感じられた。頬にへばりついた藁を手で払い落としつつ、おなかの大きな少女はとりあえず何度もうなずき返した。(大方そういう話を、のちにチカを買い取った親方がしとったぞ、と青年が言った。親方はチカとハポが世話になった旅籠《はたご》の主人から聞いたんじゃと。そんとき、廊下で泣いとる下女を見て、どうしたんじゃと声をかけた、それでハポを巡る事情を親方はより細かく知ったと)

マツマエの町はずれにある旅籠に、山のなかで発見された少女は運びこまれたのだった。荷運びの人夫か、商人の一行が、少女を見捨てるわけにもいかず、もはや助からんのかもしれぬと案じながらも、行きつけの旅籠に少女を預けたのだろう。

旅籠の裏に馬小屋があり、そのとなりに納屋があった。旅籠で働く下女が、おなかの大きな、えぞ人の少女の面倒を見てくれた。自分の家族を持てずに過ごしてきた下女は主人の許しを得て、少女がそこで出産できるよう、自分のカネでまず産婆を呼び、異常がないかどうか診てもらった。少女はよほど丈夫な体だったのか、冬の山中を何日も迷い歩いたのにもかかわらず、おなかの赤んぼはすくすくと育っていた。（おまえは幸運な子なんや、さすが、あんじょずら、とジュリアンが言った）

えぞ人の少女はやがて人知れず、馬小屋のとなりの納屋で出産した。（おお、まるでこりゃ、マリヤしゃまがゼズスしゃまを出産なさったときとおんなじやな、とジュリアンが楽しげに笑い声をあげた。チカもうれしくて頰を赤くした）少女の体はまだ快復しきってはいなかったものの、生まれてきた赤んぼは健康そのものだった。

シサムの親切な下女は、ことばが通じないまま、少女のためにできるだけ栄養のある食事を与えた。少女はなんでもよく食べ、青かった顔に赤みが差し、頰が膨らみ、乳もたっぷりと出るようになった。ときどき、ルルル、ロロロ、アフー、アシー、アフー、とふしぎな声を、その口から漏らした。

ひと月も経つと、なにか手伝いをしなければ申しわけないと思ったのだろう、少女は立ちあがって、となりの馬小屋にいるウマたちの世話をはじめた。井戸から水を運ぶのはまだむりだったので、ウマの鼻面や胴体を藁で撫でまわすていどの、世話ともいえない世話しかできなかったが。(その馬小屋で何頭飼われていたのかわからんが、ウマたちとはとうに仲ようなっとったんだべ、とジュリアンは言った。ウマとなら、ことばを使わずに仲ようなれるからな)

季節が春に変わるにつれ、赤んぼは順調に大きくなり、少女も少しずつ体力を取り戻して、やがて赤んぼを背中に負い(えぞ人は額に紐《ひも》をまわして、赤んぼを入れた布の袋を運ぶんじゃ、と青年が言った)、掃除や洗濯を手がけはじめた。赤んぼが泣くと、口を少し尖らせて、舌を震わせ、澄んだ音をひびかせる。そら、えぞの子守歌をまたうたいはじめるぞ、と今はその歌を心待ちにするようになっている旅籠のひとたちは、それぞれ手を止め、少女に近寄り、うっとりと耳を傾けた。

えぞの歌はニホンの歌とちがって、小鳥の鳴き声のように木の葉を繊細に揺らし、キツネが親子で呼び交わすように鋭く空にひろがり、雨があがったあとの日の光のようにまぶしくかがやく。(わしもこの耳で聞いて感心したが、パードレさまもえぞ地で聞きなさって、ほめちぎっておったぞ、と青年は言った。

チカの歌もハポそっくりやろうから、安心しろや、とジュリアンが言った。舌を震わすあの音が、どうしてもわしには真似できん。まっこと、ふしぎだっぺ、おまえはなんの苦労もなく、自然にその音が出せるんやから)

ニホン風の小袖をあてがわれ、長く伸びた髪の毛をこよりで縛ると、少女はニホン人の娘そっくりに見えた。けれど、くっきりとした目鼻立ちはどう見てもえぞ人のものにちがいなかった。

えぞの歌ばかりではなく、えぞ人の美しい娘がいるという評判になり、旅籠で働く少女を、外から来たシサムの男たちが無遠慮に取り巻き、からかう騒ぎが増えていた。旅籠の下女や下男たちがしっかり監視し、少女を守りつづけた。みな少女と赤んぼをかわいがり、これで客が増えてくれれば儲けものだと、旅籠の主人も算段し、わるからず思っていた。

ひとまえでは、少女はほとんど、歌を例外として無言を押し通していた。シサムのことばをかなり理解できるようになっていたけれど、自分から話す気はない様子だった。下女の住まいでもある使用人向けの小屋に移れ、と言われても、がんこに納屋から動かなかった。親切な下女は、少女を自分の養女にしたいと願いはじめていた。そうなれば、赤んぼは下女の孫になる。孤独な身だった下女は、急に自分の生き甲斐ができたような心の弾みを感じていた。

下女の望みにはまったく無関心なまま、少女はウマのにおいが漂う納屋で寝起きし、赤んぼに乳を呑ませながら、そして赤んぼを寝かしつけながら、ひっそりと、えぞの子守歌をうたいつづけた。おなかがいっぱいになった赤んぼが眠ってしまっても、いつまでもうたいやめなかった。（なあ、そうだったにちがいねえべ、ほんで、おまえは体でこの子守歌をおぼえたんや、とジュリアンが言い、チカはうなずいた）

ルルル、ロロロ、モコロ、シンタ、ランラン、ホーチプ！　ホーチプ！……

思いがけず、シサムの町中で暮らす身になり、少女にはじつを言えば、体がふらつくようなとまどいがつづいていた。一方で、シサムの男を待つ思いも捨てきれなかった。いつか、いつかきっと男が目の前にあらわれ、自分たちを抱き寄せてくれるのではないか、と。

春になると、マツマエには、むしろを帆にしたえぞ人の舟がつぎからつぎにやって来る。（その舟は釘《くぎ》を使わず、器用に、各部を革紐で縫い合わせてあったようじゃ、と青年が言った）えぞ人たちは船着き場から近い場所に、仮小屋を作って、ひと月ほども家族で過ごす。少女はけれど、そのえぞ人たちを訪ねようとはしなかった。事情を説明すれば、どこから来たえぞ人か知らないが、その村に連れ帰ってくれるかもしれない。でも、所詮、そこは自分の村ではない。少女の村は、シサムとの取り引きを正式に行ってなどいなかった。同じえぞ人でも、土地が変われば、ことばも微妙にちがい、習慣もちがう。

せっかくはるばる遠くから嫁入りしたのに、村の長《おさ》に対する挨拶の仕方がまちがっているときつく咎められ、即刻、遠い自分の村に返された女の歌を、少女は聞き知っていた。女は村に戻りながら、泣いて泣いて、とうとう喉の赤い鳥になってしまったという。（そういう悲しい歌をえぞ地で聞いたぞ、もちろん、パードレさまもな、と青年が言った）

少女が口を閉ざしつづけていたように、赤んぼのほうも二歳、三歳と成長したところで、泣き声やうなり声は出すものの、ニホンのことばも、えぞのことばも、いっさい、しゃべろうとしなかった。そして、母親以外のだれかが話しかけても、反応しなかった。

あれは耳が聞こえないばかりか、口もきけず、頭も弱いのかもしれん。旅籠のひとびとに言われ、下女もそのように思いなしはじめた。あの子にちょっとした欠陥があるとしても、体は健康なので、旅籠で働くには困らない。下女は陽気に言い歩いた。主人がそんな子どもを旅籠に置いといてくれるのか、不安がつきまとっていた。

子どもはウマたちを友として、母親が働いている時間を過ごした。ウマの脚にしがみついたり、しっぽを引っ張ったり。ウマはおとなしく、子どものいたずらを見逃していた。馬小屋からウマたちが出されているときは、敷き藁に潜りこんで、ネズミたちと遊んだ。(そんげん、わしには思えるんだがな、とジュリアンが言った)

男はシサムなのだから、シサムの土地にいれば、いつかは男と会える。少女はそう信じたかった。旅籠の下女から、そろそろ赤んぼに名前をつけねば、と言われた。シサム風の名前などわからないので、少女はたまたま頭上を飛んでいったタカを指さした。下女は、なに?　タカという名前がええって言いたいの?　と少女に聞いた。少女は海辺で鳴き騒いでいるウミガラスをも指さした。つづけて、町から少し離れた湿地でくつろぐツルの群れを指さした。

下女は笑った。

さっぱり、わけがわからんわ。

少女もにっこり笑った。

少女がこの世を去ってからはじめて、下女は少女がそのとき伝えたかった意味に気がついた。つまり、少女は子どもに鳥という名前をつけたい、と告げていたのだと。鳥になって遠い遠い空を飛び、自分の村に帰りたい。その思いを込めての命名だったのだろう。それで船着き場のえぞ人たちのところに行き、チカップというえぞのことばを教えてもらい、子どもを買い取った親方にも、その名前を伝えた。できたら、鳥という意味の、チカップと呼んでやってくれ。それが母親の希望だったのだから。

ある時期から、少女は寝付いてしまった。腰が抜けたようになって、どうしても立ちあがることができない。旅籠のひとたちは心配して、医者を呼んでくれた。病の原因はわからなかった。えぞ人だから、えぞ地に戻せば治るのかもしれない。そう言われた。えぞ地がそんなに恋しいのか、と聞いたが、ちがう、ちがう、と少女は頭を横に振りつづけた。それで、旅籠のひとたちは船着き場に来ているえぞ人たちに少女と子どもを託すことはしなかった。

下女はさまざまな薬草を買い求めては、念入りに煎じ、少女に飲ませようとした。えぞ人の少女はおとなしく口を開き、薬をいったん飲むには飲んだが、それから苦しそうにむせて、吐きだしてしまった。食事もとらなくなり、やせ細っていった。いくら下女が嘆き悲しんでも、少女はまるで、生きるのをやめたと自分で決めてしまったかのようだった。（シサムの男と会うんは、もうあきらめるしかない、と観念したんやろうな、とジュリアンが言った。そいで生きる気力が失せてしもうた）

子どもは母親に寄り添い、あいかわらずひと言もことばを出さずに、その体を撫でさすりつづけ、夜になると、母親の体のわきに潜りこんで、いっしょに眠った。少女は意識を取り戻すと、ルルル、ロロロロロ、と舌を震わす音を、子どものために、かすかにひびかせつづけた。（そげなこつにしておこうな、とジュリアンが言った。そうや、ほかの歌も、えぞのことばも、ハポはチカに聞かせていたかもしれん。おまえはそのうち、だんだんそれも思い出すかもな。そうに決まっとる。楽しみにしとれ）

子どもが三歳の夏、えぞ人の少女は息を引き取った。子どもはいつもと変わらず、母親の痩せた体にしがみついて眠っていた。その体が冷たくなっても、眼をさまさなかった。朝早く、納屋を見に来た下女が気がついて、それから騒ぎになった。子どもは納屋の隅にしゃがんで、ぼんやり、おとなたちの動きまわるさまを見つめていた。

下女は少女の体を膝に抱き、頰を撫で、呻き声のような泣き声をあげつづけた。少女の体が運びだされるとき、子どもはあわてて立ちあがった。けれど、おまえはそのままでいなさい、と肩を強く押され、ふたたび、しゃがみこんだ。少女の遺体はどこかに埋葬された。

（おや、おまえはまた、泣いとるのか、とジュリアンが言った。まあ、無理もねえずら。これじゃ、いかにも、さびしい死に方やもん。実際には、どのような最期をハポが迎えたのかわからんが、似たような成りゆきやったんだべ。なんしろ、シサムの世界でおまえはひとり残されてしもうた、それはたしかなんやからな。せめて、パードレしゃまがいてくだされば、ハポの葬儀をちゃんとしてくださったやろうに、シサムたちはおそらく、カネを惜しんで、寺に葬儀を頼みはせんかったろう。けんど、ハポはえぞ人なんやから、寺の坊主に来られても、困ってしもうたかもしれんべ。えぞ人にはえぞ人の弔い方があるんやろうな。墓もそうや。仏教の墓なんぞに入れられるぐらいなら、なんもないほうがいっそ気持がええ。なあ、おまえもそう思わんか？

八歳のチカは大粒の涙をぽとぽと膝に落としながら、小さくうなずいた）

子どもの母親である少女が、納屋に戻ってくることはなかった。子どもはそれを知らずに、母親を待ちつづけた。母親がシサムの男を待ちつづけたように。

（ここで、天に召されたおまえのハポのために、おらしょを唱えるぞ、とジュリアンが声の調子を改めて言った。けんど、おまえはまだ、おらしょをおぼえとらんし、意味もわかっとらんから、退屈しそうや。なあ、あとで、おらしょをおぼえたら、いっぱいハポのために自分で唱えるんやぞ。今は、とりあえず、アベ・マリヤ五回だけじ

ゃ。さあ、わしといっしょに十字を切って、おまえは黙って聞いとれ）
――がらさ充ちみちたもうマリヤに御れいをなし奉る。御あるじは御みとともにまします。女人のなかにおいて、わきて御果報いみじきなり。……いまもわれらのさいごにも、われらのあくにんのためにたのみたまえ。ああめん……

（さて、ここからしばらくは、ほんまにおまえにしかわからん部分になるぞ、とジュリアンは言った。ばってん、おまえが三歳から五歳までのできごとやもんな、なんもおぼえとらんよな。

チカは長いこと、考えこんでから答えた。ちいとは、おぼえとるよ。ぽつん、ぽつん、とな。

ほうか、まあ、そうやろうな、とジュリアンは言った。わしだって、ミヤコからツガルに流されたころについちゃ、なんもおぼえとらん。きっちり思いだせるんは、家族の顔とツガルの野山だけずら。おまえも気にせんでええ。なあ、わしらでおまえの話を作るんや。気にくわんと思うたら、あとでいくらでん、変更可能だっぺ。

ちいと聞きたいんやけど、ミヤコってニホンの中心なんか？　チカは聞いた。

まあ、そうや、とジュリアンは答えた。ミヤコには、ずっと、テンノウっちゅうニホンの王が住んどるからな。けんど、今はなんの力もなくなっとるそうや。ほんまの王になったショウグンのおるエドがニホンの中心になっとる。おまえは、そういや、ニホンのこつはなんも知らんのやな。

おらだって、ちゃんと知っとるよ、とチカは怒って言い返した。マツマエとか、アキタとか、ツガルとか。

ニホンの全体から見たら、おまえの知っとるところは、ものすごかはじっこなんよ。わしとて、ニホンのえらかひとたちがなにをしとるんか、ほんまはなんも知らんのやけどな。そいじゃ、ともかく話をつづけるぞ。思いだしたこつがあれば、つけ加えとくれ。

チカは二度つづけて、うなずき返した）

旅籠の下女は、自分が子どもを育てると心に決めていた。ところが、主人がそれを許さなかった。どうやら、あの子は頭が弱いようだし、口もきけん、そんな使えんやつはここに置いとけん、と考え、マツマエまで巡業に来て、旅籠に泊まっていた軽業《かるわざ》一座の年老いた親方に子どもを売り渡してしまった。子どもが使えんやつだなどという事情は、言うまでもなく、買い手の親方に告げなかった。

もしかしたら、旅籠の主人はそっと親方と話をつけてから、下女に言い渡したのかもしれない。パードレの意向でチカを買い取ったときのいきさつを思えば、親方がチカのためにたくさんのカネを払ったとも思えない。信徒の青年によれば、親方はチカをほんのわずかなカネで手放したらしい。(親方から言われたことばとか、なんかおぼえとらんか、とジュリアンがチカに聞いた。

んだな、親方の手で叩かれると、ひどく痛かった、とチカは答えた。親方の手はとても硬いんじゃ。ムチで打たれるほうがまだ、ましじゃった。そいから、親方のめんたまは赤くて、黄色い目くそが流れとった。そいから、いろんな声を出すおひとじゃった。こわい大声も出すし、おなごのような弱々しい声も出すし、にわとりみたいな声も出した)

年老いた親方は下女から聞かされた子どもの名前チカップをおもしろがって、そのまま使おうと思った。ただし、ふだんはニホン風にチカと呼ぶ。

親方に連れられて旅籠から船着き場へ去っていくチカを、下女はたくさんの涙とともに見送った。幼いチカも少しだけ、涙ぐんだ。シサムの町にあるシサムの旅籠ではあったものの、ハポと過ごした場所から離れるのは心細かった。なんといっても、チカはこの場所以外の土地にまだ行ったためしはないのだった。馬小屋のウマたちと別れるのも、さびしかった。しかも、この土地のどこかにハポは埋められている。(け

んど、親切だったおばしゃんの顔も、ウマたちの顔も忘れたなあ、とチカはさびしげに言った）
親方はすでに、五人の子たちを引き連れていた。くるくるとじょうずに宙返りをしたり、逆立ちをする子たちだった。野中の一本杉とか、カニの横ばいとか、おサルの岩飛びとか、ほかにもいろいろあったが、ひとつひとつの芸に名前がつけられていた。これは遠いシナで曲技を仕込まれたわらしどもでごぜえます、と親方はおなかの太鼓を叩きながら、道ばたで子どもたちの軽業を見せるとき、見物衆に向かって、大きなだみ声で説明した。
――……シナで生まれたときより、ドン、乳代わりに酢をたっぷりと飲み、ドン、はいはいする前から宙返りをはじめたっちゅう、ドン、そんじょそこらにはいねえ、ドン、骨なしのわらしどもでごぜえます。ドンドンドン。（ツガルの港で親方はそげな口上をわめいとったぞ、と青年が言った）
でも、それはウソだった。どの子もニホンのどこかで生まれていて、シナとはなんの関係もなく、チカのように親を失ったり、はぐれたりして、親方に引き取られ、軽業を仕込まれたのだった。一番年長の子はジュリアンより少し小さいぐらいの年齢で、もう少ししたら、体が大きくなりすぎるので、どこかに売り飛ばされるらしい、ほかの子たちがそうささやき交わしていた。

それは、七歳、八歳ぐらいの子たちだった。たった三歳のチカはいわば、おみその存在で、小さすぎたからか、それとも、耳が聞こえず、口もきけないという、あまりに静かな子だったせいか、ほかの子たちからいじめられはしなかった。食べものを少ししかわけてくれない、なにかのついでに突き倒される、つねられる、水をかけられる、そうしたたぐいのちょっかいは、チカには気にならなかった。半分えぞ人の子だから、ネズミを生きたまま食べるんだろう、ほれ、食べてみろ、などと言われてもチカは知らんふりをしていたので、相手もあきらめてしまった。（こんげんいやがらせぐらいはあったずら、とジュリアンが言った）

親方の子たちは威勢の良い町の子たちとちがって、陰気で、まわりの変化に無関心だった。軽業にすべての力を奪われてしまうのか、いつも疲れていた。新しく加わった三歳のチカに、特別な関心など持っていないようだった。軽業の子たちにとっては、町の子たちの乱暴な襲撃から自分たちの身を守ることが、まずは切実な問題だった。敵意に充ちた町の子たちは棒を持って容赦なく、軽業の子たちの体を叩こうとするし、石を投げたり、腐った魚や野菜を投げつけてきた。とはいえ、所詮は子どものこと、親方が気がついて、大声で怒鳴りながらムチを振りまわせば、町の子たちは走り去っていった。(わしはこの目で、悪童どものさまを見届けたんじゃ、と青年が言った。いなかの町暮らしの子は心が狭くて、憎たらしいもんやな)

軽業の子たちは決して、ひどい待遇を受けているわけではなかった。死なないていどに、食べものを与えられたし、ノミや南京虫は避けられなかったけれど、一応、雨をしのぐ寝場所があてがわれた。何年もかかって必死に軽業を仕込んだ子たちを、親方が邪険に扱うはずはなかった。とはいえ、チカは自分から親方に近づこうとしなかった。チカの世話役を、いちばん年長の子どもが命じられた。耳も聞こえず、口もきけん、おまけに頭も弱い、こんな子をまんまとおらに押しつけやがって、と親方はチカの顔を見ると、唾を吐き、だれにともなくののしり声を出した。そして年長の子どもに言った。

——ともかく、迷子にしねえよう、おめえがこいづを見張っとれ。藁縄をつければ安心かもしれんな。

(わしも、パードレしゃまたちもはじめはみんな、おまえを耳が聞こえず、口もきけん、頭も弱い、哀れな子じゃと思いこんでおったもん、とジュリアンが溜息をついて言った。おまえのハポはシサムのことばをしゃべりとうないし、えぞのことばはだれにもわからんのやから、しゃべってもむだじゃ、と思うとったのやろうが、おまえはそんげんハポの思いを受けたんやな。そのうえ、ハポが天に召されてしもうて、軽業の親方のもとに引き渡された。ほんで、おまえの頭んなかで、ことばそのものがうまく育たなくなっとったんかもしれんなあ。そいにしても、おまえはみごとに、よくしゃべるようになったもんや。パードレしゃまたちがこの変化を知ったら、さぞかしびっくりなさるずら。この先、ぶじに生きつづけるのもむずかしかろうと案じておられたっちゅうのにな）

マツマエの夏は短く、冷たい風がある日を境に吹きはじめ、あっという間に、秋になる。するとそれまでマツマエの町をにぎわせていたさまざまな物売りも、托鉢僧《たくはっそう》も、大工や畳屋、指物師などの職人も、芝居一座も、そしてチカが加わった軽業一座も、マツマエをそそくさと離れ、内地に戻っていく。

チカたちも船に乗って、アキタのクボタというところに渡った。アキタという地名は、親方や軽業の子たちから何度も聞かされたので、チカの記憶に残った。マツマエという地名にしても、えぞ地という呼び方にしても、それがどこにあるのかよくわからないまま、下女やほかのおとなたちの口から聞くうち、音のひびきだけをおぼえたのだった。

マツマエから内地に戻るには、波が常に荒くて、とても危険だとされている海を渡らなければならなかった。船はツガルの港フカウラに入り、それから先は、べつの船に乗り換える必要があった。（ありゃ、そんなら、おらは三歳ではじめて船に乗ったんか、とチカは急に驚いた声を出した。赤んぼのときからずっと、船に乗りつづけてきたと思うとったに。

いんにゃ、とジュリアンはにっこり笑って言った。モコロ・シンタに赤んぼのおまえは乗っておったんじゃねえか。三歳になって、おまえはモコロ・シンタから、シサムの船に乗り換えただけや）

アキタの小さな村が親方の本拠地で、そこには畑を耕して暮らす親方の家族がいた。親方の老いた妻にもっと年老いた母親、ほかにもだれかがいたような気がするが、チカには思い出せない。親方の留守を預かる形で生きている妻たちは、チカに負けず劣らず、口を開かないひとたちだった。

親方と軽業の子たちはえぞ地からアキタの港に戻ってからも、ほかの町や村をまわり、充分に、あるいは、まあまあのカネを稼いでから、山裾にある、親方の家族の待つ小さな農家に戻った。そして、雪深い真冬のあいだは、その家にこもって過ごす。土間で六人の子は軽業の練習をつづけ、夜は、囲炉裏の脇で折り重なって眠った。囲炉裏の反対側には、親方とその家族が眠っていた。

そこは本当に雪の深いところだった。家の屋根よりもはるかに高く雪は降り積もり、家は雪に埋まった。家の戸口の前だけは、おとなたちが毎日のように雪かきにはげんでいたが、村の道などどこにあるのかさっぱりわからなくなった。マツマエでチカはそんな雪を見たことがなかった。雪につぶされそうになって、村のひとたちは生きていた。来る日も来る日も雪が容赦なく降りつづき、ときどき雪のかたまりが音を立てて落ちる。

毎日、山芋や干し大根、干し柿、干したネギなどをかじり、親方がどこかに仕掛けておいた罠に運良くタヌキとかシカとかウサギがかかれば、そのときだけは、肉を鍋にして食べることができた。親方がじょうずに処理した動物の皮で、親方の家族と軽業の子たちも手伝って、雪靴を作ったり、胴着も作った。骨もむだにはせず、雪ぞりやかんじきを作り、ほかにも、縫い針や槍、矢の穂先など、細々したものを作った。

(ツガルの冬がそんげなふうやったから、アキタでも同じやったろう、とジュリアンが言った。もっとも、雪はアキタのほうがずっと深いようやが)

空から雪の降りそそぐ量が少し遠慮がちになり、軒に並ぶ大小のつららに水滴が見られるようになると、それが春の訪れだった。雪の壁は高いままでも、親方と軽業の子たちはふたたび、ほかの町や村をまわりはじめた。歩いて移動することもあれば、船に乗ることもあった。（んだから、おまえはわしたちと出会う前にも、飽きるほど、船に乗っとるわけじゃや、とジュリアンが言った）やがて雪は消えていき、草がぐいぐいと伸び、木々は葉っぱをつけ、花を咲かせた。日々、その色は変わっていく。そのあざやかな色の変化に見とれているうちに、夏が近づく。すると、親方と軽業の子たちは大きめの船に乗り、マツマエに向かった。

マツマエは豊かな町だった。近ごろは金山からの上がりでうるおっているし、えぞ地ではいくらでも採れる昆布やサケ、ニシン、そして木材なども、マツマエのシサムたちがえぞ人を介して、あるいは自分たちが直接手に入れ、儲けを伸ばしていた。

景気が良いところには、多くのひとたちがカネ目当てに集まってくる。とくにマツマエの夏はにぎやかだった。町のひとたちは大いに喜んで、軽業の子たちを迎えてくれた。そのため親方にとって、船賃や役人に払うカネがかかるとしても、稼ぎ場所としてマツマエは魅力的なのだった。（マツマエにいる連中はみんなニホンを離れて、心細い思いをしとるのさ、と青年が言った。荒稼ぎしたら一刻も早く内地に帰ろうとしか思っとらん。だから、稼ぎ方が荒くなるんだな。銭勘定がようわからんえぞ人をだまして、一方的な取り引きをするずるいやつらも多いそうな）

親方のもとで、チカはとりあえず宙返りの練習をさせられていた。アキタの親方の家にいるあいだも、旅のあいだも、練習をさせられたが、ちっとも上達しなかった。道ばたでほかの子たちが軽業を披露するときは、見物衆が投げるカネを集めた。そもそも親方がなにをどなろうが、頭にげんこつをもらおうが、チカには親方の言うことがわからなかった（そげんこつにしとったんだもんな、とジュリアンが言った）ので、ぽかんと口を開けたまま、なんの反応も見せなかった。体を乱暴に蹴られようが、ムチで打たれようが、のろのろとしか動かなかった。いつも眠そうに、あらぬほうを見て、ぼんやりしていた。

マツマエの町では、どこを見ても知っている場所のような気がしたけれど、よく見れば、見知らぬ場所ばかりだった。親方はチカの生まれた旅籠がどこにあるのか知っていたのだろうが、チカが里心を起こすのをおそれてか、その旅籠には近づこうとしなかった。

とはいえ、旅籠の下女と下男たちはチカが加わっている軽業一座のうわさを聞かなかったはずはない。軽業の見物衆に交じって、チカの姿を見届けた可能性は高い。下女はすぐそこにいるチカを見ながら、涙を流したのかもしれない。旅籠で働く身では、たとえチカを買い戻すカネを用意できたとしても、自分のそばに置くことができない。

元気にチカが生きていると確認できただけで、満足するほかない。これから毎年、夏になれば、チカはマツマエにあらわれるのだろう。下女はそう考え、自分を慰めた。もしかすると、下女はチカのハポを埋葬した場所を知っているのだから、そこへ行って、ハポにチカが健康に育っていることを伝えたのかもしれない。（んだ、そうおまえも思わんか、とジュリアンが聞いた。親切なおひとやったんなら、ひそかにおまえのハポの墓参りをつづけてくれとるにちがいねえべ。きれいか花も植えてくれたかもしれんよ。

チカは何度もうなずいた）

マツマエに冷たい風が吹きはじめると、ふたたび波の荒い海を渡って、アキタまで戻り、町や村をまわって、真冬には、親方の家にこもる。そのくり返しをたどるあいだに、チカは五歳になった。あいかわらず、軽業のいちばん基本となる宙返りもまだできずにいた。二度めの春、最年長の少年がうわさ通り、どこかに売られていった。

子が成長するのは、おとなから見れば、すこぶる速い。苦労して高度な軽業を仕込んでも、気がつくと、すでに体の重い年齢が近づいている。新しい子を補充する必要に、親方はいつも追われていた。チカのような使い道のなさそうな子を手もとに置きつづけるゆとりはなかった。それでも親方は三度めの夏まで、チカを手放そうとしなかった。そもそもチカを買ったカネがもったいなかったし、やがて、なにかの拍子に、宙返りができるようになるかもしれない。よく見れば、顔立ちは半分えぞ人の子だけあって、なかなかのもので、将来、美人になりそうだった。もう少し大きくなったら、どこかに高く売ることだって考えられる。親方はそんな算段もしていた。

けれど、現実にのろのろした、間抜けなチカを見るたび、イライラして、どうしてこんな出来そこないを買ってしまったんだろう、と後悔した。腹立ちまぎれに、こいつを殺してしまうかもしれない。内心、そうおそれてもいた。親のいない子を買い取って、軽業を仕込み、見世物にして稼ぐ商売をつづけていても、人殺しにはなりたくなかった。

そうして、耳が聞こえず、口もきけず、頭も弱いとされていたチカは、軽業一座とともに、マツマエを三度めに訪れ、冷んやりした風にうながされ、ツガルに向かう船に乗った。その船で、パードレの一行と乗り合わせ、パードレをパードレと知らぬまま、金色の毛がひかる腕にしがみついたのだった。

## 3　ツガルからナガサキに向かったジュリアンとチカの物語

（あとは、おまえも、このわしもおぼえとるこつが多くなるな、とジュリアンが言った。じゃっけん、たった五歳だったおまえはともかく、わしも恥ずかしかけんど、この三年間どんげん過ごしてきたか、ようわからんくなっとる。信徒から信徒へと受け渡されて、わしらはここまで来たんやもん。地図も持たんし、記録もつけとらん。なんがなんやら、マリヤしゃまにおすがりするだけやったずら。パードレしゃまたちも今ごろ、どうしていなさるか、ぶじに生きとられるとよいのやが。三年のあいだ、こわかこつ、つらかこつも多かったけんど、マリヤしゃまのご加護で、わしらはとにかく今も元気に生きとる。もう少しでいよいよアマカウに行く日が来るぞ。途中で、わしもおまえもそれぞれ病気になったりしたが、よくぞここまで来られたもんや。

チカはジュリアンの横顔を見つめて言った。

んだども、兄しゃまは痩せてしもうたよ。頬がへこんどる。疲れとるんじゃねえか？　もっと魚でん、ウサギでん、肉を食べねば。

ジュリアンは笑って答えた。わしの体がおとなの男になろうとしとるだけずら。ほれ、わしの顎のところを見ろや。ひげの赤んぼのような毛が生えとるべ。

チカは手を伸ばして、ジュリアンのいうひげの赤んぼに指さきで触れた。それは長く伸びすぎた産毛のような細い五本ほどの毛にすぎなかった。

おとな、になるん？　チカはふしぎそうにつぶやいた。

おお、そうや、わしも今度の正月で、十四歳になるんよ、とジュリアンが言った。おまえも九歳になる。五歳のときと比べると、でかくなったもんやなあ。
ミ、チ、とチカはつぶやいた。それからジュリアンにはっきりした声で告げた。ミチじゃったよ。えぞのことばでお父うじゃ。ひげはな、レクじゃ。ミチにはりっぱなレクが生えとる、それがえぞ人、いんにゃ、アイヌじゃ、とおらのハポが言うとった。ハポはアイヌじゃけんど、チカのミチはシサムで、レクはちょっぴりしか生えてねえんやと。そいで、おらとハポを忘れてしもうたんじゃねえかと言うとった。今、思いだしたずら）

えぞ地の金山からマツマエの町に戻ったパードレ一行は、風待ちのため、港で一週間も足を止められた。その風待ちがなかったら、チカはパードレと会わなかっただろうし、ジュリアンとも会えなかっただろう。

風待ちのあいだ、えぞ人（今後は、アイヌと言おうな、とジュリアンが言った。チカはうなずいた）の暮らしぶりと、アイヌの土地は大陸とどうつながっているのか、どのぐらい広いのか、アイヌの土地の向こうにはどんな国があるのか、そうした事情をパードレは少しでも知ろうと努めた。自分に直接関係のない事柄でも、なんばん人のパードレたちは知っておきたいという衝動に駆られるらしかった。新しい知識そのものが、なんばん人の喜びなのだった。

アイヌたちのニホン語はつたなく、パードレのニホン語も奇妙な発音があり聞き取りにくい。それで、荷物持ちの信徒の青年が必死になって、通訳にはげまなければならなかった。（ほほう、と思うたのは、えぞ地の西には広い湿地があって、さらにその向こうには竹が生える大陸があり、眼を瞠《みは》るようなウマが走っとるという話、それから北に行くと、石で造った家に住んでいて、りっぱな服を着た白いひとたちがおるという話じゃったなあ、と信徒の青年が言った。東には、ラッコの島というのもあるそうな。そう知らされてみると、なるほど知識というもんはおもしろくて、やめられんっちゅう思いになる。なのに、えぞ人からシサム、つまり隣人と呼ばれとるニホンのわしらが、えぞ人の世界にまるで無関心なのは、考えもんかもしれんな）

風待ちのあいだに、もとはサカイに住んでいたマツマエの信徒ふたりが、一行にとってじつに都合のよい船を探しだした。船頭がその信徒たちから借金をしていたので、船賃から借金分を引かせたのだった。パードレたちは鉱夫の組として乗船した。すると、役人たちもすかさず乗船してきて、名簿を調べ、出国のカネを取りたてた。船はパードレたち六人のほかに、軽業の一行を含めた二十人ほどの船客を乗せていた。行きと同様、その日も海峡は穏やかだった。船頭はときに櫓《ろ》を漕ぎ、帆に風を受けて、夜には、ぶじツガルの港フカウラに着くことができた。

パードレは船をおりるときにも、小さなチカをその胸に抱いていた。あんじょのチカを手放すつもりはなさそうだった。同行していたパードレの世話役であるふたりの同宿たちは、それを見て当惑した。信徒たちもとまどった。そしてだれよりも、軽業の親方がとまどった。怪しい風体《ふうてい》の、あの大男にチカを奪われてなるものか。あんなに体が大きいのは、えぞ人だからだろうか。それでチカを奪い取ろうというのか。しかし、えぞ人はえぞ地を離れて、ニホンに来ることは許されてはいないはずだが。

フカウラの船着き場に着けば、今度は入国のための役人の検分がはじまる。その前に、せっぱつまった親方は、鉱夫を装ったパードレの腕のなかにいるチカに手を伸ばして、むりやり抱き取ろうとした。パードレはびっくりしながらも、チカの体から手を放さなかった。

——そらあ、おらのわらしだべ。けえしてけれ。

パードレもなにかつぶやいた。そのことばは親方には通じなかった。あわてて、案内役と通訳を兼ねている信徒のひとりが、にわか仕込みの奥州のことばで親方に話しかけた。

——このわらしはおめえさまのお子なんかね。

——そんだ。こいつあ、耳も聞こえねえし、頭も弱いわらしだべし。それをまんず、ちょししやがって……。

腹を立てた親方はうっかりこのように口走ってから、しまった、と思ったのではないだろうか。黙って、こいつらに高く売りつけたほうが利口だった。しかしもう遅かった。大男の一行は、親方のことばを聞いて、いっそうチカに同情の心を寄せたようで、小声で、相談をはじめた。大男はまだ、たいせつそうにチカを抱いている。そして、さっきの男が親方に言った。

——向ごうにもおめえさまのわらしが四人もおるなあ。どっかで拾ってきたわらしどもじゃねえべか。このわらしどもに芸をさせとるんだべ。頭も足りん、口もきけん、そんげなわらしは厄介者だっぺ。おらだちが引き取ってやるから、おめえさまは安心すろ。

アキタの親方にとって聞き慣れないことばだったが、もちろん、意味は理解できる。そして、親方は相手の言い分の、あまりの厚かましさに、毒気を抜かれ、低い声でやっと声を返せただけだった。

――んだども、ぜ、ぜんこは？　ほれ、銭っこよ。

――ああ、銭っこを払えとな。ちいとこ待っとくれ。

それから大男を囲んだ男たちは、ふたたび相談をはじめた。パードレにも、信徒たちにも、カネの余裕があるわけではなかった。もしたっぷりカネがあれば、前年、やはりえぞ地に赴いた先輩のパードレ・アンゼリスのように、商品を適当に用意して、商人に化けることができた。そんな資金がなかったから、パードレ・カルワールのほうは貧しい鉱夫に変装しなければならなかったのだ。（きりしたんに対する取り締まりが厳しくなって、アマカウからフルトガル船で届けられるはずの資金が止まってしもうたせいじゃと聞いとるがの、と青年が言った）

心強い支援者であるミワケのゴトウさまから預かったカネだけが、金銭面での頼りだった。役所に払うカネも、ウマを雇うカネも必要だし、関所に着けば、そこでもカネが要る。ほかにも袖の下が必要な場面があるにちがいない。そのための資金を入れた胴巻きはすでに、かぎりなく軽くなっていた。ツガルの中心地タカオカまで行けば、情けない話ではあるが、パードレ一行の到着を待ちあぐねている信徒たちの援助を期待できる。そこまでは、徒歩で一日半の行程だった。さらに、ゴトウどのの領地ミワケまで戻ったら、あんじょの女の子を安心して預ける当ても見つかるだろう。

パードレ一行は内心冷や汗をかきながらも、とりあえずタカオカに着くまで、わざと親方との決着はつけずにおくことにした。

「ゴトウどのは古くからの熱心な信徒でな」と青年が言った。「オオサカの戦と呼ばれとる大きな戦に駆りだされたとき、今のショウグン側の陣内におられたパードレ・アンゼリスさまと再会なさったんじゃと。パードレさまたちの国外追放令が出されたあとも、国内に身をひそめて留まっておられたおかたじゃ。戦のとき、アンゼリスさまはたまたま、ある屋敷に身をひそめておられたようやな。ミワケの領主ゴトウどのはそのとき、アンゼリスさまに奥州に追放された信徒たちの世話をお願いした。ほんで、ミワケが奥州をまわるパードレさまたちの拠点となったたっちゅうわけじゃ。ミワケの領地じゃ、すべてのひとたちがきりしたんになっとるし、パードレさまたちのための館もある。ミワケはどこにあるかって？　センダイにも、デワにも、そこからだと数日で行けるっちゅう場所じゃ。しかしミワケからデワやアキタの方面に行くのは、険しい山があるから難儀な道中でな。しかも冬には雪が深《ふこ》うて、谷間に落ちそうになるし、そのうえ身を寄せる人家もなく、代わ

りに、おそろしい盗賊やクマが出没する。ひとの往来の多い街道は避けねばならんし。いやはや、苦労は絶えんよ）

船着き場では、ウマを引き連れた大勢の馬子《まご》たちが客を待ち構えていた。信徒たちがウマの交渉をしているあいだに、パードレ到着をタカオカに知らせる内容の文を同宿が用意し、それを持って、信徒のひとりが一頭のウマを雇い、ひとあし先に出発した。

そのとき、同宿のひとりがほかの馬子たちに聞こえるよう、わざと大きな声で、おらだつが泊まれる宿を見つけといてけれや、と命じた。（それぐらいの用心はいつものことじゃ、と青年は言った。馬子たちなどは賞金が欲しくて、少しでも怪しいと見れば、すぐ役人に届け出るんじゃ。そうなったら、わしらは例外なく全員捕まって、処刑だもん。いつ殺されてもかまわんと覚悟をつけとるとはいえ、わしらを待ち望んでおる信徒たちを落胆させるわけにゃいかんからな）

パードレ一行は三頭のウマを雇った。二頭のウマには荷物を載せ、残りの一頭に、体が弱っている信徒のひとりが乗ったり、ときにパードレがチカを抱いて乗ったりもした。そのうしろには、同宿たちと信徒たち、そして軽業の親方と四人の子たちがぞろぞろついていった。(親方はそういえば、船着き場でわしらがもたついとるわずかなあいだにも、しっかり四人の子たちに軽業をさせ、カネを稼いでおったな、と青年が言った)そしてときどき、親方は正体不明の大男に駆け寄り、叫びつづけた。

——おらのわらしをけえしてくれ。そりゃ、おらのわらしだど!

三頭のウマを引き連れる馬子たちは、親方と大男の一行を見比べ、首をひねった。こいつらはいったい、どんな連中なんだろう。小さな娘っ子の奪い合いをしているらしいが、どっちもどっちで、どちらかと言えば、ウマを雇ってくれた一行のほうが、それだけカネの余裕があるということだから、まともそうには見える。菅笠で顔を隠している、あの痩せた大男は力士のなりそこないなのか、見世物の一種なのか、ひょっとしてニホン人ではないのかもしれないが、ニホンのことばを理解しているようだし、ニホン人の鉱夫の仲間らしいので、それはちがうだろう。しかし、なにかにおうことはにおう。タカオカまでとにかく、様子を見つづけよう。(一見、愚鈍に見える馬子たちだが、その眼は隙がなく、わしらの動きを見守り、ことばを聞いておった、と青年は言った)

馬子たちが眼をひからせているなかで、信徒のひとりはうしろを振り向き、親方に愛想笑いを見せて、まんずまんず、そんたに急がんでも、旅は道連れ、天気も良し、タカオカまで、ゆっくりいっしょに行くべし、などと言い、軽業の子たちにも笑顔を向けた。その子たちは自分もチカのように運良く、ふしぎな大男の一行に買い取ってもらえないか、そう願い、大男やほかの男たちのそばに駆け寄っては、袖を引っ張ったり、腰をつついたりしていた。でもすぐに、親方にどなりつけられ、一行の最後尾に戻った。

すでに十歳を超えた子たちなので、半分アイヌの子で、耳が聞こえず、口がきけず、頭も弱い、まだ五歳のチカは同情されても、すでに芸をしっかり身につけた年長の自分たちは同情されないし、親方も手放すわけがない、とはじめからあきらめていた。それでも、もしや、という思いを捨てきれずに、ときどき思いついては、大男たちのそばに駆け寄り、注意を惹《ひ》きつけようとしつづけた。（気の毒な子らじゃったが、わしらには四人とも救う力はなかったもんなあ。青年は溜息混じりに言った。パードレさまもあの子らを見捨てねばならんとは罪深いことじゃ、と涙を眼に浮かべて苦しんでおられた）

親方がいつ、こいづはなんばん人だぞ、きりしたんの連中だ、と叫びだすか、あるいは馬子たちが騒ぎだすのではないか、とひやひやしながら、パードレの一行はタカオカへの道をたどった。海岸沿いの道を進み、イワキ山という山の裾をまわって、タカオカに近づくので、楽な道中ではあった。そのあいだ、パードレはチカと手をつないで歩くときもあった。ほかの信徒が背中にチカを負って歩くときもあった。（おまえ、パードレしゃまの手をおぼえとるか、とジュリアンがチカに聞いた。温かい手やったか、やわらかい手やったか。

うーん、ようわからん、とチカが小声で答えた。大きな手におらがしがみついとったのはぼんやりおぼえとるけんど、それが親方の手やったんか、パードレしゃまの手やったんか、区別がつかんくなっとる。

ほうか、そりゃ残念やなあ、とジュリアンはつぶやいた）

パードレはまるでチカを見習ったかのように、タカオカに着くまで、ほとんど口を開かなかった。アマカウとナガサキでそれぞれ一年ずつ、ニホンのことばを学び、非常に巧みに話せるようになって、しかも体が並はずれて頑強だから、と上司のパードレたちから選ばれ、（言うまでもなく、ご本人の熱い希望がはじめからあったわけだがな、と青年は言った）ニホンに送りこまれたとの話だったけれど、ニホンのどこに行っても、そのニホンのことばは独特な発音のせいであまり通じず、こいつは何者なんだ、と怪しまれる材料になりかねなかった。信徒たちの前では口を開いたが、街道や茶屋などでは、パードレは黙っていなければならなかった。それではちいとも上達せんが、とパードレ自身はその取り決めを悔しがった。しかし安全第一で、がまんしてもらうしかなかった。（ニホンのことばっちゅうのは、案外これで、よその国のおひとが学ぶにはむずかしいことばらしいな、と青年が笑い声を洩らした。アマカウじゃ、これは地獄のことばにちがいない、と言われとるんじゃと。シナのことばのほうがよほど簡単なんじゃと。わしらにはそのむずかしさがわからんから、パードレさまがどうして、へんなニホン語しか話せないままなのかふしぎな気がしたがの）

タカオカまでは一日半の行程なので、途中、茶屋で腹を満たしたついでに一眠りするなりして、それぞれ休息を取るだけで、宿には泊まらないことにした。馬子たちも不満そうだったが、四人の子たちを引き連れた親方は、どっかで眠らねえとおらだつは体がつづかねえだ、と腹を立てた。それでもチカをただで手放すわけにはいかないので、ぶつぶつ文句を言いながら、パードレ一行のあとについてきた。

予定だといつも通り、親方たちはフカウラの船着き場からさらに船に乗って、アキタまで行くはずだったのだ。毎年、同じ時期に同じ町や村を通るので、軽業一座を待ってくれているひとたちがいるにちがいない。そう思うと、親方は焦った。このような大道芸の世界もそれなりに競争が激しい。うっかりすると、ほかの軽業連中がのさばって、いつもの場所を奪い取られてしまうかもしれない。高足《たかあし》一座もいれば、綱渡りの蜘蛛舞《くもま》いのやつらもいる。田楽や、猿曳きの連中もいる。

しかし、タカオカまでは一日半なのだという。そこまで行けばどうやら、チカを引き取る代金を払ってくれるらしい。親方は予定の狂った自分の日程を計算した。ついでだから、タカオカで五日ほど子どもたちの芸を見せて、わずかなりとカネを稼ぐとして、それからフカウラに戻るまで、八日間の遅れになる。そのていどなら、なんとか取り戻せる。タカオカまでつきあわされるのなら、チカの代金はかなり高く払ってもらわなければならない。それにしても、タカオカの町に行くのははじめてで、どのぐらい商売になるのか、さっぱり見当がつかない。親方はそれを思うと、不安になった。腹も立った。

やっぱり、タカオカまでつきあわされるのはいやだ。そして、大男たちのそばに走っていき、叫んだ。

――おらのわらしをけえしてくれ、そりゃ、おらのわらしだど！（親方にも迷惑をかけてしもうたな、と青年は笑いながら言った。わしらもタカオカに着くまで気が気じゃなかったもんで、親方に同情する余裕などありゃせんかった。親方なり、馬子なりの声が聞こえるたんびに、こいつら、きりしたんじゃあ、そう叫んどるんじゃないか、といちいち跳びあがる思いじゃった）

夜になると、まだ五歳のチカは眠くなり、ふたたびパードレがウマに乗り、チカを抱いた。チカはタカオカに着くまで、ぐっすり眠りつづけた。親方にしたがう子たちにしても眠かった。足もとがふらつきはじめ、うずくまってしまう子もいた。

——こらあ、歩げ、歩げ。あとちぃとこだで、がまんすろ。

機嫌のわるい親方は容赦なくどなりつけた。それぞれの小さな荷物を背中に縛りつけた子たちは眼をこすりながら、文句も言わずに黙々と歩きつづけた。

もう初秋の時期にさしかかっているとはいえ、夜はすぐに明けてしまう。空が白みはじめ、イワキ山が淡い桃色を帯びて浮かびあがった。（星の光がまだ残っとる夜明けの薄青い空に、さくら色の山がかがやいとるんじゃ、あれほど美しい眺めはないだろうな、と青年がうっとりした声を出した。パードレさまも先に進むことをしばらく忘れるほど見とれなさって、われらが創造主デウスはやはり、この苦難に充ちたニホンを見守っていてくださる、とおっしゃっていた。

あのお山がなつかしいのう、とジュリアンが言った。ツガルという土地はいっつもあの美しかイワキのお山に守られておるんや。おまえはあの山をおぼえとるか。

ジュリアンに聞かれて、チカは首を横に振った）

タカオカはもう目の前だという村の茶屋で、パードレたちはかゆの朝飯をとり、一休みした。チカはその茶屋でも眠りつづけていた。とんだ出費だっぺ、と親方はぼやきつつ、同じ茶屋で軽業の子たちに少しずつかゆをすすらせ、大男の一行が休んでいるあいだだけ、子たちを眠らせた。三人の馬子たちも大男の一行といっしょに、かゆをすすり、ウマにもふすまをやり、水を飲ませた。その料金は、大男たちが払った雇い賃に含まれていた。

馬子たちは大男の正体をますます怪しむ気配を見せはじめていた。それで茶屋の縁台に坐ったパードレは眼を覚まさないチカの髪の毛をいかにも愛おしそうに梳《す》いてやり、(チカはあんじょじゃから、まねだけじゃなく、本当に愛おしんでおられたんだけどな、と青年は言った) 信徒が用意した手ぬぐいでチカの汚れた顔を丁寧に拭い、手足もきれいにしてやった。あたかも、父親がわが子を、あるいは叔父がかわいい姪《めい》を世話するような心のこもった手つきで。そして、つぶやいた。

——おお、よう寝とるのう。寺ももうすぐじゃ。(それぐらいのニホン語だったら、変な発音がばれずにすんだんじゃ、と青年は言った。

おまえ、パードレしゃまに体を拭いていただいたとは、えらいこっちゃ、とジュリアンが言った。もうそんときに、おまえはパードレしゃまからお水をいただいたよう

なもんじゃな)

それを聞いて、同宿が大きな声で言った。

――あのお寺の住職さまはそりゃあそりゃあ徳の高いお方だはんで、このわらしを喜んで引き取ってくださるっぺ。

ほかの信徒も言った。

――んだ、んだ、おらだつでこのわらしを引き取れればいいがったに、金掘り風情じゃあむりじゃからな。

きりしたんにとっては仇敵《きゆうてき》である仏教の寺について、尊敬の念を込めて話すのはつらい試練だったが、そのせりふを聞き、馬子たちはなんとか大男の一行についての疑いを解いてくれたようだった。しかし最後の最後まで用心しなければならなかった。親方のほうはといえば、寺にチカを預けるつもりだと耳にして、そうすっと、おらに支払われるカネはいってえどうなるんだべ、とひとりで疑心暗鬼を深めていた。

タカオカに五層の立派な城が建てられてからというもの、仏教徒の移民が激増し、寺も新しく建てられたという事情は、すでに、パードレ一行も承知していた。寺が建った以上は、今後、きりしたんに対する監視が厳しくなる一方にちがいなく、それは信徒たちにとって憂鬱な変化だった。以前のツガルでは仏教の影が薄く、タカオカも貧相な宿場町にすぎなかったが、そのぶん、きりしたんには安心できる土地柄なのだった。(むかしは、ツガルもえぞ人の住む土地だったそうじゃな、と青年が言った。戦に敗れたり、流刑になったり、借金から逃げてきたニホン人が、そもそもツガルのニホン人たちのご先祖になるんじゃないだろうか。大水や山崩れなんかで、村ごとの移住もあったのかもしれんしな)

たっぷりと茶屋で休息をとってから、いよいよタカオカに向けて出発し、その日の昼すぎにようやく、ひとの往来が多い町に、一行は到着した。五層の城のまわりに、まだ新しい家が建ち並んでいる。眼を覚ましたチカは、馬に乗ったパードレに抱かれたまま、大きな眼でにぎやかな町を珍しそうに見つめていた。(タカオカの町をおまえはおぼえとるか、とジュリアンがチカに聞いた。

いんにゃ、とチカは答えた。けんど、大きな町なんじゃろ?

ああ、タカオカの町はにぎやかなもんやったずら、とジュリアンは答えた。マツマエよりもひとが多いかもしれんべ。まあ、わしはマツマエを知らんから比べられんし、ツガルのいなか住まいのわしはめったに町まで行く機会もなかったけんどな)

町に入り、ある一角まで来ると、パードレは一声、叫んだ。

――ゲンタあ、どこにおるう!

タカオカのきりしたんに宛てた文を持たせて、ひとあし先に発たせた信徒に、ゲンタという名前を仮につけておいたのだ。一行のために宿を探しておくという建前になっていたので、同宿も信徒も町並みをながめながら、舌打ちをして、宿はどうなった、ゲンタはなにをしとる、と聞こえよがしに文句を言い合った。やがて、一軒の家から「ゲンタ」が駆け出てきて、これも大きな声で言った。

——おおい、おらあ、ここだどう！　どこも宿はふさがっとるけんど、ここにゃまだ、客がいねえずら。

パードレの一行はすぐさま、その家に向かった。言うまでもなく、そこはミヤコ時代からの古い信徒が住む家だった。きりしたんの正体をごまかして移動しつづけるうちに、みな、とても芝居が上手になっていた。（いざとなったら、役者として生きていけるほどじゃ、と青年が言った）どちらかと言えば、みすぼらしく見える小さな家から、あるじとその息子たちが駆け出てきて、パードレたちの荷物をウマの背からさっさとおろした。仕事が終わった馬子たちはそれぞれのウマを引き、どことなく納得しかねる顔のまま、その場から立ち去っていった。なんばん人のパードレを見つけたと役所に届け出るのではないか、という疑念は消えなかったが、翌日になっても、さいわいなことに、役人たちが捕縛に駆けつけてくるという事態は生じなかった。

残る問題は、軽業の親方だけになった。大急ぎで、同宿のひとりが家のあるじに事情を打ち明けた。

——どうにもすまんが、あの気の毒な、半分えぞの子を親方から買い取るためにカネが必要なんや、二十文ぐらい払えば充分かと思うんやが、用立ててくれんかな。パードレさまがなにしろあの子をあわれがられて、今さら、見捨てるわけにもいかんし、困り果てとるんや。

家のあるじはパードレと手をつないでたたずむ小さなチカを見やり、少し離れたところに四人のすけた子たちとともに立つ親方の、貧相な体と心細げな顔も見やってから、うなずいた。

——ほんなら、まず代金の交渉を息子にさせまひょ。

そして、大きいほうの息子を呼び寄せた。

パードレたちはそれで大いに安堵して、チカを連れて家のなかに入った。チカはそのとき、ふと立ち止まって、親方と四人の子たちを振り返ったのかもしれない。たったの五歳といえど、今までの二年の歳月をともに過ごした親方とほかの子たちなのだった。とりたてて恨みはなかったし、愛着もなかった。それでも毎日いっしょにいれば、たがいの存在にすっかり慣れてしまう。肌に親しみ、においにも、声にもなじむ。その世界からいよいよ、離れていくんだ、そうチカはそのとき感じたのかどうか。（ほんまは、どうやったんか、とジュリアンが聞いた。

わからんよ、そげなこと、とチカは怒ったように答えた。なんとのう、さびしか思いもあった気がするし、うれしか思いもあったんやなかろか）

チカは首を少しかしげ、親方と四人の子たちを見つめ直し、それから急いで、パードレのあとを追った。

船で自分からしがみついたパードレだった。パードレの意味を知らなかったし、なんばん人だという知識もまだなかったけれど、五歳のチカはパードレについての、自分の直感を信じていた。このひとなら、抱いてほしいときに抱いてくれる。おなかが空いたり、体のどこかが痛くなったり、寒くて眠れなかったりしたとき、このひとなら助けてくれるだろう。あるいはもし、どうする手立てもなければ、チカのために涙を流してくれるだろう。以前、そういうひとがいつもそばにいてくれたという感触が、パードレのふわふわした毛に包まれた腕にしがみついてからというもの、チカの体のなかによみがえっていた。（どうじゃろう、ちがうかの？　とジュリアンが聞いた。おまえはハポがそばにいたころのことを忘れてしもうたかもしれんが、体ではおぼえとったんとちがうか。

そうやなあ、おぼえるとか、忘れるっちゅうんじゃのうて、こん体んなかでハポやモコロ・シンタの歌が縮こまって隠れておったっちゅう感じずら。そいがわかって、おら、とってもうれしかった。もっといろんなもんが隠れとるんやろうしな。

そしてチカは、ルルル、ロロロ、と舌を震わす音を、自分自身に聞かせるように少しだけひびかせた）

パードレの一行が通された家は見かけよりずっと奥が深かった。いちばん突き当たりの、明かり取りの窓もない暗い座敷に、パードレとチカ、それに同宿たちが通された。暗いけれど、チリひとつ落ちていない清潔な座敷で、壁には女のひとと男のひとを描いた二枚の絵が並べて飾られ、書見台には十字の形をした、子どもが遊びで使うようなものが置かれていた。ほかに、黒いお数珠やら、盃《さかずき》やら、お札やらなにやらいろいろなものが置かれている。チカがはじめて見るものばかりだった。木で作られた十字の形をしたものには、半分裸の男のひとの、銀色の小さな像がくっついていた。

好奇心から思わず、チカが手を伸ばすと、同宿のひとりが、それに触ってはいかん、とこわい声でたしなめ、チカの手をはたいた。けれどすぐに、チカの肩をつついて、両手を合わせて見せた。チカにもそうしろ、と言いたい様子だった。それで、チカは神妙に手を合わせせた。同宿はひとりごとのようにつぶやいた。

──どうせおまえには聞こえんのじゃろうが、一応、言っておくぞ。これはのう、わしらが信じておるこの世の創造主デウスさまの大切な御ひとり子ゼズスさまなんじゃ。あちらの美しいおなごの絵はマリヤさまで、ゼズスさまのおかっつぁまじゃ。いつも、手を合わせて、頭もさげるんじゃよ。ちいとは、わかったんかの。まあ、ええ、今はとにかく、おとなしゅうしておれ。

そのときはじめて、デウスだの、マリヤだの、ゼズスだのという名前を、チカは耳にしたのだった。パードレも同宿もみんな、まだ、チカにはなにも聞こえていないと思いこんでいたので、そうと気がついていなかったけれど。チカはきりしたんの信じるくるすなるものも、はじめて見た。それはチカの眼にはおもちゃのようにしか見えなかったが、このひとたちにとって、とても重要な意味を持つものらしいとは、五歳のチカにも、すぐに了解できた。それで、書見台に置かれた品々と壁の二枚の絵には絶対触っちゃだめ、と自分の両手に言い聞かせた。

そもそも、きりしたんということばすら、以前に聞いたことがなく、ニホンでの境遇についても知らなかったので、チカはくるすを見て驚きもしなかったし、まして警戒もしなかった。マツマエの旅籠での日々とアキタの親方に黙々としたがう移動だけが、それまでの幼いチカにとって、世界のすべてなのだった。その世界には、きりしたんとか、ニホンの支配者がどんなひとなのか、などという話は一切、近づいてもこなかったし、だれかから聞かされたとしても、三歳、四歳のチカにはまるで理解ができなかったろう。

（八歳になった今のおまえだとて、やはり、おとなの世界についちゃわからんよな、とジュリアンがチカの顔をのぞきこんで言った。だいぶ話は通じるようになったけんども、なしてわしたちがアマカウに行かねばならんのかも、ようわかっとらんのやろ。

チカは口を尖らせて言い返した。大きかこつはわからんでも、おらはアマカウっちゅうところに早《はよ》う行きてえもん。船に早う乗って、海にまた出とうよ。天主堂がたくさんあって、すてきな楽の音と鐘の音が聞こえるアマカウに行きとうよ。そこにはパードレしゃまもぎょうさんおるって、兄しゃまも言っとったべ？　ちゃあんと、おぼえとるさ。けんどおら、ほんまは、アマカウよりもっと遠い海の向こうまで行きてえ。ふしぎなお花や鳥も見てえな）

チカは座敷の壁に飾られたマリヤさまと呼ばれる女性の絵に近づき、背伸びをして、それをしげしげと見つめた。悲しげに少しうつむき、青いかぶりもので頭を覆い、両手を合わせて、なにかを一心に祈っている。頭のうえには、白っぽい光が丸く描かれていた。静かな、美しい顔で、マリヤさまという名前には聞きおぼえがなかったが、どこかで会ったことがあるひとなのかな、とチカは首をかしげた。チカにとても親切にしてくれただれか。でも、どうしてチカがどこかで会ったことのあるひとが、こんな場所で、このように絵に描かれて、特別なものとして飾られているんだろう。チカの頭は混乱した。そして、なぜ、これほど悲しそうな顔なんだろう、と心配にもなった。

その横には、ゼズスさまというひとの絵も飾られていた。マリヤさまの子どもだと聞いたけれど、奇妙なことに、マリヤさまよりもずっと年上に見えた。こちらをまっすぐ見つめる顔には髭《ひげ》がたくさん生えていて、髪が伸び、頬も目もともくぼんでいる。でも、口もとにはかすかな微笑が浮かんでいて、パードレしゃまに少し似とる、とチカは思った。このひとの頭のうえにも、白い光が丸く浮かんでいた。書見台に置かれたくるすにも、同じひとの全身像がある。痩せた体の、腰の部分にのみ布がかかっている。

像が小さくて、細かいところまではよく見えなかったけれど、手足が釘でくるすに打ちつけられていて、とてもかわいそうな目に遭っているということだけはわかった。だから、マリヤさまと呼ばれるひとは悲しいのかな、そうチカなりに推測した。どうしてそんなかわいそうな目に遭ったのか、このふたりのひとがパードレしゃまたちのどんな知り合いなのか、それもわからなかったけれど、とにかく、ふたりに同情して、パードレしゃまたちはみんないっしょに悲しみつづけているらしい。チカもまた、悲しくなった。チカにはまだ、なにひとつ事情が明かされていなかったものの、悲しみの感情だけはすでにしっかり受けとめていた。

（おい、おまえはまた泣いとるんか、とジュリアンがチカに聞いた。

チカはあわてて頰の涙を拭ってから、なにも言い返さず、代わりに、ルルル、ロロロロロ、と舌を震わせる音を口から漏らした。

ハポを思いだしたんやな、とジュリアンが言った。けんど、わしまで悲しゅうなるから、もう涙はなしにしとくれ。なあ、わしもおそらく二度と、おかっつぁまにも、おとっつぁまにも会えないんよ。アマカウに行って、専門の学問を修め、またニホンに戻ってきて、ツガルに行けるとしても、早くて七年後ぐらいの話やろう。それまでに、おかっつぁまたちがどうなっとるか、なんとも言われん。じゃっけん、わしはけして泣いたりせんぞ）

今までの移動で疲れきったパードレと同宿たちはとりあえず、家のひとたちが運んでくれた桶《おけ》の水で顔や体を清めてから、くるすが置かれた奥の座敷で、しばし休まずにはいられなかった。体調を崩した信徒もその座敷で横になった。

パードレ到着の知らせを受けたタカオカの信徒たちは一刻も早く、自分の罪をパードレに告白したうえで、みいさにあずかりたくて、うずうずしていた。罪といっても、殺人とか盗みなどの罪ではなく、たいがいは日常的な怠惰の罪とか、吝嗇《りんしょく》の罪ではあったけれど、パードレにそれを聞いてもらえれば、許しを得ることができ、あにまが浄められる。そのためにこそ、きりしたんはパードレを必要としていた。けれど、パードレはかなりお疲れなので、夕刻まで待ってほしい、との連絡を受けて、タカオカの信徒たちはそれぞれの家で待機しなければならなかった。

それにしても、一度に全員が押し寄せて、仏教徒の眼を惹くわけにはいかない。信徒の組頭たちはそのあいだの時間を利用して、ある家に寄り集まり、信徒たちがパードレのもとに行く順番を決め、その後のパードレの予定も打ち合わせた。まずは、ミヤコからタカオカに追放された信徒たちが少人数ずつ、訪ねる。これだけでたっぷり、二日間はかかるだろう。そのあと、べつに用意する家にパードレに移ってもらい、オオサカから追放された信徒たちを迎える。さらにそれから、近隣の村に住む信徒たちのもとに、パードレがおもむく。(とうとう、このわしがここらで伝令係として登場するんやが、それについては、少しあとで話をするべ、とジュリアンが言った。なんしろ、親方がまだ残っとるからな)

奥の座敷で、チカもパードレたちといっしょに休みなさい、と手真似でうながされた。けれど、チカは今までぐっすり眠ってきたので、眠気などまるで感じていなかった。ちょっとだけ畳に寝転がってみたが、退屈でしかたがない。それでパードレたちの眠りを妨げないようそっと起きあがって、ほかの部屋を見て歩いた。といっても、さほど大きな家ではなく、奥の座敷二間のほかに、土間に面した表の部屋とその横手にある炊事場、板敷きの部屋、そして納戸部屋ぐらいしかない。表の部屋をのぞくと、パードレとともに旅をつづけてきた信徒たちが土間で足を洗い、体を拭きながら、家の外で交渉をつづけるあるじの息子と親方のうしろ姿を見つめていた。

——これ、嬢ちゃんや。

とつぜん、うしろから肩を叩かれ、チカはびっくりして、倒れそうになった。よろけたチカの体を両手で抱きとめたのは、見知らぬ女だった。

——そない驚かんでもええがな。あんた、この小袖に着替えたらどうかと思うて。

……ああ、嬢ちゃんは耳が聞こえんのじゃったな。

女はそれからチカに笑いかけて、腕にかけた浅黄色の小袖をチカに差しだして見せ、チカの着ていたぼろきれを脱がそうとした。チカはふたたび驚いて、女から逃げようとした。女は素早く、チカの腕をつかみ、微笑を浮かべつつ、小袖を指で示し、チカの着ているぼろきれを指し示す、それをくり返した。

チカはうつむいて、自分の着ているぼろを見つめた。尻がむき出しになるほど短い裾がすでにすり切れ、腹のあたりには穴があき、へそがその穴から見えた。マツマエの旅籠の下女がチカに着せてくれた木綿の短袖《たんしゅう》だった。それから二年経っているのだから、つんつるてんのぼろになっていて、当たり前だった。今までずっと、その短袖を着つづけてきた。季節が涼しくなると、親方がどこかから調達してきた古着を重ねて着る。さらに寒くなると、親方がまた古着の綿入れをどこかから持ってくる。いちばん寒い時期には、キツネやウサギの毛皮で作った胴着とか、上着に身をくるんでいた。チカは急に、恥ずかしくなった。これじゃ、まるで素っ裸と変わらない。女の差しだす浅黄色の小袖に、おそるおそる手を伸ばした。

表の部屋から蓬髪《ほうはつ》のひとりの少年が駆けこんできたのは、ちょうどチカが着替えを終えたときだった。少年は眼を丸くして、チカを見つめた。（さあ、わしの登場やよ、とジュリアンが声を弾ませた。こんときのおまえは、ようおぼえとる。えらくめんこい女のわらしがきょとんと突っ立っておったんや。伸びっぱなしの髪の毛がぐしゃぐしゃで、いろんなゴミがついとったし、首やら足やら、薄汚かった。ばってん、そうやなあ、大きな黒い眼がぴかぴかっとひかっとって、家んなかに、小さなシカが迷いこんできたかのようやった。そいで、おまえのほうはわしのこと、おぼえとるんか？ チカは小声で答えた。おぼえとるような気もするけんど、はっきりせん。ジュリアンは苦笑した。ああ、そりゃそうやろな。おまえはまだ五歳だったんやし。それに、あんとき、わしはすぐ外に出てしもうたんじゃ）

少年はほかの家で待ちつづける信徒たちからの伝言を託されてきたのだった。家のあるじの妻である女は少年の伝言を聞き、パードレさまたちが起きなさったら、ちゃんと伝えとくから安心してくんさい、そう言ってやっとくれ、と答えた。少年はそれを聞き、表の部屋に駆け出て、そのまま、家の外に消えていった。少年の姿を見送ってから、女はチカを見つめ、ひとりごとをつぶやいた。

——ふう、これでもう安心やで。嬢ちゃんはおチカちゃん言うんやてな。そうや、あとで、行水せんと。髪も洗おうな。しらみがぎょうさん、わいとるんじゃろ。ちいと、はさみを入れたほうがよいかもしれんな。その小袖、今はまだ、大きすぎるかもしれんが、おチカちゃんはこれからどんどん大きくなるもんね。わしの死んだ娘に着せとった小袖なんよ。あの子は七歳で天に召されてもうた。ほかの小袖も、おチカちゃんにあげるがな。ほな、これ、ほかしてもええな。

女は溜息を洩らし、チカが脱ぎ捨てたぼろの着物を手にぶら下げて、表の部屋に出ていった。七歳で死んだという娘の着物を、チカは改めて見つめた。今までのぼろに比べたらずっと、きれいな、でもかなり着古して生地がやわらかくなった着物だった。浅黄色の地に、細かな白い花、赤い花がちりばめられている。

ごめんな、ほんで、あんがと。

チカは七歳で死んだという、会ったことのない娘に胸のなかで言った。（あの小袖も、ほかに持たせてくれた小袖も、だいぶ前に小そうなって、穴も空いて、着られなくなったずら、とチカは言った。どっかの町で親切なひとが、おらに着せてくれたんが、この小袖じゃ。今は寒いから、母屋のルチアしゃまがくださった綿入れも着とるけんどな。

チカの着ている穴だらけの綿入れを見て、ジュリアンは軽く笑ったが、そのあと、まじめな顔になって言った。おまえのことを笑ってはおられん。わしも今は、着たきりスズメの身やもん。何枚もおかっつぁまが持たせてくれたのにな。タケノコみたいに、体がぐんぐん大きゅうなる）

それから、家の外をのぞいた。すでに、親方と四人の子たちの姿は消えていた。戸を開けっ放しにした表の部屋では、信徒たちとさっきの女がなにかしゃべっている。丹念に、チカはそこから見える道を見渡した。チカが見慣れたあのひとたちは、やはり、もういない。どこに行ってしまったんだろう。
そう思ったら、チカは一瞬、アキタの真冬の、耳が凍りつきそうな風を体に感じた。親方に引き連れられて、ほかの子たちといっしょに、とぼとぼとどこかの船着き場に向かう自分自身のうしろ姿が、チカの眼に見えた。そのうしろ姿があっという間に小さくなり、消えていった。（こいでよかったんかとおまえは思うたんだべ、とジュリアンは言った。親方と軽業の子らといっつもいっしょにおったんやから、心細うなったとしても当然やよ。
チカはゆっくりうなずき返した。んだな、きっと、そうなんやろな）
親方はチカの代金についてだいぶ、ごねてみせたが、所詮は、耳が聞こえず、頭も弱い五歳の女の子に、たいした代金は望みようがなかった。最後にはしょんぼりと、家のあるじの息子が示した金額を認め、あれはチカップちゅう名前だはんで、チカと呼んでやってけれ、えぞのことばで鳥っこの意味なんだと、へば、まあ、おらは行くべ、と言い、いかにも重い足取りで、四人の子たちとともに立ち去っていったという。（結局、いくらで話がついたのかは、わしらは教えてもらわなんだから、だれも知らんのじゃ、と青年が言った。家のあるじが、なあに、かまへん、かまへん、細かな額ですもん、と言い張っての）

夕方から、パードレたちは忙しくなった。まず信徒たちの代表数人が現れた。よくぞまあ、ごぶじでここまで来られた、これはデウスさまのとくべつな思し召しでございます、などと口々に挨拶し、それから、一同、早めに用意された夕餉《ゆうげ》をとりながら歓談した。それからパードレは、裾が長く、金色の縫い取りで飾られた、チカの息が止まってしまうほど美しい、絹の白い服に着替えた。信徒たちの告白をひとりひとり聞き、それを終えると、ふしぎなことばをうたうように唱えはじめた。そして酒の入ったきれいな器に口をつけてから、信徒たちひとりひとりにご聖体を授けた。ご聖体は、薄く焼いたごく小さな煎餅《せんべい》だった。煎餅は煎餅でも、パードレがとくべつなおしょを捧げると、ご聖体に変わる、あとになってチカはそのようにジュリアンから教えられた。ミワケで作られた煎餅を、はるばるえぞ地、そしてタカオカまで、パードレたちは運んできた。

ゼズスさまがくるすで殺される前の夜に、自分の弟子たちと食事をした。そのとき、ゼズスさまは煎餅をみなにわけ、これをわたしの体と思え、ぶどうの酒もまわし、これをわたしの血と思え、そう告げたという、そのおことばにしたがってのさからめんと、つまり秘跡で、ぶどう酒はニホンでは手に入りにくいので、代わりにコメの酒を使っていた。ご聖体のさからめんとは、きりしたんにとっていちばん大切な儀式で、みいさと呼ばれる。みいさのために、きりしたんは罪の告白をして、自分たちのあにまを浄める。（大まかに言えば、そげな説明でええかと思うけんど、とジュリアンが自信なげに言った。アマカウに行ったら、もっとわしら勉強せねばならんな、とジュリアンが自信なげに言った。おまえよりはずっとましだとしても、わしも十歳で親から離れたあと、船を乗り継いで、陸では走りまわって、ここに来てからも駆けまわっとるだけなもんで、おらしょはいくつかおぼえたけんど、どうもきりしたんの知識が不充分なままなんや）

当時、そうした意味はなにひとつわからないまま、板敷きの部屋から、五歳のチカは奥座敷ではじまったパードレと信徒たちの動きを見つめていた。パードレはひとりひとりの信徒の口に、キリシトのおん体、と言いながら、そのご聖体をそっと差し入れる。信徒のほうは、ああめん、と言い、頭を深々とさげて、ご聖体にあずかれたことを静かに感謝する。その手には、お数珠のようなものが垂れさがっていたり、自分のくるすを掲げ持ったり、あるいは、首から長いお数珠をさげているひともいた。

チカの眼には、ご聖体はあくまでも薄い小さな煎餅としか見えなかったから、あのおせんべ、すごくうまいのかな、みんな、口のなかでゆっくり融けていくのを楽しんどる、おらももらえるもんならもらいてえな、と思わずにいられなかった。しかし、座敷のとても厳粛な雰囲気から、薄い煎餅にはなにか特殊な意味が込められているらしい、そのていどのことはちゃんと感じ取れた。それでじっと動かずに、座敷の様子を見守りつづけた。

最初の信徒たちの代表が去ると、すぐにつぎの信徒たちがやってきた。そうした訪問が夜空が白むまでつづいた。チカはいつか知らず眠りこんでいた。

言うまでもなく、家にやってきた信徒たちのなかに、ジュリアンの家族も含まれていた。

(今から思いだすと、遠いむかしにしか思われんなあ、とジュリアンが低い声で言った。わしといっしょに、よう遊んだ小さい兄しゃまや姉しゃまは今もわしのことをおぼえとるんやろうか、ときどき心配になる。わしにはたくさんの兄しゃまと姉しゃま、姉しゃまがおったけんどな、いつもいっしょに遊んだのは、小さい兄しゃまと姉しゃまずら。末っ子のわしと三人で草笛を鳴らしたり、ススキで人形を作ったぞ。そうじゃ、犬もおってな、野っぱらを犬と走った。思い出すと、やっぱり会いとうなる。おまえにも会わせとうよ。

チカはうん、うん、とうなずき返し、ジュリアンの頰に手を当てた)

板敷きの部屋には、その家の十二、三歳と十歳ぐらいの娘ふたり——上の大きな息子たちは座敷の隅に控えていた——と、ほかにも少年がひとり体を横たえていた。その少年こそ、チカが小花模様の小袖に着替えたときにちらっとあらわれたジュリアンにほかならなかった。

家族とはべつに、当時十歳だったジュリアンは町や村に住む信徒たちにあれこれ連絡事項を伝えるため、この家をあわただしく出入りしていた。熱心な信徒である両親がとくに申し出て、末っ子のジュリアンが伝令係をになっていた。町と村を走りまわるには、その年ごろの少年が最も疑われずにすむのだし、連絡事項も頭の良いこの子なら、ちゃんと記憶して伝えてくれる。タカオカの町については、村育ちのジュリアンは不案内だったけれど、地図を描いてもらえば、まちがえずに目的の家に行くことができた。もちろん、用心のため、信徒同士の合図は欠かせなかったのだけれど。一日走りまわるうちに、聡《さと》いジュリアンはだいたい町の全体を把握した。目印として、寺がどこにあり、城がどこにあるのか、そして大きな旅籠、いろいろな店の位置もおぼえた。

夜になってパードレのもとに来たジュリアンの両親は信徒一同から、ジュリアンはとても役に立っておるぞ、とほめられ、満足そうに何度もうなずいた。けれど、夜遅くには、さすがに子どもをひとりで走りまわらせるわけにはいかない。明日も、その翌日もお役目はつづくのだから、よく寝ておきなさい。信徒たちにそう言われ、ジュリアンは板敷きの部屋で横になった。昼間走りまわった疲れで、ジュリアンは同じ部屋にチカが眠っていることにも気がつかず、すぐ深い眠りに落ちた。

一方、奥の座敷では、ジュリアンの両親が思いつめた顔で、パードレと同宿たちに重要な頼みごとをはじめていた。それはあまりに重要な内容だったので、すぐに結論が出るはずがなく、自分の番を待ちつづける信徒たちもいるので、その夜、ジュリアンの両親と兄姉たちは近くの旅籠に泊まり、翌朝、父親だけが町に残って、ふたたびパードレのいる家に戻った。その後も、パードレ一行の世話をあれこれ手伝いながら、暇を見ては頼みごとを言いつのりつづけた。(わしのおとっつぁまはがんこで、パードレしゃまもがんこでのう、とジュリアンが言った。がんこ同士の、いい勝負やったろうな)

そんな事情はつゆ知らず、翌朝も早くから、ジュリアンは伝令として走りつづけた。父親だけが町に残っていることは見てわかっていたけれど、よっぽどパードレさまたちの手伝いをしたいんだろうな、とだけ思い、それが自分の運命にどれだけ深く関わっているか考えつきもしなかった。

その日も、つぎの日も、同じように過ぎていった。ジュリアンが走りまわる地域は、近隣の村々に変わっていた。町に戻るのが難儀な場合は、信徒の農家に泊めてもらった。そこにも、ジュリアンの父親がいた。けれどジュリアンは、父親がどうしてパードレに付き添いつづけているのか、わざわざ問いかけもせず、首をかしげもしなかった。(おとっつぁまがなにをわしに望んどるか、とっくに知っておったから、その通りになるんやろうと信じて、安心しきっておっただけだったのかもしれん、とジュリアンが言った。子どもっちゅうのは、そげな勘が働くもんだべ)

そのあいだ、チカはどのように過ごしていたのか、たぶん、タカオカの家で、あるじの娘たちと留守番をしていたのだろう。(なあんも、おらはおぼえとらんよ、とチカは言った)パードレたちは用心深く、三人の信徒をその家にわざと残しておいた。そうすれば、農村の信徒たちをパードレたちが訪れているという事実を、わずかなりと紛らわせられるかもしれない。

三人の信徒たちはもちろん、パードレたちが村から戻ってくるまでのあいだ、のんびりくつろいで過ごしていたわけではなかった。今後のパードレたちの移動、つまり、アキタやサカタ、さらには鉱山で有名なインナイをまわってからミワケに戻る行程を三人で考えた。そして、それぞれの地にいる信徒たちに向けた文をしたため、町の信徒たちから使者を選んで、パードレ一行に先駆け、各地に送りだした。言うまでもなく、ミワケのゴトウどのにもパードレ一行の予定を知らせるため、べつの使者を送った。

信徒たちのそうした苦労をなにも知らないまま、チカは家の娘たちにうながされ、掃除を手伝い、これからも鉱夫として移動をつづけなければならないパードレたちの着替えを用意し、ときには市場に出かけてみたのかもしれない。とはいえ基本的には、家のなかに閉じこもって過ごしていた。パードレたちがいないあいだは、奥の座敷から、くるすやマリヤ、ゼズスというひとの絵が消えていた。けれど、パードレたちが近在の村から戻ってくると、ふたたび、どこかからその品々が出てきたので、チカはほっとさせられた。マリヤさまの絵がとくに、チカの幼い心を惹きつけていた。チカのハポではなく、ゼズスさまの母親だという話だったけれど、少しうつむいた、悲しげな顔を見ると、チカはなにかを思い出しそうになり、マリヤさまの絵の前で口を開け、そのなにかに近づきたくなった。

そして、パードレ一行がミワケに向けて、タカオカを離れる日がやってきた。最後の夜、ジュリアンの父親とパードレたちはようやく、ジュリアンについての相談に結論を出した。それには、チカの行く末もからんでいた。

ジュリアンの父親は懇願しつづけた。自分の末っ子ジュリアンをアマカウに旅立たせ、聞くところのコレジヨとか、セミナリヨといった学問所に預けたい、そして、ジュリアンをニホン人パードレにしてもらえないだろうか、苦しみ、悲しみに充ちたニホンのきりしたんのために、ジュリアンを新しいパードレとして捧げたい。今のままでは、ジュリアンの家族だって明日にでも捕らわれ、処刑されてしまうかもしれない。そこまで不運な事態にならなくても、ひたすら息をひそめて生きているだけでは、信仰心がやがて細っていくだろう。ニホンのきりしたんのこれからをジュリアンに託したい。この願いを聞き入れてもらえないものか。

個人的な願いではなく、これは近辺の信徒たちの総意でもあって、タカオカ出身のパードレを自分たちの将来のために育てたい、とみなが切望している。タカオカのきりしたんにとって、いや、ニホンのきりしたんにとって、新しいニホン人パードレの誕生は未来という時間を見失わずに済む光でもある。すでに、ジュリアンをアマカウに送り出すためのカネも集めてある。

パードレは迷っていた。うれしい申し出にはちがいなかった。けれど、ひとりの少年の生き死にがかかっていると思えば、簡単に承諾できる話ではない。

まず、ぶじにジュリアンという少年がナガサキまで行けるのかどうかもわからない。

ましで、もっとはるかに遠いアマカウまで行ける可能性はかなり低い。フルトガルの大きな船か、シナの定期船に首尾良く乗りこめても、嵐で転覆してしまうかもしれない。海賊もうようよいるし、近ごろは、やたら好戦的なオランダの船（なんでも、パードレしゃまたちのお国の大敵がこのオランダっちゅう国で、長いあいだ、戦をつづけとるとよ、とジュリアンが言った。でもたがいに疲れたんで、最近まで休戦しとったっちゅうから、へんな話だっぺ。わしらのようなきりしたんとちごうて、危ないまちがったきりしたんの連中だから、退治せなあかん、という戦なんじゃと。

どこの世界も戦をしておるもんやの、とチカは顔をゆがめ、つぶやいた。ここじゃ、パードレしゃまたちのきりしたんが殺されて、べつのところに行くと、きりしたんがたがいに殺し合っとるんか。まちがったきりしたんって、どんなきりしたんなんだべ。

ジュリアンは大きく首を横に振って答えた。わからんな。とにかく、きりしたんはどこに行っても、なかなか楽はできないってわけじゃ）も攻撃してくるらしい。このオランダ人や、ナガサキに住むあくどいなんばん人商人などによって、奴隷としてどこかに売られてしまう可能性も大いに考えられる。さらにもし、ジュリアンがアマカウまで行けて、学問にもすぐれ、ニホン人パードレになれたとしても、ニホンに戻ってくることができるのか、だれにもわからない。

ずっと前、ニホンの支配者がまだ、きりしたんに寛大だったころ、あるパードレの発案で、四人の少年たちがローマ（ローマって？　とチカがジュリアンに聞いた。わしもよう知らんが、ローマがわしらきりしたんにとっては本物のミヤコらしか、とジュリアンは答えた。ローマが一本の大木だとすれば、アマカウは一枚の葉っぱみたいに、小さな町なんやと、むかし、わしのおかっつぁまが言っとった。ローマがどんだけすごかミヤコかわかるべ？　ニホンからローマへ行くのに、なんと二年以上もかかるとげな）まで行き、きりしたんのあいだではたいそう評判になったが、八年も経ってニホンに戻ってきたとき、支配者がすでに変わっていて、きりしたんを邪教とみなし、パードレや信徒をつぎつぎと処刑しはじめていた。

やがて、四人の少年たち、もう青年になっていたが、そのうちのひとりは信仰を捨ててしまった。それはパードレたちにとって、なんという苦いできごとだったことだろう。残りの三人はアマカウにふたたび渡って、最終段階の学問を修め、ナガサキに戻ってから、めでたくニホン人パードレになった。しかし、そのひとりはニホンに戻ってから各地の領主から追放されつづけたあげく体をこわして、病死した。もうひとりは、パードレ追放令のときにまたもやアマカウに渡り、そのまま今もニホンに戻れずにいる。

ニホンで今もひそかに宣教しつづけているのは、残りのひとりだけなのだった。犠牲ばかりが大きすぎ、実りは少なく、かれらがローマまで行った事実すら、ニホンの国内ではほとんど無視されたままになっている。それでも、国内のきりしたんたちはかれらのことを伝え聞いていた。ジュリアンの両親もツガルでそのうわさを聞いた。ツガルへの追放のすぐあとに、四人の少年たち、ではなくて、青年たちがニホンに戻ってきた。ニホンの支配者に捧げるローマからの贈り物を町のひとたちにもよく見えるように掲げ、ウマに乗った青年たちも華麗な服を着て、ミヤコを行進した。ジュリアンの両親の知り合いたちはそれを見物し、あまりに珍しく、かつ美しい行進に見とれたのだった。その直前に、ニホン国といちばん近く、つながりも深いチョウセン国から来た使節の総勢三百人もの大行列がミヤコを練り歩いたので、ひとびとはあっちのほうがりっぱだったとか、いや、こっちのほうが人数こそ少ないが、ずっときらびやかだとか、好き勝手なことを言い合っていた。

ほんのしばらくのあいだだったが、ローマから青年たちが戻ってきたあと、ミヤコではなんばん風の、ぼたんというものの付いた服を着るひとが増えたり、ぱんとかぼおろというやわらかくて甘い食べものも売られた。なんばん模様の派手な壺や皿なども作られた。きりしたんに寛大だった以前の支配者のころから、ミヤコのひとたちはすでに、なんばん服、なんばん食を知っていたという事情もある。ニホンの新しい支配者は、ローマからの豪華な贈り物でいったん機嫌をよくしたように見えたものの、その支配者に仕えることを青年たちが断固として拒んだため、結局、きりしたんについての方針は変えられなかった。

ミヤコのひとたちがのんきになんばん服を着て浮かれているころ、支配者は最終目標をシナ征服に定め、まずはチョウセン国に二十万人近くの大軍勢で攻め入り、悲惨な殺戮《さつりく》をはじめていた。（つまり、チョウセン国の使節による交渉は失敗に終わったってことじゃ、と青年が言った。その交渉はニホンのきりしたん大名たちの、戦を避けるための画策だったというぞ。ところが、それはかえってニホンの支配者の征服欲を刺激することにしかならなかったんだな。全国の武士たちにとっては、わけがわからんまま、外国まで出かけなければならず、けんど、参戦を拒めば、自分たちが支配者に殺されてしまうという、死にものぐるいの戦でもあったらしい。その戦と、五年後の戦で、たくさんの捕虜がチョウセン国から連れられてきた。おもに、キュウシュウで奴隷として働かされたが、きりしたんになって解放されたひとも多い。パードレさまたちのご尽力やな。ところが気の毒に、最近、ナガサキでふたりのチョウセン人きりしたんが捕まって、殺されたと聞くぞ。さぞかし、チョウセンの故郷に戻ってか

ら死にたかったろうに）
チョウセン国での戦の実態をよく知らず、なぜローマまでニホンから四人の少年が行ったのかも、じつは多くのニホンの信徒たちには理解できずにいたのだったが、その少年たち、ではなくて、青年たちがニホンに戻ってきたことで、ローマというきりしたんにとってのミヤコを、ニホンの信徒たちはほんの少し身近に感じられるようになったのだし、ましてアマカウだったらニホンとかなり近いんじゃないか、と楽観的な思いも芽生えたのだった。（今もアマカウに留まりつづけとるというおひとりは、アマカウのコレジヨで学問を教えておられるとよ、とジュリアンが言った。ちゅうことは、わしもコレジヨでそのおかたの指導を受けられるかもしれん。いんにゃ、必ずお会いできるにちがいなか。そうしたら、直接、ローマの話を聞かせてもらえるずら。
そのニホン人パードレはなんでも、ことばの天才なんだそうじゃ、と青年は言った。ニホンのきりしたんにとって必要な何冊かのきりしたん心得の本を訳されたし、アマカウでは、むかしニホンに来られたザビエルさまや、イグナチウスさまの伝記を書かれて、印刷もされているそうじゃ。イグナチウスさまはな、ゼズスの会っちゅうパードレさまたちの組織を作られたおひとで、わしらが知っとるパードレさまはこの組織に属しておる。同じきりしたんでも、いろんな組織があるらしいな。とにかく、そうした本をわしもぜひ読みたいと願うとるが、まあ、こんな状態じゃむりっちゅうもんじゃな。

おら、文字を知らねえもん、とチカはぽつんとつぶやいた。なあ、チカもコレジヨに行ったら、文字をおぼえらるるんか？

そうやなあ、チカはおなごやから、コレジヨには入れんやろうな、とジュリアンはためらいを見せながら答えた。けんど、おなごの学問所もあるにちがいねえべ。まずは、今すぐにでも、ひらがなぐらいはおぼえとけ。天にましますのおらしょと、マリヤしゃまのおらしょもおぼえねばならんぞ。

チカは眉をひそめ、うなだれた）

現在のようにきりしたん取り締まりが厳しくなっているなか、新たにジュリアンという十歳の少年をアマカウに送りこむ、などという試みは、パードレにとっておそろしく破滅的な賭けそのものの決断だった。しかし、常に将来のことを考えておかなければならないのは、たしかにジュリアンの父親の言うとおりで、ニホンのきりしたんにとっての希望の灯は、どんなにそれが小さくとも吹き消してはならない。ニホンの支配者にしても、いつ、どんな人物に替わるのか、さっぱり予測ができないのだから。

（四人のきらびやかなミヤコでの行進は今から三十年もむかしの話だが、そのあと、センダイあたりで、クジラよりもでっかい船が作られたっちゅう話もミワケで聞いたな、と青年が言った。前の四人とは反対回りで、二百人近くのひとたちが船に乗ってローマに向かった。そして、ごく最近、そのうちの、ほんのちいとばかりがニホンに帰ってきたというんじゃ。わしの親がセンダイに住んどるから、話を伝えてくれたけんど、こっちはその後の消息がわからんくなっとる。おそらく、処刑されたんじゃろ。センダイのダテどのも少し前から、きりしたん狩りをはじめとるからな。このローマ行きはイスパニアとの交易を期待して、ニホンの支配者が出資したが、完全な失敗に終わった、ともっぱら言われとる。パードレさまたちもこれについちゃ、まるで冷ややかなんじゃ。きりしたんにとって、なんの意味もない企てにすぎんかったとな）

パードレはジュリアンの父親に言った。

――わかり申した。では、あの子の意志も聞かねばなりませんな。

それで、ジュリアンが板敷きの部屋から奥座敷に呼びだされた。パードレがジュリアンに話しかけた。

――おまえはアマカウに行くか？　（パードレしゃまが言うと、マカオと聞こえるんや、とジュリアンが言った。アマカウなんか、マカオなんか、わしにはようわからん。アマカワと言うひともおるしな）おまえのおとっつぁまとほかの信徒たちは、おまえをアマカウへ行かせたいと強く願っておる。アマカウはまことに遠いところで、船旅もきわめて危険じゃ。しかれども、わしが推薦の文を書くので、アマカウに着けば、わしの所属するゼズス会（これもパードレしゃまが言うと、ジェズース会としか聞こえんかったな、とジュリアンが言った）の学問所でおまえを受け入れる。おまえはそこで、たくさん学問をする。そしてパードレになる。ニホンのきりしたんのために働く。おまえはアマカウに行くか？

十歳のジュリアンはためらいなく、うなずき返した。あこがれのアマカウに行けるのに、どうしてためらう必要があるだろう。両親からアマカウについての夢のような話を何度も聞かされていた。その夢の世界に行けるのなら、かなりつらいこと、こわいことがあってもがまんができる。家族と別れることだって、気にならない。みんなのあにまのふるさとであるパライソに行くのと同じではないか。ジュリアンはそう信じた。

ジュリアンの意志を確認できたので、そのあと、パードレたちは具体的な方策を考えはじめた。アキタまでジュリアンを連れていき、クボタの港から船に乗せる。といっても、もちろん、すぐにアマカウに向かうのではなく、つぎの港、さらにまた、つぎの港、というように、船を乗り継いでニホンの沿岸を南下し、ナガサキまで行かせる。アマカウに渡る大型の船を見つけるには、ナガサキに行くほかない。それぞれの港では、前もって信徒たちに連絡をしておくので、みながジュリアンの世話をするだろう。そしてナガサキに着けば、信徒たちがアマカウに行く船を見つけて、ジュリアンを乗せてくれるだろう。ほかにも、アマカウに逃れたい信徒がいるにちがいないので、船の手配とともに、そのひとたちを集めなければならない。

そこでチカのことを、不意にパードレたちは思いだした。今まではミワケまでチカを連れていき、処遇について、ゴトウどのと相談するつもりでいたが、この際、ジュリアンと同行させたらどうか。チカは半分えぞ人なので、むりにニホンに留まる必要はない。そのうえ、耳が聞こえず、頭も弱い子にとって、慈悲の観念に乏しい現状のニホンはさぞかし生きにくい場所にちがいない。大きくなればなるほど、容貌が美しくなりそうなのも、かえって不安な気がする。ニホンにいれば、いずれ、卑しい男どもの餌食《えじき》になってしまいそうだ。（パードレさまたちはニホンの男たちの色欲はひどいものだといつも嘆いておられるぞ、と信徒の青年が言った。ニホン人はきわめてすぐれた素質を持っておるのに、こと色欲に関しては、仏僧ですら、あきれるほどだらしなくなる。パードレさまたちには、その点だけはどうしても理解できないらしい）

とりあえず、打ち首だの、火あぶりだの、女衒《ぜげん》だの、危険がいっぱいのニホンから逃れて、チカもアマカウに行き（これとて危険に充ち満ちた航海になるんやろうが、少なくとも希望はあるべ、とジュリアンは言った）、あと十年も経ったら、そのままアマカウで生きつづけるのか、ニホンに戻るのか、それとも本来のふるさとであるアイヌの土地に戻るのか、いくら頭の弱いチカではあっても、（そう思われとったからな、とジュリアンは言った）それなりに物事を判断できるようになっているだろうから、自分で決めればよい。将来の世界がどうなっているのかだれにもわからないが、ジュリアン同様、チカも将来の時間のために、精いっぱい自分の命を生きなければならない。（チカは口を引き締めて何度もうなずいた）

翌日、パードレ一行はチカとジュリアンを連れて、タカオカを出発した。

タカオカの信徒たちが集めてくれたカネは、信徒のひとりが責任を持って預かった。ジュリアンの家族は町のはずれまで行き、パードレたちとジュリアンを見送った。涙などを見せれば、町のひとたちから疑われるので、さりげなく道ばたの店で買い物をするふりをしながらの見送りだった。ジュリアンも振り返らなかった。いや、一度だけ、だいぶ遠ざかったあたりでがまんできなくなり、うしろを振り向いた。すでに、家族は小さな点にしか見えなかった。（おまえはそのあと、しばらくのあいだ、涙を流しつづけとったな、と信徒の青年が言った。なんといっても、たったの十歳なんだから親と離れれば悲しいに決まっとる、そう思って、わしらは見て見ぬふりをつづけておった。

ジュリアンは顔を赤らめて言い返した。ちいとは涙が出たかもしれんが、それはおかっつぁまがこれからさびしがるだろうな、と思いやっての涙にすぎん。なんしろ、わしの頭はアマカウのこつでいっぱいやったんじゃから）

ウマに乗ったパードレに、チカはふたたび抱かれていたので、ジュリアンが新しく一行に加わっても、ほとんどそのことに気がつかずにいた。（まっこと、チカは薄情なやつだっぺ、とジュリアンはチカの頰を指さきで突いた。おらはあんじょやったんやもん、しかたなかんべ）

チカはくすぐったくて、笑い声をあげた。

ツガルからアキタに抜ける関所は、ニホンでいちばん厳しいと言われていた。しかし、そこにいる役人はタカオカで世話になった信徒の友人だとかで、文に添えて酒一《ひと》樽《たる》を送りこんだら、役人はすっかり喜び、鉱夫を装ったパードレ一行をもてなす宴会まで開く始末で、みながいちばんおそれていた皮籠《かわご》の取り調べは省略された。皮籠のなかには、みいさに必要な道具にパードレの儀式用の服も入っていた。歌でもうたいたい気分で、パードレ一行はアキタに入り、道々、罪の許しを必要とする信徒たちに迎えられながら、もうひとつの関所もぶじに通った。

山では大雨にたたられ、パードレがウマごと、泥道の淵《ふち》に倒れこむというできごとがあったり、小さな舟で川を下ったとき、漂流物にぶつかり、あわや小舟が転覆するのではないか、という騒ぎもあったが、最後の関所を抜けてから数日後には、デウスの思し召しで、けが人も病人も出さず、クボタの町に入ることができた。

クボタには多くの女性信徒がいて、パードレ一行を大喜びで迎えた。タカオカの信徒たちのように、パードレ到着の知らせを前もって知らされたため、自分たちで準備を整え、首を長くして待機していた。パードレはここでも、順番で訪れる信徒たちの告白を聞き、聖体を授けなければならなかった。パードレたちの予定では、そのあと、ほかの地域をまわり、内陸にあるインナイという城下町の信徒たちをも訪ねなければならない。そこには鉱山があり、鉱夫になって働いているきりしたんたちがいる。パードレたちはクボタに用意された信徒の家で、体を清め、いったん、休息を取った。

その折り、今からすぐにでも、ジュリアンとチカのふたりはクボタの船着き場に向かわせたほうがよいのではないか、という意見が同宿たちから出された。信徒たちもそれに賛成し、パードレもようやく心を決めた。まだ幼いあんじょのチカと、快活な性格のジュリアンの存在は、それまで一行の心を慰めていた。パードレはとくに、あんじょのチカを手放したがらなかった。苦難のなかで移動しつづけるあいだ、パードレにとって、チカは文字通りのあんじょだった。声を出さず、愛らしい眼をかがやかせて、パードレと顔が合うと、にこにこ笑う。すると、今にも泥に沈みそうなパードレの体は内側から軽くなり、デウスの恵みが初秋の山に、空に、木々に美しく光りつづけているのを見いだす。

もちろん、各地の信徒たちの以前と変わらない熱心な信仰も、パードレの大いなる喜びとなっていたが、パードレとてひとりの人間だったので、幼いチカがいつもそばにいてくれれば、けがれなき幼子ゼズスさまの面影も重ね合わせ、胸が熱くなる。

(それはな、あもると呼ばれるものなんや、とジュリアンが言った。きりしたんはこのあもるをなによりも重んじとるずら。おまえの敵をたいせつに思えとか、貧しか者こそ救われるとか、そんげん考えやな)

しかし、パードレ一行とともにいれば、ジュリアンとチカはそれだけ捕縛される危険と隣り合わせの状態にいることになる。アマカウまで行かせると決めた以上は、なんとしてでも、奥州で捕まり、処刑されるような目に遭わせてはならない。ジュリアンとチカを一刻も早くパードレ一行から引きはなし、船に乗せるべきなのだ。信徒たちも、パードレも、ふたりの同宿も、みな別れを悲しんだが、ためらってはいられなかった。パードレはふたりの体をそれぞれ抱きしめ、チカには大急ぎでお水をかけ、ご聖体を授けた。さらに、きりしたんとしての名前イサベラも授けた。もっとこの子が大きくなったら、きりしたんの信仰について学ばせ、信仰を堅める儀式を必ず受けさせてやりなさい、とジュリアンはパードレに言われた。

生まれてはじめてご聖体を口に入れてもらったチカは、ゼズスさまのお体に変わったといわれる煎餅を歯で噛《か》めば、血が出てくるのかな、とこわくなった。タカオカでは信徒たちが煎餅のおいしさをゆっくりと味わっているように見えたものだったが、そうではなくて、ご聖体に対する畏敬の念ゆえに、無遠慮に歯で噛んだりしないのだと気がついた。舌のうえに載ったご聖体はなかなか融けてくれなかった。

パードレ一行のなかから、ひとりの青年がジュリアンとチカに付き添い、船着き場まで行くことになった。ジュリアンはツガルの母親が用意してくれた腹掛けに、パードレの文と父親から渡されたカネを隠し入れた。フルトガルのふしぎな文字でパードレがしたためた推薦の文は、だれにも読めなかった。布でくるんだふたりの小さな荷物には、着替えと船に乗るときに必要な手形、それにタカオカの信徒が用意してくれた役人の書状（船に乗るときは子どもたちだけになるからな、と青年が言った。船でわるいおとなにかどわかされんよう、船頭に監視を頼む必要があるやろう？　役人から一筆もらっとけば、効果抜群ってわけじゃ。タカオカのあのおひとは関所の役人を懐柔して書状まで書かせるんだから、なかなかの人物じゃな。手形とてあのおひとがいたから、用意できたんじゃ。このご恩を忘れるんじゃないぞ）が入っているだけだった。

ジュリアンとチカは危険すぎるこんたつとかくるすは持たなかった。所詮、そのようなものは、ただの道具にすぎないのだし、アマカウに行けば、必ず現地のニホン人きりしたんたちが自分たちで作った美しいこんたつとくるすを、歓迎の気持をこめて、ふたりに渡してくれるだろう。パードレの文ももちろん危険な代物にちがいなかったが、これだけはアマカウ行きのために手放せない。いよいよとなったら、カネを全部失ってでも、文を守らねば。ジュリアンは何度も自分に言い聞かせた。（小さく、小さく畳んで、腹掛けの裏に縫いこんで、その腹掛けもぼろぼろになってしもうたから、今はほれ、ここにちゃあんとあるずら、とジュリアンが自分のおなかに巻いた胴巻きのあたりを叩いて言った。どっかの神社の札をだれかからもろうたから、隠れ蓑《みの》としてその札に包んである。カネのほうはだいぶ減ってしもうたがの）

チカとジュリアンは兄妹として手をつなぎ、翌朝早い時間に船着き場へ向けて出発した。家のなかですでにパードレたちには別れの挨拶をしていたので、家から一歩外に出たら、もう前しか見なかった。信徒の青年が船着き場までの道を知っているので、そのあとを黙ってついていく。まだ五歳のチカは、ともするとうしろを振り向きたがる。すると必ず、ジュリアンはチカの手を強く引っ張り、こわい顔を見せた。チカはべそをかき、ジュリアンから自分の手をほどこうとしたが、ジュリアンは決してチカの手を放そうとしなかった。

（手が痛かったんよ、兄しゃまがきつく握っとるから、とチカは顔をしかめて言った。兄しゃまについて、まんだよう知らんかったから、おら、こわかった。

あんときは、たがいにまだ、よう知らんかったもんな、とジュリアンがうなずいた。けんど、わしはおまえといっしょに、アマカウまで行けるのが、うれしかったずら。耳が聞こえず、知恵も足りのうても、いや、あのころはそう思うとったからな、かえって、おまえが愛しかったっさ。半分アイヌの子やからか、おまえはいじいじしたところがまったくなくて、ひとの顔なんぞ気にせん。くりくりしたその眼がいっつも楽しそうにひかっとる。この子はあんじょやなあ、とわしも感じておったたい。

そんげん言われると、恥ずかしくなるから、やめてけれ、とチカは顔を赤らめた。

半分アイヌじゃ言うても、ハポの子守歌ひとつしか思いだせんもん。このまんまじゃ悲しかよ）

クボタの船着き場では、あの軽業の親方と鉢合わせをしてしまうのではないか、そうなったら、またややこしいことになる、と信徒の青年は心配していたが、この時期、親方は子どもたちを連れて、ホンジョウとか、キサカタなどをまわっているのかもしれず、その姿は見えなかった。

青年はサカタまで行く船を探し、ジュリアンの腹掛けから必要なカネを出して、船頭に頼みこんだ。このふたりの子たちを乗せてやってくれ。かわいそうな子たちでの、三年前に父親が死んで、母親はこの子たちをクボタの祖母のもとに残し、カガの国の男の妻になったんだが、今度、クボタの祖母が死んでしもうて、母親のおるカガまで行くことになったんじゃ。こんな口から出まかせのウソをついて、船頭の同情を引いた。それで船は確保できたが、今度は、北上してくる台風を避けるため、急きょ、宿に泊まらなければならなくなった。すまんのう、と青年はジュリアンに詫《わ》びながら、宿代もジュリアンの腹掛けから支払った。三人で一部屋を確保できたが、そのぶん宿賃は高くなった。

二日間、船着き場の宿で過ごすあいだに、ジュリアンは青年から、パードレたちについての話、パードレ一行が味わってきた苦難の話、えぞ地の話、アマカウとローマについての話、ゼズスさまとマリヤさまについての話など、さまざまな話を聞かされた。声をひそめて、青年とジュリアンは朝も昼も、そして夜寝るときも、いっしょにおらしょを唱えた。チカはそのふたりを黙って見つめていた。

台風が迫ってきて、雨風の音が激しくなるのを聞きながら、青年は今後、パードレたちはどうなることやら、としきりに気をもみつづけてもいた。役人に捕まり、処刑されるのは、むしろ望むところではあったが、今の状態では、あとにつづくほかのパードレや同宿を期待できない。奥州の信徒たちは信仰のよりどころを失い、やがては、かれらも捕まり、あらゆる拷問で、信仰を捨てろ、と責めたてられるのだろうが、どこまで耐えられるのか。

おかっつぁまあ、おとっつぁまあ、もう、やめてくんさい！　信仰を捨ててくんさい！　おかっつぁまあ！　おとっつぁまあ！

両眼をつぶされ、なおも体をいたぶられつづける両親を、むごいことに、わざと間近に見せられた子どもの叫びが、青年の記憶によみがえる。直接に聞いたわけではなく、ヒラドでの話を伝え聞いただけだったが、両親をセンダイに残している青年の体を、その叫びは刺しつらぬいた。体の苦痛はむしろ耐えやすい。幼い子どもにさんざ内側から押しつぶす。

青年は一時的に、パードレたちから離れて、少し気がゆるんだのか、疲れの浮かんだ顔をゆがめて、涙ぐんだ。ジュリアンもそれを見て、涙ぐんだ。五歳のチカだけが、すでにモコロ・シンタに心地よく揺られて、眠りに落ちていた。（ルルル、ロロロロ、……八歳のチカは舌を震わせる音を出した。そしてただひとつ思いだせたハポの子守歌をゆっくりうたいはじめた。

アフー、アシー、モコロ、シンタ、ランラン、ホーチプ！　ホーチプ！）

翌日、台風が抜けたあとの真っ青な空になった。

青年は船頭に例の役人の書状を見せながら、ふたりの保護を頼んだ。すでに払った船賃のほかに、心づけとして、ジュリアンの腹掛けから新たに少しだけ払った。ジュリアンとチカは手を取り合いながら、船に乗った。船客がみな乗りこんだところで、役人が船に乗りこんできて、ひとりひとりの手形の検分とともにカネを取りたてた。チカのように小さな子どもも例外ではなかった。なにか言われたら、例の書状を出してやろうと、ジュリアンは身構えていたが、役人は船頭の説明に満足した様子だった。

そうした手つづきがすべて支障なく終わったのを見届けると、桟橋に残っていた青年はふたりに何度もうなずいてみせてから、ひとりでパードレのもとに戻っていった。ジュリアンはそのうしろ姿をじっと見送り、それからチカの肩を抱き寄せて、ひとりごとをつぶやいた。

——なんもこわいことはねえぞ。さびしくもねえぞ。わしにはこの子を守る役目があるんや。

チカは澄みきった空と海の青に見とれていた。台風の影響で、海の波はまだ荒れていて、朝のまばゆい光を乱暴な勢いでまき散らし、カモメやほかの海鳥たちがその光に驚いたように海面を飛び交い、鳴き騒いでいる。

——おおい、船を出すどお！

船頭が大声を張りあげた。と同時に、船が大きく揺らぎ、ジュリアンとチカの体も前のめりに揺れ、あと少しで海に落ちそうになった。冷たい水しぶきが、ふたりの頰を打った。そして、海のにおいがひろがった。

そのようにして、ジュリアンとチカの長い旅がはじまった。

それから、どんなできごとがあったのか、どんなひとたちと出会ったのか、そもそもなぜ、今の村にたどり着くまでに三年、正確には、この村にもう半年も滞在しているのだから、三年半の歳月になるが、それだけの日々が過ぎてしまったのか、ふたりはたがいに首をかしげつつ、思い出せるだけのことを思い出そうとした。

本当の旅はこれからこそはじまるのだった。ニホンをいよいよ離れて、アマカウという、遠い外国の、きりしたんの町に向かう。壮麗な天主堂がいくつも建ち、美しい鐘の音が鳴りひびき、ひとびとの歌声と楽器の音色が町の全体に流れ、なんばん人のパードレたちはそこではこそこそ隠れたりせず、誇らかに堂々と、いつも天主堂でみいさをあげ、セミナリヨやコレジヨで学問を生徒たちに教え、町では本がつぎつぎ印刷され、楽器が作られ、マリヤさまやゼズスさまの像も作られている。そんなアマカウに、ふたりはこれから行く。

今でも、本当とは思えないけれど、この村まで来たのは現実のことで、さらにジュリアンはナガサキ近辺を走りまわって、信徒たちと会い、同じ船でアマカウに行くひとたちをひそかに集めている。そのひとたちはお誕生の日が過ぎたら、決められた船着き場に集まることになっている。だから、疑いようもなく、本当にアマカウに行く日は迫っているのだ。そう思うと、ふたりは緊張して息が苦しくなる。

今のうちに、この村まで渡ってきた日々をできるだけ、自分たちの胸に納めておきたい。ぼんやりとした霧のように、その日々を漂わせたままにしておきたくない。なぜなら、アマカウに向かう途中で、海に落ちて死んでしまうかもしれないのだから。いつ死んでもいいように、パードレと別れてから今までの日々を、せめてその断片だけでもいくつか拾い集めて、体にしっかりと刻んでおきたい。パライソに行き、デウスさまとお会いしたとき、その断片をお見せできるように。マリヤさま、ゼズスさまに喜んでいただけるように。チカはハポと会ったときに、今までの話を聞いてもらえるように。

さあ、まず、おまえ、なにをおぼえとるんか、言うてくれ、とジュリアンは言った。ええとな、とチカは考え考え言った。いつだったか、兄しゃまは海の鳥に頭をつつかれて、いっぱい血を流したな。あれは大きか鳥で、おっとろしかった。兄しゃまも、船のひとたちもおっとろしくて、叫んどったずら。おらはどうだったんじゃろう。ルルル、なあ、これがチカの口から出て来たあとなら、いっしょに叫んだろうけんど、わからんな。ほんで、海の鳥につつかれて血を流したんは、兄しゃまだけじゃった。海の鳥によっぽどきらわれたんじゃ。同じ船の親切なひとが手ぬぐいで手当てをしてくれた。

ジュリアンはうなずいた。あんときは、痛いというより、びっくりしたっさ。今も傷が頭に残っとる。イルカの群れに囲まれて、間抜けな一頭がわしらの船にぶつかったこつもあったな。あれはサメに追われとったんや。イルカのほうも痛かっただろうが、わしらも船がひっくり返るかと青くなった。

兄しゃまはひどか病気にもなったべ。下痢が止まらんし、熱もさがらんかった。がたがた体が震えつづけとるし、気味のわるいできもんが体中にできるし、兄しゃまはもうこれで死ぬんか、と思ったずら。どこかの家で長いこと、世話になった。そんころにゃ、おらはもう、ルルルルの声は出せるようになっとったし、頭の弱い子じゃとは言われなくなっとった。兄しゃまがまず気がついてくれたんね、ほんまは耳が聞こえとるらしかと。チカは賢い子じゃと。

ハポの歌が出てくるまで、おまえの頭は眠ったまんまやったっちゅうこつになるんかな。眠った頭で、おまえは自分を守っとったんべか。

音が聞こえとったような気もするし、聞こえんかったような気もする。んだな、ハポが死んでから、なんも聞きとうなくなったんかもしれん。声も出んし、頭も働かんくなった。けんど、いろんなこつはわかっとったよ。眼は見えとったからな。いっつも風が吹いとって、その風んなかの葉っぱや花を見とるようなもんじゃった。そうすっと、兄しゃまが病気になったのは、おらたちがまんだあまり南に進んでないころだったんだべか。

自分じゃ病気がひどかときについちゃおぼえとらんが、気がついたら、季節が冬に変わっとったもんな。雪がぎょうさん降っとった。あれは、はやり病の一種だったんやろうか。だいぶ快復してからも、食べものを体が受けつけんから、骸骨のごたる体になって、足も萎《な》えてしもうた。海が見下ろせる場所にある家で、呼んでくれたお医者しゃまもきりしたんやった。ミヤコでは有名なお医者しゃまやったとかで、貴重な薬をわけてくださった。途方もなく高価な薬やったにちがいなか。あの家のひとたちも、わしらのことを心の底から心配しとった。未来のパードレしゃまをこげなところで死なせるわけにゃいかん、アマカウまでぶじに行ってもらわにゃならん、そんげん言うてくれたのには、わしゃ涙が出たぞ。ところで、おまえはわしが寝込んどるあいだ、なにをしとったんや？

ようわからん。家のひとのいろんな仕事を手伝っておったんじゃろう。むろん、兄しゃまが心配で、看病もしとったぞ。兄しゃまがようやっと元気になっても、お誕生の日が近づいとるとかで、船に乗れんかったんよ。ゼズスしゃまのお誕生をここでいっしょに感謝しなされ、そう言われた。寒い冬の真夜中に、ゼズスしゃまが馬小屋でお生まれになったっちゅう話も、おらはそんとき、はじめて聞かされたんじゃなかったべか。そのあと、今度は、ゼズスしゃまのご苦難の日々に入って、よみがえりの日まで、船に乗りたくても乗れんかった。冬のあいだは、雪がふぶいて、海に出るのは危ないとも言われたずら。二度めに迎えたゼズスしゃまお誕生の日のときも、ずいぶんおらたちは南に進んでいたはずなのに、雪が降って、やっぱり、よみがえりの日まで動けんかった。

きりしたんにとって、ゼズスしゃまのよみがえりの日はいちばん、たいせつなお祝いの日じゃけ、しかたねえべ。そうやのう、きりしたんにはあれこれ、いろんな行事があるから、それでずいぶん、わしらは足を止められとるんやな。先を急ぐから船に乗りたいなんどと言えん立場やったし、未来のパードレとしちゃ率先して、歌の練習にはげみ、おらしょを唱えねばならんもんな。ニホン語のおらしょとちごうて、歌はローマのことばやから、おまえのアイヌの歌とおんなじや。子どもんころから聞き慣れとるとはいえ、さっぱり意味がわからん。そいで、なかなかきちんとおぼえられん。歌っちゅうもんは、おまえとちごうて、わしは苦手ずら。きりえ、えれいそん、くりすて、えれいそん……、こんなんはおぼえやすいから、すぐにおぼえた。おまえはどうな？　音だけでん、ちいとはおぼえたか？

それは、おらもうたえる。デウスしゃま、おらたちをあわれみくだされっちゅう意味だべ。けんど、チカはアイヌの歌のほうが好きじゃ。ルルルってはじめると、体がほんわかするもん。……おら、ハポの歌をうたいとうなってきた。なあ、うたってもよいか。うたうよ。

——ルルル、ロロロ、モコロ、シンタ、ランラン、ホーチプ、ホーチプ！

アフー、アシー、モコロ、シンタ、ランラン、ホーチプ、ホーチプ！

おお、おまえは泣いとるんやな。ハポを思いだしたんか？

いんにゃ、ちいと、ちがう。タカオカで見たマリヤしゃまの絵を思いだしたら、歌をうたいとうなったし、涙が出てきたくなったずら。おらはハポの顔をおぼえとらんから、あの絵がチカのハポなんじゃ。チカのハポとマリヤしゃまがいっしょに、あわれみたまえと言っとるような気がする。悲しゅうて、悲しゅうて、胸が破れそうじゃ、と。モコロ・シンタがみんなを待っとるのに、だれもそれに気がつかん、と。

パライソからモコロ・シンタが降りてきて、わしら人間を救ってくれるっちゅうんやな。じゃっけん、せっかくのモコロ・シンタに気がつきもせんで、ひとがひとを殺しつづけとる。人間はつくづく罪深い生きものや。けんど、わしらはあもるというたいせつな心も与えられておるべ。今まで、どんだけきりしたんのつながりにわしらは助けられてきたか、みんな、あもるの心でわしらを支えてくれたんじゃ。半分アイヌの、ひとの前じゃしゃべろうとせん孤児だとて、おまえを軽んずるおひとはひとりもおらなんだろ?

チカはこくんとうなずき返した。

どこかの船着き場に着けば、そのたんび、わしらを待っとる信徒たちがいて、だれかの家にそっとかくまってくれたもん。ほんで、わしらにおらしょやローマの歌をよってたかって教えたんよ。マリヤしゃまや、ゼズスしゃまの話もな。どこのだれが捕まって、火あぶりになったっちゅう話も多かったけんど。お返しに、わしのほうもえぞ地とツガルでのパードレしゃまの話を伝えて、大いに喜ばれた。そうじゃ、あれはどこの村やったんやろう、ちょうど役人たちがきりしたん狩りをはじめとるっちゅうて、ある家の床下に隠れて、ずっと動けなくなったこつもあったずら。あれはつらかったな。夜中に少しだけ、床下から出て、体を伸ばせただけやった。おまえは六歳か、七歳か、いくつになっとったのかわからんが、辛抱強く、静かに床下で体を丸めとった。

ほんじゃ、おらが病気になったのは、そのせいだったんべか? 真夏のおっとろしく暑かときじゃった。船に乗ってから、急に、頭がくらくらして、あれ、今ごろ船に酔ったんかと思ったんよ。兄しゃまはそういや、いっつも船に乗ると、青くなったな。

ふん、わしも今じゃ、だいぶ船には慣れたさ。おまえの病気もかなり重くて、心配したぞ。咳《せき》が出はじめて、どんどんひどくなって、顔が紫色になって、しまいにゃ、その咳がキツネの鳴き声みたいになってな。口から血の泡が出てくるし、こりゃもう、死ぬぞ、とみんな言うから、わしは悲しゅうて、ずいぶん泣いたずら。おまえんときは、きりしたんのお医者しゃまがいなくて、しかたないから、仏教徒の医者を呼んで、治療のカネのほかに、袖の下も渡した。これはちいと事情のある子やが、見逃しとくれとな。わしの預こうとるカネはそんときに、かなり減ってしもうた。

すまんかったなあ、チカはつぶやいた。

仏教徒の医者がおるあいだ、むろん、わしは隠れとった。医者はにこにこ笑《わろ》うて言うたんや。このごろは戦のない平和な世になって、ありがたいこった、と。わしらはそいを聞いて、ぞっとした。わしらがきりしたんだと知れたら、火あぶりが待っとるだけやもんなあ。けんど、きりしたんも負けてはおらんよ。つぎの村やったか、そのつぎの村やったか、わしらの話をすでに聞いとって、未来のパードレしゃまのためやっちゅうて、まとまったカネを渡してくださるきりしたんの有力者がおったのには驚かされたずら。

んだ、思い出した。どっかの村で、タカオカのおとっつぁまが書いた文を兄しゃまが受け取って、泣いとったな。おら、そんとき、文字が書けるっちゅうのは、へえ、便利なもんじゃとはじめて感心した。お役人の一筆っちゅうのも、パードレしゃまの文も、同じなんじゃけど、あのころはまだ、その意味がわからんかった。

だから、早《はよ》う文字を習えいうとるのに、おまえは逃げつづけてばかりや。

わかっとるよ。ルチアしゃまからもきつく言われとるもん。で、おとっつぁまの文には、なにが書いてあったんじゃ？

だれでん見られても危なくないように、ナガサキとかアマカウなんぞという地名は書いてなかった。ゼズスしゃま、マリヤしゃまに感謝、などともな。ごくふつうの、わしの健康を気遣うことばと、お世話になるかたがたに挨拶をきちんとしろ、といった、まあ、つまらんことばや。ことばの意味より、おとっつぁまが書いてくださった文字ひとつひとつが、わしをじっと見つめておって、おかっつぁまの顔も見えてきたんや。わしも簡単な返事の文を書いて、信徒のおひとに託しておいた。何年かかろうと、きっとタカオカに届けられたにちがいなか。

ここまでふたりで話しつづけたところで、チカはふうっと息を洩らして、つぶやいた。

おらはパードレしゃまと船でお会いしてから、ずっと海におった気がしとったん。いっつも海の波に揺られて、船べりで波の音を聞いとったとしか思われんかった。んだども、ほんまは陸におったときのほうがはるかに長かったんじゃな。おら、がっかりだっぺ。

ジュリアンはチカの背中を撫でて、そう、がっかりするなや、と慰めた。海はそりゃ、すごかところなんよ。そいで、海についちゃ、ようおぼえとるが、陸についちゃ忘れてしまうずら。海は大きな、大きな怪物みたいな生きものじゃ。静かに眠っとるときもあれば、うんと怒って暴れまわるときもある。

ジュリアンはつづけて言った。

嵐になって、帆柱が折れてしもうたときもあった。大きか渦に船が巻きこまれて、もうこれで終わりやとチカと抱き合いながら、ゼズスしゃま、マリヤしゃま、と祈りつづけた。嵐とまではいかなくても、大雨にたたられたときもあった。海のうえじゃ雷が好き放題に暴れておったべ。船が岩にぶつかり、その反動でふたりのひとが海に放りだされたときもあった。ひとりは助かったが、ひとりは助からんかった。叫び声もあげず、あっという間に、海に沈んでしもうた。船のひとたちがみな、仏教のお経を唱えた。けんど、わしは胸のうちで、おらしょを唱えとった。

に言った。

チカはジュリアンの腕にしがみつき、自分の頭をその胸に押しつけて、うたうよう
大きいのや、細長いのや、いろんな魚がいた。白いのや、黒いのや、桃色のや、いろんな海の鳥がいた。気いついたら、海の色がなんとのう黄色っぽく見ゆるときもあった。海の光が強すぎて、眼が開けられんときもあったずら。海が赤くひかるときも、金色にひかるときもあったずら。

ジュリアンもつづけて言った。

花がいっぱい咲いとる海岸があったべ。秋の紅葉でなんとも美しか海岸もあった。網を引く漁船のたくさん浮かぶ海もあった。小さな舟がうろうろしとって、あれはお役人の舟じゃ、と船頭が教えてくれた。三角の帆の、シナのジャンク船も見えたな。帆がたくさんあるとてつもなくでっかい、黒か船が遠くに見えたこともあったべ。あれがフルトガルの船じゃ、そう言われ、わしは息ができんようになった。

チカは頭を持ちあげ、ふたたび、溜息をついて言った。

おらはなあ、どこかの海で船に乗っとるとき、前の歯が一本抜けたんや。ほかのときにも、もう一本抜けた。そのふたつの歯を手ぬぐいに包んどいたのに、どっかでなくしてしもうた。チカのたいせつな歯やったのに、どこに行ってしもうたんやろう。

ジュリアンはチカの頬を撫でながら聞いた。おまえはそいが悲しいんか？

んだ、悲しい。なんでかわからんが、悲しい。チカが死んだら、骨が残るんやろ？

あのふたつの歯は、チカの骨と同じだべ。おらはいつでん死んでもかまわんが、歯が残っとれば、安心して死ねる気がしとった。おらのハポとつながっとる気がしたんや。

……ルルルルル、……あれ、おらはまた、ハポの歌をうたいとうなったぞ。兄しゃま、聞いとくれるか。おらにとって、今までの海は、この歌を思いだすための海やったん。こいからの海では、おら、べつの歌も思い出すからな。けんど、今はハポのこの歌だけずら。

　そして、チカはジュリアンの腕にしがみついたまま、ルルル、といつもの、ハポの子守歌をうたいはじめた。

## 4　ナガサキからアマカウに向かったジュリアンとチカの物語

　ゼズスさまのお誕生の日が近づき、ナガサキの海辺にある小さな村にも雪が降った。アキタやマツマエの雪より大粒で、丈高く積もるわけでもなく、すぐに降りやんでしまう雪ではあったものの、雪は雪にちがいなかった。

チカはなつかしい思いに駆られ、一年前にどこかの村で作った自分とジュリアン用の、ウサギの毛皮の胴着を荷物のなかから取りだした。すでに、それぞれの体に合わなくなっている。母屋のルチアさまから太い針を借りてきて、この村で新しく用意しておいた毛皮を綴《つづ》り合わせ、ひとまわり大きくし、ついでに、新しく耳当てのついた帽子も苦労して作った。仕上がったときには、左手の指先が傷だらけになっていた。

そんなものは本当は、これからアマカウに向かうジュリアンとチカにとって必要のないものなのかもしれない。アマカウはナガサキよりもずっと南にある、とても暖かな場所だというのだから。けれど、出立の日を前に、なにか準備らしい準備をせずにいられなかったし、作業そのものがチカの胸を心地よく弾ませた。マツマエやアキタの、さらさらした雪の気配がよみがえり、幼かったころ、見飽きることのなかった雪の結晶が、チカの体のまわりでひかっては消えていくような気がした。

雪まで降りはじめたのに、ジュリアンとチカの出立の日は、しかし、なかなか巡ってこなかった。それは、ゼズスさまのお誕生の日を待つ日々と重なっていたし、夜毎、チカがルチアさまからひらがなを習う日々にもなった。

出立の日までにせめて、ニホンのひらがなは読み書きできるようにならねば、と以前から主張しつづけていたルチアさまは、お誕生の日の七日前になって、自分でびっくりした声をあげた。あれま、もう日が足りんようになっとる。

それからあわてて、夜のおらしょの前に、ひらがなをみっつずつ、母屋の炉の灰で火箸を使ってチカに教えはじめた。ジュリアンからも言われていたので、チカは逃げだしたりしなかったが、予想以上に、ひらがなをおぼえるのは厄介で、頭と全身が痛くなった。チカがうっかり恨めしそうな顔を見せると、ひらがななんぞ、シナから来た漢字に比べりゃはるかに少なかよ、漢字ときたら、数えきれんほどぎょうさんあるんや、とルチアさまが言った。それで、チカはニホンの文字というものにうんざりさせられた。

——じゃっけん、わしらにはひらがなさえわかれば、充分なんよ。漢字はもっとえらかひとたちのもんじゃ。

ルチアさまはそのように説明した。

——チカはアマカウでこいから生きねばならんわけや。フルトガルのことばもおぼえなならんのやろうが、そいを習うのは、アマカウに着いてからじゃ。向こうにおるニホンのきりしたんがあんたの世話をしてくれるはずやから、あんたもなんかしら役に立たんと申しわけなかとね。あんた、耳は聞こえとるようやが、口がきけんじゃあ、ひらがなぐらいは書けんと不自由やろ？　半分はえぞ人じゃと聞いとるが、アマカウに行けば、そんげん事情はだれも気にしとくれん。ふつうのニホン人きりしたんの子どもとしか見てもらえんよ。ニホン人もよう知らん北の果てに住むえぞ人なんぞ、アマカウじゃ、だれも知らんもの。なあ、そんげん覚悟で、ひらがなをおぼえとかんば。

ルチアさまはこんなことも言った。それを聞いて、チカは少し悲しくなった。

半分アイヌの部分が消えてしまったら、そのあとは、半分のニホン人として生きていくことになるんだろうか。ハポはどうなるんだろう。せっかく思い出したモコロ・シンタの歌もうたえなくなるし、もしかしたら、これから思いだせるかもしれないほかの歌も消えてしまう。半分アイヌの部分って、そんな簡単に消えてしまうものなんだろうか。今まで、半分アイヌの部分をパードレしゃまもジュリアンも、ほかのひとたちもとても大切にしてくれていた。チカははじめて気がついた。でも、ここはアイヌの土地からひどく遠いのだし、アマカウに行けば、もっと遠くなる。そのことにもチカは気がつき、喉から声を洩らしそうになった。

不安におそわれながらも、チカは黙って、ひらがなを習いつづけた。半分アイヌの問題をぜひ相談したいジュリアンは、お誕生の日を前に、ますます忙しそうに、どこかを駆けまわっていて、相談どころか、顔をまともに見ることもできなかった。物置小屋に戻って、ひとりで眠りにつくとき、ルルル、ロロロ、とモコロ・シンタの歌をうたいながら、チカは自分に言い聞かせた。おらがどこに行こうが、ハポはハポじゃ、モコロ・シンタはモコロ・シンタじゃ。そいが半分になるわけがねえ。

毎晩、新しいひらがなを教える前に、きのうのひらがなをチカが本当におぼえているか、ルチアさまは必ず試した。

——く、を書いてみ。つ、も書いてごらん。

そう言われると、チカは火箸で、く、の形を苦労して、灰に書く。く、はすぐにひっくり返って、へ、になってしまうし、つ、も油断していると、し、になってしまう。ひらがなはどれもミミズみたいに、やたらくにゃくにゃしていて、藁ぐつを作るよりもややこしい。

いくらチカの呑みこみがわるくても、ルチアさまは辛抱強く、ひらがなの勉強に付き合いつづけてくれたが、ひらがな全部をおぼえるには、はじめからわかっていたことではあるが、まるで日数が足らず、まだ、十個ほどのひらがなしかおぼえていないというのに、きりしたんにとって、よみがえりの日と並ぶいちばん大きなお祝いであるお誕生の日が来てしまった。

村のきりしたんたちは、このお祝いのみいさのために、パードレが訪れてくださると信じ、それをなによりもの楽しみにしていた。どんな困難があろうと、必ず、信徒のみなのために村に行き、みいさを捧げますぞ、とのパードレからの力強い伝言がだいぶ前に届いていた。けれど前夜祭になっても、パードレはあらわれなかった。修練士のイルマンもあらわれなかった。

夜中にみなできりしたんの組頭の家に集まり、くるすと並べてとくべつに用意された大きなロウソクをともし、ゼズスさまとマリヤさまの絵も飾り、その前で、天にまします、のおらしょと、がらさ充ちみちたもう、ではじまるアベ・マリヤのおらしょを中心に、たくさんのおらしょを唱え、ゼズスさまのお誕生を祝う歌もうたった。言うまでもなく、チカもジュリアンとともに、前夜祭のみいさに加わったが、お誕生の歌どころか、おらしょもまだよく知らないので、すぐ眠気に負けてしまった。

その夜は、ぐっすり眠っているチカをだれかが背中に負って、納屋に運んでくれたらしい。チカが寝ているあいだに、ジュリアンはパードレがいったい、どうなったのかを探りに、ふたたび、どこかへ出かけていった。

翌日になっても、パードレ、あるいはイルマンはあらわれなかった。そして、ジュリアンも帰ってこなかった。たいせつなお祝いの日なので、本来、仕事は休みにしなければならなかった。冬の時期ゆえ、もともと仕事の量が少なくなってはいたものの、村全体でひとりも働いていないとなると、異教徒の眼に留まって、役人に告げられてしまうかもしれない。おとなたちは胸のうちでおらしょを唱えつつ、海辺で網をつくろい、納屋のまわりでのろのろと藁縄をない、薪を割りながら、パードレを連れてくるかもしれないジュリアンの帰りを待った。

夕方になって雪混じりの冷たい雨が降りはじめ、雨に濡れそぼったジュリアンが、やっと戻ってきた。一晩まったく眠らずに近辺の街道を走りつづけたジュリアンは、ルチアさまのいる母屋に着くなり、倒れてしまった。そのまま眠ってしまったらパードレについての情報を聞けなくなるので、母屋に集まったおとなたちは情けをいったん捨てて、ジュリアンの頰を叩き、むりやり意識を取り戻させた。チカはジュリアンの冷えきった足からびしょびしょに濡れた脚絆をはずし、両手でこすりつづけた。

眼を覚ましたジュリアンによれば、役人のほうも今日がきりしたんにとって重要なお誕生の日だと心得ていて、いつもよりさらに取り締まりが厳しくなり、パードレたちは隠れ場所から身動きがつかなくなっている。村のひとたちにとって、それは意外な知らせではなかった。やはり、そうか、しかたなか、とあっさりあきらめ、自分たちでゼズスさまのお誕生を祝う略式のみいさを行う準備をはじめた。あきらめることには、慣れているひとたちなのだった。

ジュリアンはけれど、ほかの心躍る話と、心配な話を信徒たちに伝えた。今年も、このニホンではたくさんのパードレと信徒たちが全国で殺されたが、ローマにおいては、イグナチウスさまとザビエルさまがついに、さんとして正式に承認され、アマカウでも盛大なお祝いがくりひろげられた。

もうひとつの心配な話は、最近、アマカウにオランダ軍が攻めてきて、危うく、オランダに占領されるところだったという内容で、しかしさいわい、フルトガル側の圧勝に終わった。わるいきりしたんであるオランダにアマカウを占領されてしまったら、ゼズス会やほかの会のパードレたちは追いだされるか殺されるかして、天主堂やコレジヨなども壊されるのかもしれない。つまり、アマカウがこのニホンと変わらない場所になってしまう。今回、オランダの艦隊は敗退したものの、それであきらめたわけではなく、近辺の海を行き来するフルトガルの船をまるで獰猛な猟犬のようにねらっている。

——ほう、そら、こわいのう。こいから、どんげんこつになるんじゃろう。

おとなのひとりがジュリアンに問いかけた。

——アマカウに向かうのも命がけ、ここに留まるのも命がけじゃ。

ほかのひとも暗い声でつぶやいた。

近々、ジュリアンとチカがアマカウへ向かうことは、だれもが知っていた。それは明日かもしれないし、あさってかもしれない。そして、ここに留まっているのと、アマカウへの海に旅立つのと、どっちがまだしも安心なのか、だれも判断できずにいた。アマカウまで行って、パードレになると固く心を決めているジュリアンが頼もしい気がするのと同時に、このまま自分たちの連絡係として動きつづけてくれれば助かるのだが、と自分勝手に惜しむ思いもあった。

どちらにせよ、ジュリアンの計画はすでに決まっている事柄なのだし、半分アイヌの子であり、耳が聞こえず、まともに口もきけないチカについては、ジュリアンのおまけのような存在にすぎないので、ルチアさまのほかには、だれもまともに考えず、眼にも見えていなかった。かつて、ツガルからアキタまで同行したパードレによって、チカはあんじょだと称《たた》えられ、心から愛されていたという話を、ジュリアンはわざと村のひとたちに伝えていなかった。自分の口からそのような話を自慢気に言ったら、チカも自分も、そしてパードレをも穢《けが》してしまうように思えた。それに、半分アイヌの子であるチカを理解できるのは、自分だけだ、という気負いもジュリアンにはあった。

あもるの思いを持つきりしたんの村人たちは、心の狭いひとたちではなかったけれど、アイヌの土地はここからいかにも遠すぎ、もしかしたら、フルトガルよりもさらに遠く感じられ、しかも、その土地がどんなに寒くても、アイヌにとって、パライソそのものなのだとは想像もつかないのだった。ツガル育ちのジュリアンにしても、じつは、チカを通じてしか、アイヌの土地を知らなかった。だからこそ、パードレからあんじょと呼ばれたチカを、ほかのひとに渡したくなかっただけなのかもしれない。

パードレもイルマンも、お誕生の日のみいさに来られなくなったと知り、チカは泣きたくなるほど、ひとりで落胆していた。ジュリアンが駆けまわった苦労が実らなかったことが悲しかったし、たぶん、これがチカとジュリアンにとってはニホンで受けられる最後のみいさになるはずなのに、略式のみいさになってしまうのも心細かった。ツガルで出会ったパードレとここで再会できるなどと思ってはいない。けれど、このナガサキ近辺にひそんでいるという、ほかのパードレがどんなひとなのか、ぜひ知りたい思いはあった。あのパードレのようなひとなのか、それとも、まったくちがうひとなのか。

金色の毛がふわふわしたパードレの腕に抱かれた感触を、チカが忘れるはずはなかった。あのころのチカはまだたったの五歳だったが、今では八歳になっている。ややこしいことにニホンの暦によれば、もうすぐ九歳になるらしい。さすがにもう、あのように抱いてもらうわけにはいかないだろう。でも、どんなパードレだろうと、きっと、あの腕に抱かれたように今のチカを安心させてくれる。半分アイヌなのに、そのことばも歌もよく知らないチカではあるけれど、デウスさまから見れば、かけがえのない、永遠にひかりつづけるあにまを持つひとりの人間なのだと、アマカウへ旅立つ前に、ツガルのパードレのような、本当にそう信じているひとにしか出せない深い声で、もう一度、言ってもらいたかった。

お誕生の日のみいさも、夜遅く、ひそかにみなで組頭の家に集まり、まず、おらしょを唱えてから、ゼズスさまがこの世に誕生したときの話を組頭の息子が語り、それを一同、静かに聞いた。

ベツレヘムというところにある馬小屋で、パライソから下りてきた本物のあんじょたちと近くの貧しいひとたちに見守られながら、マツマエのハポではなく、遠い外国のマリヤさまがゼズスさまを出産した。夜空には、ひとつの大きな星がかがやき、馬小屋を照らしていた。その星に導かれて、東の遠い地方に住むえらいひとたち三人が、ゼズスさまのお誕生を祝福するために馬小屋を訪ねた。赤子のゼズスさまは飼い葉桶のなかですやすやと眠っている。

この話をチカはすでに、ツガルからここに来るまでのあいだに、何回も聞かされた。そして、星に照らされた馬小屋を想像するたび、そこにいるのがマツマエのハポと自分のようにしかいつも思えず、それで、うろたえた。マリヤさまとゼズスさまにもうしわけない分、チカなりに一心に祈った。ゼズスしゃま、この世に生まれてくんさったこつを感謝します。マリヤしゃまにも感謝します。こいからアマカウに行くチカとジュリアンをお守りくんさい。チカのハポがもし、マリヤしゃまのおそばにおったら、チカは元気で生きとる、とお伝えくんさい。ツガルで会うたパードレしゃまや、ほかのきりしたんをどんぞお守りくんさい。

ゼズスさま誕生の話を聞いてから、一同はもう一度、チカのようなのではなく、本物のおらしょをくり返し唱えてから、きりえ・えれいそんとか、あにゅす・でい、などという歌をうたい、それからようやく、きりしたんの代表である組頭の老人からご聖体を順番に受けた。場合が場合なので、組頭が代理でそうしてくだされ、と村に来られなかったパードレがジュリアンを通じて伝えたという。

チカとジュリアンも、むろん、ご聖体を受けた。それはお誕生の日のために、村のおばさんたちが用意しておいた小さくて薄い黍餅《きびもち》だった。そのあと、またしても長々とおらしょを一同は唱えはじめた。おらしょを聞くうち、チカは深い穴に転げ落ちていくように眠りに落ちていった。わしは朝まで眠らんぞ、とむりやり起きていたジュリアンもやがて、今までの疲れから、チカといっしょに、モコロ・シンタに揺られはじめた。いくらおとなっぽくなったとはいえ、ジュリアンはまだ、十三歳の少年なのだった。

つぎの日、ほとんど一日中、ジュリアンは眠りつづけていた。

そのつぎの日、元気を取り戻したジュリアンはまた、どこかに出かけていった。今度、ジュリアンが戻ってきたときが、アマカウに出発するときだと、チカにはわかった。落ち着かない思いで、チカはジュリアンの帰りを待たなければならなかった。ルチアさまとのひらがなの勉強はつづけられた。ルチアさまは知らんふりをしていたけれど、なにかに苛立《いらだ》っているようなその表情から、チカたちの出発を承知しているらしいと知らされた。

つぎの日もジュリアンは帰ってこなかった。つぎの日も。

きりしたんの暦で正月が迫り、ふたたび雪が降ってきた。けれどその雪もあっけなく、一日でやんでしまった。

一年の最後から二番めの真夜中、いつものように納屋で寝ていたチカは、ジュリアンに抱き起こされた。さあ、出かけるぞ、ジュリアンはチカの耳にささやきかけた。

チカは深い眠りの底に沈んでいたので、いくら眼をこすっても、ジュリアンの姿も、納屋も、夢のなかにかすんだままだった。急いで藁ぐつを履き、毛皮の胴着を着て、毛皮の帽子もかぶってから、外に出た。井戸の水で顔を洗った。それでも眠気はとれない。このときを今までずっと待ちつづけてきたので、驚きはなかった。すでに、着替えを入れた荷物も用意してある。

ふたりでまず、母屋に立ち寄った。ジュリアンが前もって知らせておいたのか、魔物しか眼を覚ましていないような夜更けなのに、老いて片足の不自由な老人とルチアさまがたいまつと木の葉に包んだ握り飯を用意して、ふたりを待っていてくれた。たぶん、用心のためだったのだろう、ルチアさまの夫や子どもたちは、家の外に姿をあらわさなかった。なけなしの麦を混ぜたヒエの握り飯に、竹筒に入れた水をジュリアンに渡しながら、ルチアさまは涙ぐんで、小声で言った。

――アマカウに着いたら、わしらのためにも祈っとくれよ。どんげん試練があろうと、生き抜けよ。デウスさまが守ってくださるけんな。

うなずき返すジュリアンの眼からも涙が溢れた。

真夜中の冬の風がまともに体に当たり、チカは寒さに震えているだけだった。まだ頭の半分が眠っていて、ルチアさまの涙を見ても、泣きたい思いにはならなかったし、これでおそらく二度とルチアさまとは会えなくなる、この村にも戻れなくなる、と考えることができなかった。本当に、遠い、遠いところに出発するんだ、と思えなかった。

長いあいだ、世話になった礼をジュリアンは言い、チカも頭をさげた。手にくるすを持った老人は、ふたりのためのおらしょを早口に唱えてくれた。ルチアさまも、ジュリアンも、そのおらしょに声をそろえた。朝になったら、村のひとたちみんなで、ふたりの無事を祈るおらしょを、改めて唱えてくれるとのことだった。

ルチアさまと老人に別れを告げてから、ジュリアンがたいまつを掲げ、ふたりきりで浜に降り、海岸線に沿って歩きはじめた。真夜中の海の波が、雪そっくりに白くひかって見えた。半分の大きさの月が海を照らし、星が無数にまたたいていた。

半時ほど歩いたのだったろうか、チカの知らない浜に着いた。白い雪がそのてっぺんやくぼみにひかって見える大きな岩が、黒々といくつもそびえていた。それがまるでクマの群れのようにしか見えず、チカの足は止まってしまった。

――なん？

ジュリアンが振り向いて、チカに声をかけた。チカは口を閉ざしたまま、動こうとしなかった。夜更けの海がチカの足もとに迫ってきては、引いていく。生きものに似たその波音に誘われて、どこかの海の音がチカの胸によみがえってきた。マツマエの海？　それとも、アキタの海？　もっとちがう場所の海？

——どげんした？　あと少し、歩かんば。あっこに見ゆるいちばん大きか岩の向こうで、わしらは舟を待つんや。外から姿が見えんからな、あっこなら、わしらは安心やろ。

——こわかよ。

チカは小声で言った。

——なんか知らん、おっとろしか。

——そんげんこわかずら？

チカはうなずいた。そして、ジュリアンの腕にしがみついた。ジュリアンはチカの肩を抱き、わざとらしい芝居がかった言い方で語りかけた。

——チカよ、ニホンの役人よりこわかもんがあるべか？　どこにでん、怪物や魔物はおろうが、よだれを垂らして、きりしたん狩りに熱中しとるニホンの役人と比べりゃ、かわいいもんよ。ちがうかの？　ここにはニホンの役人はおらんし、わしらはニホンの役人と今夜こそおさらばするんや。

ジュリアンの口調がおもしろくて、チカはくすりと笑い、何度もうなずき返した。けれど、ジュリアンにうながされて歩きだすと、チカの眼に涙が浮かび、体が震えはじめた。目の前の巨大な岩がこわいのではなかった。もっとべつの恐怖、夢のなかにいると思っていたら、現実の海にさらわれ、ひとりだけ、どこまでも流されていくのに気がつく、そんな恐怖がチカの体をおそっていた。でも、ジュリアンが恐怖を取り去ってくれた。ジュリアンに心配をかけたくなくて、チカはそう思い込もうとした。

ひときわ大きな岩にたどり着き、まわりをぐるっと歩いて、岩の向こう側に出た。そこには、思いがけず、うっすらと雪に覆われた静かな砂浜がひろがっていた。少し先にはまた、同じような大きな岩がそびえている。岩に囲まれて、簡単なことでは外から見つかりそうにない砂浜だった。ジュリアンはたいまつを目印に立てて、雪を払いのけてから、チカと並んで、砂浜に坐った。舟はまだ来ていなかったし、同じ舟に乗るはずのひとたちも、その場所にあらわれていなかった。

——さあ、朝餉《あさげ》にはまだ早いが、この握り飯を今のうちに食べとこうな。

ジュリアンは言い、チカの手のひらに、握り飯のひとつを置いた。つづけて、自分の食べる分もひとつ取りあげ、すぐさま、ジュリアンはかじりはじめる。あわてて、チカもルチアさまが握ってくれた握り飯をかじりはじめた。細かく切り刻んだ大根漬けとひとかたまりの味噌《みそ》が添えてあったので、握り飯を一口食べると味噌をなめ、もう一口食べたら、今度は大根漬けを口に入れる、というように食べ進めた。竹筒の水もときどき飲む。あっという間に最初の握り飯は、チカのおなかにおさまってしまった。

――うんめえなあ、こんげんうまか握り飯、おら、はじめてじゃ。

チカは溜息混じりに言ってから、もうひとつの握り飯を自分で取り、さっそく、食べはじめた。ジュリアンも最後に残った握り飯に取りかかる。

――ルチアしゃまはちいとこわかったけんど、ほんまはやさしかひとじゃったんね。海に出たら、握り飯はもう食べられんくなるんかな？

――ヒラドで、また、食べられるかもしれんが、わからんな。……わしらが飢え死にせんよう、なんかしら、向こうで用意してくれとると思うけんど。

どことなく無愛想に、ジュリアンは答えた。腹が充たされたら、チカ同様、眠くなったのかもしれない。ずっと眠っていないジュリアンは、当然、チカよりも眠いはずなのだった。

ふたりで握り飯を食べ終え、竹筒の水を飲んでも、まだ舟はあらわれず、ほかのひとたちもあらわれなかった。寒さから逃れるためにジュリアンと肩を寄せ合ったチカは、紺色にも、紫色にも見える夜空を自在に走る流れ星や、ひときわ強くひかる星、赤みを帯びてひかる星、仲良く並んでひかる星などを見つめていたが、大きなあくびをしたかと思うと、そのまま眠りのシンタに揺られはじめた。ルチアさまから教わったたくさんのひらがなが、そのチカの頭のなかを魚のようにひらひらと泳いでいた。

——チカ、チカ、起きろ。舟が来た。

ジュリアンの声で、チカは重いまぶたを押しあげた。目の前に、黒い影が迫っている。こわくて、思わず、ジュリアンの体にしがみついた。

——ほれ、早《はよ》う、しゃんと立つんや。この舟に、わしらは乗るんよ。

チカは息を大きく吐きだし、それから黒い影を見直した。影は揺れていて、波の音も聞こえる。浜で眠っていたんだ、と気がついた。ほんの短い時間しか眠っていないのか、それとも、かなりの時間を眠っていたのか、見当がつかない。体が氷のように冷たく固くなり、夜の闇が少し薄くなっていた。

ジュリアンに手を引っ張られて、チカは立ちあがり、黒い影を見つめた。それは、たしかに舟だった。村のひとたちが使う、チカにも見慣れた、漁に使う古ぼけた舟だった。むしろの帆をおろしている舟には、見知らぬ男がひとり立っていて、沖のほうを見つめている。チカも沖に眼を向け、もっと大きな船の影を探した。しかし、それらしい影は、まわりの海のどこにも見えなかった。

——おお、ようやっと着いたごたる。

聞き慣れない声が、チカの耳にひびいた。驚いて振り向くと、ふたりの男がジュリアンと並んで立っていた。そして浜を囲う岩のうしろから、布にくるんだ荷物をそれぞれの腕に抱えた女ふたりが姿をあらわした。ひとりはかなり年老いた女のようだった。ジュリアンはたいまつを持って駆け寄っていき、なにかささやきかけながら、年老いた女の体を支え、チカとふたりの男のほうではなく、舟のほうにまっすぐ向かった。それでチカとふたりの男たちも舟に近づいた。

海草を巻きこみ、白い泡になってにじり寄ってくる海の波に足を濡らしながら、舟に乗りこむ前に、ジュリアンはひとりひとりを簡単に紹介した。男のひとりはトマス、もうひとりはペトロで、ペトロは子どものころにチョウセンからニホンに捕虜として連れられてきたが、パードレに救われ、トマスとともに、今までアリマにあるゼズス会の工房で楽器作りにはげんできた。ふたりは頭の毛を剃《そ》らずに長く伸ばし、うしろでひとつに結んでいた。その頭には、黒だか紺だか見分けがつきにくい色の布を巻き、自分たちで作ったらしい皮の長靴を履いている。けれど、その縫い目はすでにほどけかかっていて、今にもばらばらにこわれてしまいそうだった。チョウセン人と言われても、チカの眼には、ニホン人と区別がつかなかった。

老いた女は、やせ細ったカタリナという女の母親だった。夫が子どもふたりを連れて、先にアマカウへ行ってしまったので、それを追わなければならない、そのように、カタリナは自分でひそひそと説明した。

浜に集まった四人のおとなを、以前からジュリアンは知っていて、だから、今度、同じ舟に乗ることになったのだった。今のニホンからアマカウに逃れる必要を感じたきりしたんのひとたち。チカにわかるのは、今まで、ジュリアンはアマカウまでの長い航海に備えて、四人のひとからカネを預かり、ヒラドまでの舟を手配したのだろう、という事情だけだった。ヒラドでは、ほかのひとたちも加わって、さらに遠くへ向かう船に乗る。ジュリアンはその交渉も重ねてきた。おそらく、とても苦労して。

ジュリアンは四人のおとなたちに、チカについても紹介した。

——これは半分えぞ人の子で、耳は聞こえるが、ことばがうまくしゃべれん。けんど、この子もきりしたんで、わしの妹同様のわらしですたい。イサベラという名前をパードレからいただいとるが、半分えぞ人の子なので、いつかえぞ地に戻るかもしれんとパードレしゃまもおっしゃっていた。そいで、今のところはチカと呼んでやってくんさい。

――えぞ人かね。ニホン人とそんげん変わらんの。えぞ地は地の果てで、人間の生きる場所じゃなかかと聞いとるが。

トマスという男が言い、四人のおとなたちはチカを無遠慮に見つめた。チカはジュリアンのうしろに身を隠した。ジュリアンはすぐに振り返って、チカの体を抱き寄せてから、おとなたちをたしなめるように言った。

――えぞ人についちゃ、きりしたんと近か信仰心をすでに持っとるように見ゆる、とえぞ地に行ったパードレしゃまはおっしゃっとりましたが。ことばや習慣がわしらとまったくちごうても、わしらと同じあにまを持つ人間なんやっちゅうこつをたいせつに考えねばならん。パードレしゃまはそう、わしらに釘を刺しておられました。

それを聞いて、四人のおとなたちはおとなしくうなずき返し、チカは四人に対し、丁寧に頭をさげた。

――ほんじゃ、急いでこの舟に乗ってくんさい。ちいと予定より遅くなっとりますけん、急がんばなりません。

ジュリアンが言うと、まず楽器作りのトマスが老女に手を貸して、船頭が用意した踏み板を使い、舟に乗りこんだ。船頭の老人も熱心なきりしたんだとの話だった。つぎに、チョウセン人のペトロがチカを半分抱くようにして、踏み板をのぼった。思いがけない動きだったので、チカはとっさにもがき、もう少しで海に落ちそうになった。つづいて、老女の娘であるカタリナが乗った。

最後に残ったジュリアンが海のなかにじゃぶじゃぶと踏みいり、舟を思いきり両手で押した。舟は大きく揺らいで、海のうえをすべりだした。体の軽いジュリアンは、舟べりに手をかけて弾みをつけ、舟に跳びこんできた。その足はびしょ濡れになっていた。老女がすぐに、ジュリアンの足を布きれで拭った。それでも冬の海上の風は冷たくて、ジュリアンはしばらくのあいだ、寒さに震えることになった。

寒さのせいだけではなく、ひとりひとりが静かに震えていた。待ちに待ったアマカウへの長い旅がいよいよはじまる。でも、本当なのだろうか。疑いの気持も消せない。どうにも現実感がない。長いあいだ、この日が訪れるのを待ちつづけ、待つ状態に慣れてしまった。結局、アマカウに逃れるなんて不可能なんだろう、とあきらめかけていた。だからアマカウにこれから、本当に旅立つと言われても、もちろん、そう信じてはいるものの、なにかにだまされている気分を拭いきれない。そんな腰の落ち着かない興奮に、舟に乗った六人全員が取りつかれていた。

フルトガルの大きくて、りっぱな船は、近くの海のどこにも見えなかった。フルトガルの船に乗れるとジュリアンが約束してくれたわけではないのに、チカは知らず知らず、そう期待してしまっていた。ひみつに動かなければならないのだから、晴れやかな船出などできるはずもない。それにしても、なにひとつ目新しいものはなく、海もいつもの海にしか見えず、重い眠気で頭がぼんやりしていることもあって、夢のなかでいつものモコロ・シンタに揺られているだけのような気がしてならなかった。

陸地の影を右手に見ながら、むしろの帆をあげた舟は波に揺られつつ、静かに進んだ。明け方の薄闇のなかで、それぞれ初対面のおとなたちは挨拶代わりに、低い声で話しはじめた。

——わしがニホンに連れて来られたのは、もう二十年も前になるんや、とペトロは言った。そいで、ニホンのことばにすっかり体の奥底まで染まってしまって、チョウセンのことばは忘れかけとる。じゃっけん、いつかはチョウセンに戻りとうよ。当たり前じゃろ。

それを聞いて、チカは少し居心地のわるい思いがした。ほんじゃ、おらはどうなんやろう。アイヌの土地に戻りたい、とどれだけ真剣に願ってきただろう。半分アイヌだから、半分しかアイヌの土地に戻りたいと思えんのかな。

とはいえ、ペトロにも迷いがあった。チョウセン国に戻るといっても、実際にはかなりむずかしい。うっかり密入国したら、ニホンの密偵かと疑われて投獄されてしまうかもしれない。あるいは、ふたたび奴隷の身に落とされてしまうかもしれない。今はチョウセンの家族がどこにいるのかもわからなくなっている。きりしたんの教えをしっかり学び、できれば、ローマやフルトガル、イスパニアなど、もっと広い世界に出てみたい気もする。少なくとも、パードレたちと出会う前の自分に戻ることは、もう、できないのだ。ミン国が世界でいちばん偉大な国だと、今さら思えるわけがないのだし、このように身分の低い自分たちにも、デウスのお恵みによって永遠のあにまが与えられている、いったん、そう教えられたら、なにが起ころうと、そのあにまを忘れることもできない。

――アマカウにとにかく渡って、それからどうするか、よう考えりゃええのさ、とトマスが言った。ペトロとわしは今までパードレさまたちのご指導で、なんばんの楽器を作る仕事をしてきたんやけんど、最近はそんげん危なか仕事をつづけられなくなってしもうてな。アマカウに行けば、おそらく楽器を作ってほしいっちゅう注文がいくらでんあるじゃろうと思うたんや。わしらの作るビオラっちゅう楽器は、自慢じゃないが、パードレさまたちからとても高く評価されとるんよ。セミナリヨという学問所では、音楽の演奏を必ず教えることに決められとる。デウスさまに捧げるみいさには、美しか音楽が欠かせないもんな。

ペトロはトマスにうなずき返してから、脇に坐るジュリアンに話しかけた。悲しんでいる顔でもなく、あきらめきった顔でもなかった。

——ニホンにおるパードレさまたちだとて、自分の生まれたお国に帰るのは、とうにあきらめとるんじゃ。このトマスも家族の消息がわからんくなっとるんやし、生まれ在所も外国のように遠いそうな。わしらふたりともパードレさまのおそばにいたせいか、めおとになっとくれるおなごも見つけられんかった。じゃっけん、きりしたんのわしらにとって、ほんまの国は地上に見つかりゃせんもんな。

早くも船酔いのはじまっているジュリアンは青ざめた顔でうなずき返した。

カタリナという、痩せた女も、ジュリアンににじり寄ってきて、自分の話をはじめた。言うまでもなく夫と子どもらといっしょに、カタリナと老母はアマカウに行きたかった。しかし、それでは人数が多すぎて、むりだった。夫と子どもらは元気に過ごしているらしい。最近、文がごく小さな金の粒とともに、アマカウからマニラを経由して届けられた。夫がアマカウで働いて得た金粒だった。途中で盗まれぬよう、厳重に何枚もの紙に包まれ、いちばん外側は油紙でおおわれていた。

子どもらは一時的に、孤児院であるミゼリコルディアに預け、夫はアマカウの港で荷運びの仕事をしている、と文には書いてあった。でも、その文が書かれたのは半年も前のことで、今現在、夫と子どもらがどうなっているのかわからない。きりしたんなのだから、パードレさまたちが運営するミゼリコルディアに子どもらは入れてもらえ、毎日、充分な食事を与えられているのだろうし、夫も港で働きつづけているのだろう。そう信じたい。アマカウに着いたら、家族そろって暮らすことを願っている。

——……そのためにゃ、どんげん仕事でも、わしはいとわずにやらせてもらうつもりやが、あちらじゃ、カネさえ用意すれば、家族全員がいっしょに暮らせるもんなんやろうか。ニホン人がすぐに一軒の家を借りられるもんやろうか。どのぐらいのカネが必要なんやろうか。

ジュリアンは聞かれて、さあ、わからん、と首をかしげた。ペトロは笑って、カタリナに語りかけた。

——心配はいらんよ。アマカウはきりしたんの町じゃもん。ニホンから逃げのびたきりしたんには、みんな親切にしてくれるに決まっとるさ。

青ざめた顔のジュリアンは眉根をひそめ、おとなたちを叱るように言った。

——シッ、すまんけど、ちいと声が大きかですよ。油断は禁物ですけん。こんげんところで、捕まりとうですか。まだ、さきは長かですから。

それから、少しのあいだ、おとなたちは押し黙っていた。みなが黙ると、ばしゃん、ばしゃんという海の波音と、船頭の漕ぐ櫓のきしむ高い音が耳に重なってひびき、それが陸からの不穏な叫び声にも聞こえ、不安がつのってくる。船頭がときどき、痰《たん》のからんだ咳をしたり、意味のない声を洩らすと、なにかおそろしいことばをぶつけられるのではないかと船客たちは身構える。

やがて不安に負けたペトロとトマスのふたりが、遠慮しいしい口を開き、老母を連れたカタリナもささやき声でしゃべりはじめた。黙りつづけているジュリアンとチカにしても、おとなたちが適当にしゃべってくれたほうが気が紛れる、そう認めないわけにはいかなかった。

少しずつ、空が明るくなり、海面が鈍くひかりはじめると、星もかがやきを失っていく。櫓の音が規則的にひびく。むしろの帆が風をうまく捕まえられれば、船頭はしばらく手を休める。いくつかの漁船がもっと沖に進んでいくのが見えた。こちらの舟に乗る六人は、一応、炭の俵を装ったむしろと漁網でその身を隠していたが、近くを通る舟はなかった。波に酔って、ジュリアンはとうとう舟底に横たわった。そのジュリアンに寄り添って、チカも眠気に包まれはじめた。ほかのおとなたちは小さな声で、ぽつりぽつりと話を交わしたり、おらしょを唱えたりしている。

ファオーウ……、かすかなハポの声が、チカの胸の奥から、まるでおくびのようにこみあげてきた。

ファオーウ。

声の意味は、けれど、チカにはわからない。たぶん、海につながる意味なのだろう。ほかの部分が出てくれば、それがわかる。急ぐことはない。待ちつづけていれば、いつかきっと、ほかの部分も胸の奥からひょっこり出てきてくれる。そして、ひとつの歌になっていく。ハポが幼いチカにうたってくれた歌。

ファオーウ、チカはその声を頭のなかでくり返し、それから、やはり声には出さず、今のところは、これひとつしか思い出せないハポの歌をうたってみる。

――ルルル、ロロロ、モコロ、シンタ、ランラン、ホーチプ！　ホーチプ！　……。

チカがうつらうつらしているうちに、空は本格的に白みはじめた。海の色が青みを帯び、波頭がちらちらとひかっては消えていく。漁船の数も増えていた。それまで、黒く汚れた影のようにしか見えなかった雲も白く変わっていき、ゆっくりと桃色に変わっていった。海もそれに合わせて、色を変えていく。波の動きが眼に見えるようになって、波からはさまざまな色の光が散乱し、チカの眼を痛くする。まわりにいくつもの島が見えてきたころ、空全体が急に、金色にかがやき、海面も負けずにかがやきはじめた。舟の向かう方向の海面に、金色の大きなかたまりがまばゆく浮かびあがった。海の寝床で眼を覚まし、水平線に姿をあらわした太陽だった。なにもかもが金色にひかって、舟は宙に浮かびあがる、そのようにしかチカには感じられなかった。海鳥がなにを警戒しているのか、しきりに鋭い声で鳴きながら飛んできて、沖のほうでは、イルカの群れが跳びはねながら、右から左に移動していた。

舟は金色の光をかき分けて、大小入り組んだ形の島々を通りすぎ、小さな浜に着いた。今までチカたちが滞在していた浜とそこはそっくりで、浜の幅は狭く、大きな岩も転がり、すぐ近くに山の崖がそそり立っている。崖の下のほうには、ごく狭い畑が幾重にも作られ、崖のところどころに、小屋なのか農家なのか見分けのつかない建物が見える。その屋根や畑に、薄く雪が降り積もっていた。山のうえのほうには、雪の降る真冬でも緑の葉を重く茂らせる木々が枝を絡ませ合っていて、ときどき、森から鳥が飛び立ち、鳴き声をひびかせる。今までは、そうした森がチカの狩り場でもあった。狩り場といっても、ウサギやキジを捕るぐらいのことしかできなかったけれど。

ひとりの男が、白くひかるその浜で、チカたちの乗る舟を寒そうに身をすくめて待っていた。

――ヒラドに着いたけん、早《はよ》うおりてくんさい。

船頭がはじめて口を開いた。舟底に横たわっていたジュリアンが青い顔のまま、あわてて立ちあがった。

――なんと、もうヒラドに着いたと。そんなら、早う舟からおりんと。

――着いた、着いた。さあ、舟をおりますぞ。

まっさきに、トマスが元気よく立ちあがって、老女の体を抱き起こし、浜に降りていった。つぎに、ペトロがチカを抱きあげようとした。チカは素早くその手から逃げ、ひとりで踏み板を駆けおりた。

――あいやあ、そんげんこわがらんでもよかとね。わしもきらわれたもんじゃ。

ペトロが笑いながら、そのあとを追った。それから、カタリナが舟を離れ、最後にジュリアンが船頭にカネを渡してから、浜に降りてきた。足に力が入らないらしく、体がふらついている。六人を迎えに来てくれた若い男に挨拶しようとすると、男は微笑を浮かべ、ジュリアンに言った。

――心配しとったぞ。まあ、ぶじでよかったたい。疲れとるんじゃろ？　とにかく、わしらの家に入っとくれ。挨拶なんどはそいからじゃ。

それでみなは口を閉ざし、ジュリアンと男のふたりを先頭に急ぎ足で浜から山に向かった。崖の斜面をかなり登ったところで、屋根が崩れかかった一軒の家に入った。家のなかには、男の妻らしい女と六歳と三歳ぐらいのふたりの子、それに男の父親のように見える年配の男がいた。ほかに若い女たちが三人、部屋の隅に身を寄せて坐っていたが、チカたちへの紹介は省かれた。わざわざ紹介されなくても、その表情を見れば、同じ船でアマカウへ向かう仲間だと、チカにさえ、すぐにわかった。囲炉裏には、いかにもおいしそうなにおいのする、魚を煮た汁とヒエの飯が用意されていた。ここまでぶじに来ることができたことに感謝するおらしょをみなで唱えてから、ナガサキの海からヒラドに着いた六人は、そそくさと、汁とヒエ飯を腹に入れた。

男の家族と若い女三人は、その六人の様子をじっと見つめていた。

ヒラドの島にある農家の炉端で一休みさせてもらったら、すぐにでも、新しいひとたちが加わってべつの船に乗りこみ、今度こそアマカウへ出発するのかと、チカは思っていた。ところが、そうはいかなかった。

チカたちとともにアマカウに向かうのは、予想通り、三人の若い女たちだった。けれど、ほかにもふたりが乗船を予定していて、そのふたりがまだ着いていない。迎えの船は早ければ今日の夜更け、あるいは明日の夜にあらわれるだろう。男がみなに説明した。明日はきりしたんの暦で正月元日、聖母マリヤのお祝いの日なので、きっと、マリヤさまがあもるの心で、みなのアマカウへの出発をお守りくださるにちがいない。残念ながら、この場でみいさをあげることはできないが、アベ・マリヤのおらしょをそれぞれ心して唱えてほしい。今後はいよいよ長い船旅になるので、みなはとにかく体をゆっくり休めてくんさい。

それから、大変もうしわけないのだが、頼みがある、と男は言い足した。この家は村から離れているし、村のひともほとんど近づかない。しかし気まぐれにだれかが来る場合もあるし、役人が様子を見に来ることもありえないわけではないので、念のため、近くの森にある炭焼き小屋に交替で身をひそめてもらいたい。

そのことばを聞き、三人の若い女たちとジュリアンたち六人は神妙にうなずき返した。たしかに、男の家族のほかに、九人ものよそ者がここにそろってひそんでいたら、怪しまれるに決まっている。

ただし、体の弱い老女とチカは例外としよう。男がことばをつづけたので、チカは驚いて眼を見開き、脇に坐っているジュリアンの耳たぶを思いきり引っ張った。チカの抗議を受けて、ジュリアンは顔をしかめ、チカを睨《にら》みつけてから急いで、男に言った。

——チカは半分えぞ人の子やから、いくらでん寒くともへっちゃらなんや。おかっつぁまのそばには、カタリナしゃまが残ればよか。わしとチカはいつもいっしょにおりたいもんで。

それで、おとなの男であるペトロが用心のためチカたちに加わり、三人の若い女たちにはトマスが加わって、ふたつの組を作り、トマスの組がまず昼間に炭焼き小屋に行き、日が沈むころ、ペトロの組が交替することになった。

——ほんじゃ、さっそく。

トマスたちは腰を浮かそうとする。

——いやいや、そんげん急がんでもよか。疲れとろうから、あといっとき、この家で体を休めてくんさい。

男はトマスたちを引き留める。

——長くて明日の夜までの辛抱じゃ。聖母マリヤさまの日を迎えるためなんやろか、今まで、雪が降るほど寒か日がつづいとったんやが、ゆんべから天気がようなって、寒気もゆるうなった。炭焼き小屋におっても、凍える心配はなかごたる。

ミゲルという名前を持つ男とその家族はアマカウには行かず、島に留まる、と決めていた。近くの島には、パードレがじつはまだ残っているし、ニホン人のイルマンもひとりひそんでいる。ミゲルたちはそのパードレやイルマンの世話を放りだす気には、到底なれなかった。

このあたりの海には多くの小さな島があり、役人の取り締まりもやや手薄になる。とはいっても、役人たちも意地になっているので、油断できない。その気になったら、島ごと火で焼き尽くすようなまねだってやりかねない。もしパードレたちが捕まったら、自分たちも名乗りでて、投獄してもらう。そして、ともに火あぶりだろうが、八つ裂きだろうが、処刑されたい。パードレたちとパライソに行けるのなら、これほど光栄なことはない。ミゲルはそのように語った。

――ほうか。ここもナガサキと変わらんとね？　きつかなあ。

トマスが言い、深い溜息を洩らした。

――むろん、ヒラドのきりしたんもつぎつぎ殺されとるよ。その死体は海に投げ捨てて、フカのえさにしよる。するとなあ、海の水は赤く染まるんじゃ。人間の味をおぼえたフカは、つぎの死体を沖のほうでいつでん待っとるっちゅうぞ。

――はあ、おっとろしか話ばかりじゃ。

囲炉裏の火に手をかざしたペトロが眉をひそめて言った。楽器作りを仕事にしてきたせいか、ペトロもトマスも、同じ部屋にいるだれよりも肌の色が白いことに、チカは気がついた。もちろん、ジュリアンとチカよりも色が白い。日焼けして色の黒いミゲルはうなずき、声をひそめてことばをつづけた。

——今度は、五人組とやらをはじめるらしか。村のひとたちがたがいに見張るようにするるんじゃと。

ペトロが首をかしげて、つぶやいた。

——前に、ナガサキで捕まったきりしたんの組頭がふたりエドに送られたが、エドの奉行さまになんと、信仰の自由を訴える嘆願書を渡したと聞いたぞ。そんな話、信じられんが、そのあと、どうなったんじゃろ。まあ、あっさり殺されてしもうたんじゃろうが、なんか聞いとるか？

ミゲルも首をかしげ、答えた。

——さて、そんげんすごか話、わしらは聞いとらんばい。だれか知っとるひとはおるか？

ジュリアンも、三人の若い女も、ほかのみんなも、首を横に振った。

——わしも知らんぞ。おまえ、いつの間に、そんげん話ば聞いたんじゃ。

トマスが聞いた。

——少し前に、お誕生の日の相談をしに、オオムラのほうから、わしらんとこに、おなごがひとり来たじゃろ。あのおなごが教えとっと。ナガサキからは、ローマのパーパさまにも信徒代表の連名で、文を送っとる、とも言うとった。ナガサキでニホンのきりしたんは試練を受けとりますが、信仰は守りつづけます、とな。

それを聞いて、男たちも、女たちも、ほう、ほう、と口々に言い、うなずき合った。

ミゲルが息を深く吸いこんでから、みなに言った。

——伝統のあるナガサキのきりしたんはさすがじゃの。ジュリアンと同じ名前のパードレ・ジュリアンさまも、ナガサキか、シマバラか、そのあたりにひそんでいらっしゃると聞いとるが、ジュリアン、おまえはなんか聞いとるか？　ほれ、むかし、おまえぐらいの年のころに、はるばるローマまで行ったというおひとのひとりじゃよ。

とつぜん聞かれて、ジュリアンは体を震わせ、うろたえた顔のまま、ミゲルを見返した。今までの疲れが取れていないジュリアンはどうやら、うたた寝をしていたらしい。

——いんにゃ、……んだなあ、わしもうわさでしか知らん。

ミゲルはうなずき、それからチカをも見つめて、ことばをつづけた。

——一度お会いできたら、と願《ねご》うとるんやが、むずかしそうじゃな。まあ、よか。

ヒラドにゃ、オランダの商人もおるし、ある島はシナの海賊の拠点になっとる。海賊いうても、シナやオランダ、フルトガルを手玉にとって、交易しとる大きな勢力なんじゃ。このごろ、めきめき力をつけとるシナ人がアマカウできりしたんになって、ニコラスっちゅう名前をいただいたんや。しかも、そのニコラスさまはヒラドのおなごと祝言をあげられたそうな。そんげんわけで、わしらになにかと便宜をはかってくれとる。あんたらの乗る船も、ニコラスさまの手下の、さらに手下が持っとる船でな、ジュリアンが以前、ここに来たとき、わしらはいっしょに、命がけの思いで交渉した。実際に会えば、そんげんこわか衆ではなかった。なあ、ジュリアン、そうじゃったよな。

ジュリアンは恥ずかしそうに肩をすぼめてうなずいた。

——あんひとたちは、ニホンのことばがじょうずで、ほかにイスパニアやフルトガル、オランダのことばも堪能らしか。ことばがわからんじゃ、交易はできんからな。どこの国も認めとらん交易やが、儲けは莫大《ばくだい》なんじゃと。持ち船も、手下もかぞえきれんほどで、むろん、鉄砲も大砲も持っとる。フルトガルにも、オランダにも、火薬を売っとるぐらいなんやから。つまりじゃな、あんたらがニコラスさまの手下の手下の船に乗りさえすれば、ニホンの役人も近づけなくなるっちゅうこんじゃ。そいにしても、ジュリアンが今度の交渉じゃ、いちばん苦労したのはたしかたい。ナガサキからこの島まではえらく遠いのに、何度もひとりで来たもんなあ。ジュリアンが熱心に、わしを説得しなけりゃ、こんげん危なか交渉なんぞしとうなかったっさ。

ジュリアンは顔を赤らめて、にっこり笑ってみせた。

チカの胸はミゲルの話を聞くあいだに、ドキドキと高鳴りはじめていた。海賊の船だって？　シナ人の海賊？　それはいったい、どんな船なのだろう。フルトガルの大きな黒船と似ているんだろうか。とはいえ、フルトガルの船もチカは遠くからしか見ていないので、たくさんの白い帆が風をはらんでふくらんでいることくらいしかわからなかった。

ジュリアンから今までひと言も海賊について聞いていない。チカをこわがらせないために、黙っていたのか。それとも最近になって海賊と会いはじめたのか。こわくないひとたちだというけど、本当なのだろうか。ジュリアンとふたりきりなら、あれこれ聞きたいことばかりなのに、ほかのひとたちがいるからなにも聞けない。海の世界はとんでもなく広く、チカには想像もつかないさまざまなひとたちが船で行き交っている、その現実に、チカはめまいまで感じた。

しばらくして、トマスの組が立ちあがり、ミゲルの息子に先導されて、炭焼き小屋に向かっていった。三人の若い女たちは綿の入った山バカマのようなものをそろって穿《は》いていて、髪の毛は肩のあたりで切り落とされ、まるで子どもの風体だったが、年齢はチカよりも五歳ほど年上に見えた。

ミゲルとその家族も浜で仕事をするため、外に出ていき、家のなかには、ジュリアンとチカ、ペトロ、そしてカタリナと老母の五人が残された。ミゲルに言われ、それぞれ藁縄をなう仕事を形だけはじめてみたものの、家のなかが急に静かになり、体がぬくもってきたこともあり、まず、この数日の寝不足と疲れがいちばん溜まっているジュリアンが眠気に負けて、老母も横になって眠りに沈んだ。遅れて、チカもモコロ・シンタに身をゆだね、今聞いたばかりの、海賊の船を夢で追いながら、眠りの海に包まれた。そのあいだに、おそらくおとなのペトロとカタリナも眠りに落ちていったのだろう。

チカが眼を覚ましたとき、驚いたことに、家の外は夕陽の赤い光で充たされていた。ずいぶん長い時間、眠ってしまった。チカは急いで身を起こし、ジュリアンの姿を探した。ジュリアンはペトロとカタリナを相手に、藁縄をないながら、なにか熱心に話しこんでいた。老母もすでに眼を覚ましていて、ひとりでぶつぶつ、おらしょを唱えている。

——おお、ようやっと起きたか。

ペトロが体を起こしたチカに気がつき、からかうような笑いを含んだ声で言った。

——おとなとちごうて、子どもはいくらでん眠るもんじゃの。パライソにでもおるようなしあわせな顔しとったぞ。おとなになると、そんげん眠れるもんじゃなか。

ジュリアンが憂鬱そうな顔で言った。

——わしもそうなっとるが、チカもすっかり昼と夜がひっくり返ってしもうとる。チカはまだ成長せねばならん身なのに、こんげん生活は体にわるかっちゃ。

——心配なかよ。子どもはおとなより丈夫なもんじゃ。そんげん心配するおまえも、まだ子どもやのに、チカの親のごたる心配をするんじゃな。アマカウに着くまでは、当分、昼も夜もないもんと覚悟せんと。

チカはジュリアンに四つん這《ば》いで近寄り、その背中に頬を押しつけた。

——ははあ、そげん、わしがこわかか。わざわざ隠れんでも、取って食いはせんよ。

ペトロは笑い声をあげた。でもすぐに、チカのことは忘れ、今までジュリアンとカタリナの三人で交わしていた話に戻った。

どうやらジュリアンは、両親から聞かされたミヤコでのきりしたんの話、ミヤコからツガルに家族ごと追放されたいきさつ、そして今も毎年夏になると、パードレたちが海峡を渡ってマツマエ、そして金の鉱山を訪れているという話を語り、かたやカタリナとペトロも、今までの自分たちがきりしたんとしてたどってきた日々を語っていたようだった。たがいの話に耳を傾けることで、自分たちがどうしてアマカウまで行かなければならなくなったのか、改めて納得したがっている様子でもあった。

むかしのミヤコに晴れ晴れと建ち並んでいたという天主堂や学問所についてジュリアンが語れば、シマバラから来たカタリナは、とっくにこわされたシマバラの天主堂を、まるで今もどこかに残されていて、信徒で溢れているかのように自慢しはじめ、ペトロはペトロで、アリマには印刷所もあったぞ、もちろん、楽器作りの工房に彫刻、絵画の工房もあったと得意気に言いつのり、かと思うと、不意に声を落として、幼いころのチョウセンでの断片的な記憶や、とつぜん攻め入ってきたニホンの軍勢がどれほどおそろしかったかという話を差しはさんだりもした。

そのうち、ミゲルの妻がふたりの子どもとともに外から戻ってきて、ジュリアンとペトロ、そしてチカの三人のために、早い夕餉を用意してくれた。朝と同じ汁にヒエ飯、それに今度は焼き魚も加えられた。

食後、簡単に、おらしょをみなで唱えてから、たいまつを持ったミゲルの息子に案内され、森の炭焼き小屋に向かった。すでに夕闇が濃く迫っていて、風がかなり冷たくなっている。

森の炭焼き小屋というから、よほどの山奥にあるのか、と思っていたら、拍子抜けするほど、その小屋は家のすぐそばにあった。かなり急な山道を這うように登り、雪が凍りついたくぼみにいったん出て、さらにもう一度山道をよじり登ると、大きな岩がいくつも転がっている場所があり、その岩のひとつにもたれかかるようにして、木の皮とむしろで囲われた小屋が建っていた。かたわらには、土を固めて作られた竈《かまど》のようなものがあった。そこで炭を焼くらしい。でも今は火が消えている。

——おい、交替じゃ。

ペトロが小屋に声をかけると、トマスが入り口のむしろからひょっこり顔を出した。

——待っとったぞ。ちゅうても、ずっとわしらは眠っとった。ここはよう眠れる小屋じゃ。

トマスにつづき、小屋から若い娘たちも出てきて、新しく来た三人に頭をさげた。

——早《はよ》う家に戻るとよかたい。魚の汁が待っとるぞ。

ペトロは言い、さっさと小屋に入った。ジュリアンとチカも、そのあとを追った。

——ここは夜になると、相当、冷えるかもしれん。こんまか火は燃やしとけ。必要なもんは、なかにそろうとるからな。ほんじゃ、わしらは行くけん、あとは頼んだぞ。

トマスの声が外の夕闇にひびいた。そして、たいまつの光が遠のき、外は静かになった。

小屋のなかは、むしろが敷いてある部分と、炉の部分にわけられていた。炉といっても、石に囲まれたごく浅いくぼみにすぎず、そこに小さな炎が揺れている。風が吹きこまないので、なかはあまり寒くない。炉の横にペトロはあぐらをかき、脇に置いてあった小枝をつぎつぎと足していく。すると、小さな炎が急に大きくなる。小屋のなかが明るくなり、ペトロとジュリアンの顔が炎に赤く照らされた。その影が小屋の壁に揺らぐのがおもしろくて、チカは思わず笑い声をあげた。

――あいや、チカ坊が笑《わろ》うたぞ。よかよか、笑うと、かわいか顔が、ほれ、もっとかわいか顔になる。

チカ坊などと呼ばれ、びっくりして、チカは口をつぐみ、ペトロをにらみつけた。ペトロはチカの反応など気にもせず、ジュリアンと話をはじめていた。ミヤコやツガルについての話だった。しばらくチカは退屈をがまんして、炉の炎を見つめていたが、ふと立ちあがって、ジュリアンの肩をつついた。そして、ちょっと外に出てもよいか、と眼の動きでジュリアンに問いかけた。チカが外に出たがっとるけんど、とジュリアンはペトロに伝え、ペトロはうなずいた。

——存分に体を動かしてくるとええ、ただし、あんまり遠くに行くなや。声が聞こえる範囲までじゃ。

チカは狭い小屋から逃げだすように、外に駆け出た。

早くもすっかり夜の底に身を沈めている森には、体を凍えさせる風が吹き渡り、木の枝が揺れると、ちらちらと月明かりが漏れて、甘い木の葉のにおいが流れていた。フクロウの鳴き声が遠くに聞こえる。チカはまず、小屋のまわりを歩きまわり、それから地面の枯れ葉を集めて山を作った。枯れ葉をかき集めると、そのなかで眠っていたさまざまな虫たちや小さなネズミたちが地面にこぼれ落ち、死んだ真似をする虫もいれば、びっくり仰天して一目散に逃げだすネズミもいた。

枯れ葉を集めるのに飽きると、今度は森のなかをでたらめに走ったり、跳んだりした。体がだんだん熱くなってきた。枯れ葉の山に戻って、そのなかに潜りこむ。枯れ葉のにおいは、チカをうっとりさせる。冬の日だまりのにおい。フクロウだけではなく、なにか動物の鳴き声も聞こえる。仲間を呼んでいるのかもしれない。

少し離れたところを、茶色い野ウサギが通りすぎていった。

イ……、イセ……。

チカの体の奥から、音が木の実のようにはじけ飛んでくる。

イセ……、イセポ?

同時に、フアオーウというハポの声もよみがえってくる。フアオーウという声と、新しく飛んできたイセポという音にはさまれて、チカは混乱し、眼をつむった。

フアオーウ、カタア、……。

ハポは眼に見えない海の波に揺さぶられながら、うたいつづける。オータ、カタ、イセポ、とそれに重ねてうたうのも、同じハポだった。イセポと口ずさむと、野ウサギがチカの脳裡に姿をあらわす。野ウサギは波打ち際をぴょんぴょん跳ねる。イセポはウサギのことだった。チカはひとりでうなずく。それじゃ、オータ、カタは? フアオーウ、カタア、と意味がつながっているんだろうか。

ハポの歌声がチカの頭に遠く近く、うねってひびく。海の波に巻きこまれて、泣き叫ぶ小鳥の姿が、チカの眼に浮かぶ。それにかぶさるように、波打ち際を跳ねるウサギの動きも、チカの視界を覆う。

イセポ……、ポンテルケ。

イセポがぴょんと跳ぶ。そして、イセポは白い波に吸いこまれていく。

フアオーウ、カタア、フアオーウ、アトゥイソ、……。

海の沖では小鳥も泣き叫んでいる。

ああ、ここは山のなかなのに、ハポは海の歌をうたいつづける。なして？　ハポ、教えて、これって、どんげん意味なん？　枯れ葉の山にもぐったまま、チカは途方に暮れて、涙ぐんだ。

ジュリアンがチカを呼ぶ声が聞こえた。チカは救われた思いで、勢いよく立ちあがった。その体にはたくさんの枯れ葉がくっついていた。


それからの時間は、大雨のあとの急流のような勢いで、チカたちを押し流しはじめた。

ジュリアンより少し年上の娘と、その弟で、チカより年上の少年のふたりが新しく加わり、たいまつを持ったミゲルの案内で、夜更けの海岸におりた。浜を少し歩くと、小さな船着き場があらわれ、そこにはすでに、ふたつの舟が待っていた。急いで、急いで。聞こえてくるのは、そんな声だけだった。

シナ人の舟だと聞いていたが、それまでチカが乗ってきた舟と基本的に変わりなく、ただし、この舟の帆はむしろではなく、茶色っぽい布だった。ジュリアンと離されるのがこわくて、チカはジュリアンの腕にしがみつきつづけた。ふたりが乗った舟には、そのように言い合わせたわけではないのに、ナガサキから来たひとたちが乗りこみ、もうひとつの舟には、ヒラドからの五人が乗った。まさか、こんな舟でアマカウまで行くというのか。どのひとの顔にも、とまどいが見えた。アマカウへ行くには、どう考えても、もっと大きな船じゃないとむりなのではないか。けれどたがいになにかを言い合う余裕もなく、舟はすぐに船着き場を離れ、穴だらけの茶色の帆をあげて、船頭は長い艪《ろ》を忙しく漕ぎはじめた。

沖に向かい、ぐんぐん舟は突き進んでいく。月の光と無数の星のまたたきに海は照らされ、一面、藍色と銀色がせめぎ合う。ほかの色はなにも見えない。チカはジュリアンに抱きついたまま、夜の海にひろがる光を見つめていた。月と星の光に舟ごと吸い寄せられていくように感じる。艪の音と波の音が、風を受けてふくらむ帆に這いのぼっていく。ジュリアンも、ほかのひとも押し黙っていた。海上の風は冷たく、みな、むしろのなかに身を縮め、不安を呑みこみ、身動きもしない。

しばらくすると、波が変わり、舟の揺れが変わった。前に進むのではなく、上に下に舟が動いている。舟がふわりと持ちあがり、空が近づいたかと思うと、どこまでも沈んでいく。ひとつひとつの波が山のように盛りあがって、その山がつぎからつぎへと舟に迫ってくる。

海の波とはこれほど大きく伸びあがるものなのか。チカははじめて知り、仰天させられたが、じつは、その二倍も三倍も大きな波が、もっと南の海で待ち構えていて、はじめのころの大波はまだほんの手はじめにすぎなかった、と気づかされることになった。手はじめの段階でも、ジュリアンをはじめとして、全員が船酔いに苦しめられ、海には強いはずだったチカも生まれてはじめて味わう気分のわるさにおそわれ、舟底に倒れこんでしまった。

大波を乗り越えながら、舟は進みつづけた。海は明るくなり、朝を迎えた。大きな波がはっきり眼に見えるようになると、船酔いに加えて、恐怖感が増し、気分はますますわるくなった。しかし、シナ人なのか、ニホン人なのかよくわからない、日焼けして色の黒い船頭はひと言も口をきかないまま、平然と艪を操りつづけている。このていどの波は危険でもなんでもないということなのだろうか。無表情な、その顔を見届けると、チカも、ほかのひとたちも、とりあえずの安堵をおぼえて、とにかく眠りのなかに逃げようとばかりに、眼を固くつむった。

太陽が高くなるにつれ、光が海の波にまばゆく散乱し、舟に乗る人間たちのまぶたを透して、眼の奥を突き刺す。快晴の空に恵まれ、風が吹き荒れているわけではなく、航海には最適のはずだった。けれどそのため、太陽の光線は剝《む》きだしになり、海面を好きなだけあぶり、チカたちの体をもちりちりと焼きはじめた。真水は樽一個分しか舟に載せていない。みなで惜しみ惜しみ、交替で、その水を口に含んだ。船頭は自分専用のひょうたんを腰に下げていた。

排泄《はいせつ》のときは、船尾に置いてある桶を使う決まりになっていた。舟が揺れていないときなら、なんら困難を伴わずに桶に腰を下ろし、自分の排泄物を海に捨て、桶を洗うことまでできる。ところが、舟が揺れはじめると桶がぐらぐらと安定しなくなり、ようやく腰を下ろしたところですぐに倒れてしまう。波の静かなときを待って用を足したいというみなの願いを無視して、なかなか波はおとなしくなってくれない。舟底のはじで適当に排泄しておくと、大波がざぶんと舟をおそってきて、うまいぐあいに洗い流してくれる、そう気がついたのは、舟に乗ってから二日経ったころだったろうか。

それにしてもこの舟で本当にアマカウまで行くのか。みなは疑いつづけた。干し飯を少しは持参しているものの、食料も真水もおそらくまったく足りないだろうし、一度荒天になったら、舟そのものがひっくり返ってしまう。船頭に聞いてみたくても、シナ人でことばが通じないのかもしれないとためらってしまう。たとえ、ことばが通じるとしてもどのように自分たちの不安を伝えればよいのかわからない。万がいち、この不安が曲解され、怒らせてしまったら、もっとこわいことになる。なにしろ、船頭も海賊の一味にちがいないのだから。

時おり、みなで顔を見合わせ、どのようなことになっても耐えるしかない、そう確認し合い、舟底に横たわったまま、こんたつやくるすを持っているひとはそれを握りしめ、おらしょを唱えた。ほかのひとたちを乗せたもう一艘《そう》の舟が遅れはじめ、視界から消えてしまうと、不安はさらに大きくなった。

ジュリアンの腕にしがみついているチカは、少し元気が出ると、ルルル、ロロロ、とジュリアンにしか聞こえない、小さな声でうたった。

——ルルル、ロロロ、モコロ、シンタ、ランラン、ホーチプ！　ホーチプ！

それに合わせ、フアオーウ、カタア、というハポの声が海の向こうからひびいてくる。でも、その声は、フアオーウ、アトゥイソー、のところでぷつんと切れてしまう。

ふたたび、海は夜に閉ざされ、風が出はじめた。風の強さにしたがい、波はますます高くなっていく。波に突き飛ばされるたび、舟は大きく傾き、舳先《へさき》が回転する。船頭はそれでも表情を変えずに、舟の帆だけをおろし、艪を巧みに操りながら、波にもまれる舟を守りつづける。

明け方になると、風に加え、激しい雨が降りはじめた。雨水で舟が沈んでしまう、と今度は心配になった。舟底に溜まっていく水を予備の桶などを使って掻《か》い出したいところだったが、体が動かない。むりに動けば、波に揺さぶられつづける舟から海に落ちてしまいそうだった。とにかく、かなり経験を積んでいるとおぼしいこの船頭を信頼し、運命にまかせるしかない。みなで半分死んだようになって、おらしょを胸に眠りつづけた。

風と雨がいよいよ強くなり、いつの間にか、昼が夜になり、夜が朝になり、なにが起きているのか、だれひとりとして、はっきりとわからなくなった。とぎれとぎれの記憶が、漠然としたもやのなかに残されているだけで、あとになって、それをつなぎ合わせ、こんなことがあったらしい、とみなで推定し合うしかなかった。

舟がなにか大きなものにぶつかった衝撃を、トマスたちはおぼえていた。巨大な船の影を見た、とカタリナは言った。おそらく、どこかの小さな島で船の乗り換えが行われたにちがいないのだが、どういうわけか、陸地に立ったという感触をおぼえている者はひとりもいなかった。あるいは、海上で、揺れる小さな舟から揺れる大きな船に乗り換えたというのだろうか。そのとき、縄ばしごを登ったと言う者もいれば、いや、竹でできた長いはしごだった、と言い張る者もいた。なにがどのように起きたのか、結局だれにもはっきりわからないままだった。わかっているのは、真夜中、みなで大きな船に乗り移ったということだけだった。

チカは大きな船に乗り移ってから、その船の竹製の帆にびっくりしたことをおぼえている。竹が細かく編まれていて、それが何段にも重なって、一枚の大きな帆になっていた。もっと小さな竹の帆もふたつ見えた。これはシナの船なんだ。チカは眼を見開き、自分に言い聞かせた。手作りの毛皮の帽子がチカとジュリアンの頭から消えていた。気がつかないうちに、海の大波が奪い取ってしまったのだろう。

そのあと、また記憶が朦朧《もうろう》となり、暗い船倉の隅で、ジュリアンとともに苦しんだことしかチカには思い出せない。勘定すれば、その船倉で十日間ほど苦しみつづけたことになる。

陸近くの海は、陸に遠慮して、おとなしい振りをしているのだった。陸から遠くなって、海だけの世界になると、海は息を深く吸いこみ、大きく立ちあがって、頭上の空を押しあげたかと思うと、底のない谷に滑り落ちるように、深く深く沈みこみ、海そのものが巨大な穴になる。するとまた、海は空を目ざして高く伸びあがり、空を崩そうとする。そのくり返しに飽きると、海は波頭を尖らせ、渦を巻き、風を起こし、雷を呼ぶ。あるいは、ふと気まぐれに死んだマネをして、波ひとつ立てなくなる。この状態が何日もつづくと、死んだ海のうえで動けなくなった船の人間たちも少しずつ死に近づいていく。

礼儀知らずにも、船でそのうえを通ろうとする人間たちに、海はずっと腹を立てつづけていたが、チカたちの乗った船は海の怒りをどうにかくぐり抜け、傷つき、くたびれ果てながらも、そして航路をときどきはずし、途方に暮れながらも、アマカウのある陸地に、次第に近づいているはずなのだった。

アマカウに着くまでのあいだ、チカは海の正体に圧倒され、海と空しか見えない眺めのおそろしさに震えつづけた。海をちっとも知らないくせに、海から自分は生まれた気がするなどと、ジュリアンに言い張っていたことを恥じた。ナガサキに近い小さな村から漁師の舟に乗って、ヒラドに向かったときは、まだ、海はチカのよく知っている海だった。少しぐらい揺れても、船酔いなんかしない。早くも、白い顔になりはじめているジュリアンの不安げな様子がおかしい、とチカは笑ったりもした。

そのジュリアンは今、チカのかたわらで横たわったまま、眼を開けようともしない。真っ白な顔になり、唇が乾ききり、呻き声がときどき、そこから漏れでる。チカも同じように呻きながら、ジュリアンの体から手を離そうとしなかった。手を離したら、ジュリアンは死んでしまう、そんな気がしてならなかった。自分が死ぬことよりも、ジュリアンの死がこわかった。

死なんでよ。死んじゃやだよ。体を起こせなくなっているチカは、顔をできるだけジュリアンに近づけ、ささやきかけたかった。けれど、チカは自分の顔も動かせなくなっている。

大きなことが起こるときにかぎって、頭がぼんやりして、なにが起きているのかわからなくなる。だって、いつもそうだったんだから。チカは本当の海に苦しまされながら、そう思った。きっとこの先も、頭が空っぽで、ぼんやりしたままなのだろう。なんのために、これほど苦しんでいるのかもわからなくなる。ジュリアンのそばからどんなことがあっても離れない、その思いだけがチカの頭のなかを占めていた。ジュリアンさえそばにいてくれれば、海に落ちてもかまわない。

でも今のところ、そうはならず、船は海に揺さぶられつづけるだけだった。海の波に揺られつづけるうちに、ぼんやりした頭はますますぼんやりしていく。死ぬって、こういうことなのか、とも感じる。すると、この船はパライソに向かうモコロ・シンタなのかな。チカは思いつく。そして胸のなかで、ハポの歌を何度もうたってみる。それでも、苦しさは変わらない。パライソが近づいてくる気配もない。体はじめじめした船倉の床にすっかり貼りついてしまい、動きもしない。

船倉には、厚手の布がひとりひとりの寝具として用意されていた。それをみなは床に敷いたり、寒いときには体に巻いたりしていたが、日を追うにつれて、布は湿気を吸いこみ、みなが吐いたもので汚れ、体が布に触れるだけで気分がわるくなりそうで、次第に、その布を敬遠するようになった。チカとジュリアンも布を遠ざけ、身につけてきた胴着を脱いで、枕代わりに使っていた。

不意に、船が揺れなくなる日もあった。それでほっとしていると、今まで気がつかずにいた異様な悪臭に悩まされた。あれはブタのにおいだった、とペトロは言い、あそこには生きたブタもヤギもいたんだ、とトマスが言った。その動物たちは海賊たちの食糧だったという。ジュリアンとカタリナは反論した。いや、そんなのがいたら、鳴き声を聞くはずだ、でも現実にはなにも聞こえなかった。チカは生きたブタがいたような気もするし、その声を聞いた気もしたけれど、夢のなかのできごとのようで、確信は持てなかった。

あの船倉には、たくさんの木の箱が積んであっただけだ、と三人の若い女たちは言った。ヒラドでほかのふたりとともに、べつの舟に乗ったけれど、ちゃんとこの船倉で合流できて、同じように船の揺れに苦しんでいた。木の箱にはシナの海賊がどこかで掠奪《りゃくだつ》した宝が入っていたのかもしれない、生きたブタやヤギはほかの場所で飼われていたようだ、船倉はいくつもの部屋に区切られていて、あそこはそのひとつだったのだろう。女たちは自信がなさそうに言った。

結局、悪臭の原因を突き止めることはできず、船がまた大きく揺れはじめると、悪臭どころではなくなり、全員、半分気を失った状態になってしまった。

三人の若い女たちはナガサキでフルトガル商人に奴婢《ぬひ》として売られそうになって、ある信徒の手引きでヒラドの島まで逃げてきたとのことだったし、最後に加わった姉弟はイワミの山村からヒラドに来たのだったが、十六歳の姉のほうはアマカウできりしたんの尼になるのだと決めていて、十二歳の弟はジュリアンのように、ゼズス会のセミナリヨに入れてもらって、学問に励み、やがては正式なパードレとして認められたいと願っている。ふつうなら、同じ目的のジュリアンと弟はアマカウでの新しい生活について、あれこれ話を交わすところなのに、ふたりとも気分がわるすぎて、そんなゆとりはなかった。

食事、といっても、塩漬けの肉か干し魚、小麦のいやに固い餅、腐ったようなにおいの漬け物（ありゃあ、シナの漬け物じゃったたい、とトマスが言った）、そうした食べ物と樽に入った水を配りに、だれかが毎日、はしご段を下りてきたことを、チカはおぼえているけれど、塩漬けの肉がどんな味だったのかは忘れている。そもそも、塩漬け肉や固い餅が喉を通ったのかもはっきりしない。とはいえ、なにも食べなければ死んでしまうので、少しはかじりつづけていたのだろう。

船倉の隅に置いてあった丈の低い樽を、排泄に使っていた。排泄に樽を使った記憶はないのに、一日に一回、うえの甲板までその樽を運んで、からっぽにしたものを船倉に戻してくれていた下働きの存在だけは、みな、忘れていなかった。それは肌の真っ黒な男だった。ペトロたちは、そのように主張した。

うわさじゃ聞いとったが、ほんまに真っ黒やった。ペトロが感心した声を出すと、どっか遠い南の土地で海賊に捕まって、奴隷にされたんや、とトマスがつづけた。奴隷になるために生まれたひとたちじゃとローマでも言われとるごたるが、ほんまかね、肌の色以外になんか理由があるんかね。カタリナがだれにともなく問いかけた。トマスもペトロもその問いには答えなかった。奴隷になるために生まれる人間なんているわけがない、とチカには思えたけれど、それよりも、船倉の自分たちを世話してくれたのがそんなに色の真っ黒なひとだったのかどうか、どうしても思い出せなかった。そもそも船倉は暗く、薄闇のなかでしか、そのひとを見かけていない。ジュリアンの顔を見ると、やはりはっきりと思い出せずにいるのだろう、もどかしさがその眼もとに漂っていた。

肌の黒いひとだけではなく、パードレのような白いひとも、あの海賊の船には乗っていた、ともペトロたちは言いつのった。シナの海賊と言っても、実際にはいろんなところから集まった連中なのだった。若い三人の女たちは言った。ぼたんという丸くひかるものが胸に並ぶ上着を着ている大男もいたし、膝のあたりがふくらんだ形のハカマを身につけた、髪の毛が赤い男もいた。ヒラドで加わった姉弟はそれを聞き、遠慮がちに言った。あの船には、ニホン語を話すニホン人もおりましたよ、と。

それを聞いたほかの者たちは首をかしげ、まあ、ニホン人がおったとしてもふしぎじゃなかけん、シナ人とニホン人の見分けがつかんからなあ、そう溜息をつくばかりだった。

ニホン人きりしたんの一行はもちろん、罪人でも捕虜でもなく、ニホン国を勝手に離れた密航者ではあっても、一応、海賊にとって、最低限のカネを払った船客だった。したがって、その元気さえあれば、いつでも甲板まで行く自由はあった。しかし、弱った体に甲板はいかにも遠く、そこにたむろしているはずの、武器を持った海賊の男たちもこわかった。ニホン人が混じっているのなら、海賊たちは日ごろ、どんなところに行くのか、なにをしているのか、ニホン語でいろいろなことを聞いてみたかったが、それにはまず、海賊たちひとりひとりに、あんたはニホン人かシナ人かと聞いて確認しなければならない、そのように考えるだけでうんざりし、おびえも感じた。船倉によどむいやなにおいから逃れたくなったら、せいぜい、はしご段を少し登り、うえから漂ってくる潮風を吸いこむことしかできなかった。

日が経つにつれ、気温が上がり、船倉も暖かくなった。それ自体はありがたかったけれど、いやなにおいが体のなかにまで染みつき、湿気を含んだ床や布は気味がわるい生きもののように、ねばねばしはじめた。加えて、嵐が近づいてきて、船の揺れは今までになかったほど大きくなった。船倉の壁には、外からぶつかってくる波の荒々しい音が、生きものの吠え騒ぐ声のようにひびき、あちこちから水が細い筋になって漏れ出てきた。はしご段を伝わって、ときどき雨水のかたまりが転がり落ちてくる。雷の音が船をばらばらにこわしそうな勢いで、船倉をも刺し貫く。

どれほど苦しくて、つらくても、あとわずかな日数で、アマカウに着く。運わるく、船が沈没したとしても、それで苦しみは終わる。だれかのすすり泣く声が聞こえた。おらしょをひっそり唱える声も聞こえた。チカは呻きながら、モコロ・シンタの歌を胸のなかでくり返した。ヒラドで中途はんぱに思いだした歌を注意深くたどり直し、もうひとつのハポの歌声にも、おそるおそる耳を澄ませてみる。

ファオーウ、カタア、ファオーウ、アトゥイソ、……。

とうとう、船がアマカウに着いた、そう言われたとき、船倉のきりしたんたちはすぐには信じられず、体も動かせなかった。気がつけば、船はたしかに静かになっていた。

はしご段から見知らぬひげ面《づら》の男が駆けおりてきて、にこやかに言った。

――オームン、マーガオ！

それを聞いて、ペトロが弱々しく問い返した。

――オームン？　マーガオ？

男はうなずき、うえに向かってなにか大声で叫びながら、せわしげにはしご段を駆け登っていった。そのことばは少なくとも、ニホン語ではなかった。

――マーガオって、アマカウのこつじゃなかか？

ペトロがひとりごとのようにつぶやくと、トマスが顔をあげた。ふたりの顔にもだいぶ、髭が伸びている。

――アマカウに着いたと？

——わからん。オームンとも言っとったが、そいはなんの意味じゃろう。

——アマカウ？

病人のように痩せこけて、白い顔になったジュリアンも苦しげに体を起こした。

船倉に、アマカウ、とささやき交わす声がひろがった。そのとき、はしご段の降り口あたりの天井が、うえに開きはじめた。蝶番《ちょうつがい》のきしむ甲高い音がひびき、新鮮な空気と光が船倉に乱暴な勢いでなだれこんできた。まぶしさに、船倉のひとたちは思わず眼を両手で覆った。それから改めて、今まで天井だった部分を見あげた。そこには、白っぽい水色の空が四角く浮かんでいた。甲板から、船倉をのぞきこむ数人の男の影も見えた。太い縄が一度に二本、三本と投げ落とされてくる。十人近くのいかつい男たちがはしご段を駆けおりてきた。そのひとりが、船倉でとまどったままでいるきりしたんたちに手を振り、マカウに着いたぞ、じゃまだから、早く甲板に行きなされ、とニホン語で指示をした。その色黒な顔に浮かぶ表情は意外なほど、晴れやかだった。

——あんさんは色が黒かけんど、ニホン人かね。

おそるおそるペトロが聞くと、ニホン語を話した男は軽くうなずき、さあ早くうえに行きなされ、早く行きなされ、とのみ言いつづけ、それから、いかにも忙しげに船倉に積んであった木の箱に縄をかける作業をはじめた。

ペトロはそのニホン人らしき男に話しかけるのをあきらめて、かたわらのトマスにささやきかけた。

――やっぱり、アマカウに着いたんじゃ。

――そうじゃな。着いたんやろな。

トマスがつぶやくと、三人の若い女たちが震え声で言った。

――着いたんや。

――ほんまに？　ああ、マリヤしゃま。

――デウスしゃまが守ってくんさった。

ジュリアンがようやく立ちあがった。

――ほんまか？　アマカウに着いたと？

チカはその体に抱きつき、うなずき返した。みなを代表する形で、ペトロとトマスがふらつく体をたがいに支え合いながら、急いで、はしご段を登っていった。少しして、甲板から、船倉に向かって叫んだ。

――おーい、アマカウじゃ！　アマカウの町がそこに見えとっとですよ！

――ほんまに、アマカウじゃよ！　わしらはアマカウに着いたとですよ！　早《はよ》う荷物をまとめ、甲板にあがりなされ。

急に元気を取り戻したペトロとトマスのふたりは、自分の荷物のためにいったん船倉に戻ってきて、仲間のきりしたんたちにもう一度言い聞かせた。

――なんもこわがる必要はなかよ。

――アマカウの町はほんにうつくしか。さあ、みなさん、早う甲板にあがってくんさい。わしら、ひとあし先にあがりますけん。

船倉に残っていた者たちはペトロとトマスがうえに登っていくのを見送ってから、たがいに顔を見合わせ、それからのろのろと立ちあがった。いちばん体の弱っている老女とカタリナをまず、三人の若い女たちがそれぞれ前後から支えて甲板に登らせた。それからイワミ出身の姉弟。ジュリアンは最後まで船倉に残り、まわりを片づけ、忘れ物はないか見渡した。そのジュリアンに寄り添い、チカも船倉に残っていた。

――よっしゃ、わしらもうえに登ろうぞ。チカよ、ほんまにアマカウにわしらは着いたんじゃと。

足が萎えてしまったため、前にうしろにふらふらしながら、チカはうなずいた。すでに、船倉では男たちが大きなかけ声とともに、縄にかけた木の箱を引き揚げようとしている。甲板からも、ひとびとの声がこぼれ落ちてくる。そうした声に混じって、海鳥の鳴き声もうるさいほど聞こえてきた。

ジュリアンをうしろに、はしご段を一段一段、力の入らない足もとに用心しつつ登りながら、チカの口からル、ルル、と舌を震わす音が湧き起こっていた。その音が少しずつ大きくなる。はしご段を登りきると、チカはジュリアンと手をつないで、ほかのきりしたんたちがすでに並んで立っている船べりに近づいた。

船のまわりを、たくさんの海鳥が鳴きながら飛び交っている。朝の時間なのだろうか。空は白く曇っているのに、日の光が案外強い。青に黄色を流しこんだような濁った色の海が、まわりに見える。船はアマカウの港の沖合いに停泊して、積み荷といっしょに、人間たちも小舟に乗り換えて上陸する決まりになっているらしい。振り返ると、似たような竹の帆の船が二隻連なっていた。知らないうちに、チカたちの船は三隻の船団として航海をつづけていたらしい。

港の近くには、碇《いかり》を下ろしたたくさんの船が見えた。さまざまな大きさの船。いろいろな形の船。チカたちの乗ってきた船は、中くらいの大きさの船だった。三角の帆や、竹の帆のシナの船、帆柱が三本の船も見える。五本の帆柱を持つ、巨大な黒い船も見えた。フルトガルの船にちがいない。全部で何隻あるのか見当がつかない。チカたちの乗る船も、すでに十艘ほどの小舟に囲まれていた。

——こいがアマカウなんじゃ。

——おお、ゼズスさま。

——ああ、ああ、デウスさま、夢のようじゃ。

ニホンからの密航者であるきりしたんたちの声がひびく。イワミから来た姉弟は抱き合って、泣き声を放っている。三人の若い女たちも頬を濡らす涙を、しきりに手の指で拭っていた。

緑の色が見えた。それは山、というより、ひとつの丘だった。てっぺんには、黒い大砲らしきものがいくつも突きでている壁が見え、内側の建物と尖塔《せんとう》も見え、尖塔にはみながはじめて眼にする旗がひるがえっていた。その奥にも、もうひとつの丘がそびえていて、てっぺんにはもっと大きな、四角い石の砦《とりで》が見えた。その丘は手前の丘よりも長い城壁に囲まれている。丘を左手にくだったあたりには、尖塔を持つ、天主堂らしきかなり大きな白い建物が見える。その辺りから黄色や白い壁の四角い建物が建ち並びはじめ、ずっと遠くの左端にそびえる丘まで、それがつづく。よく見れば、たくさんの建物のなかにも、小さな尖塔がいくつか混じっていた。

あれがニホンでさんざん聞かされてきたアマカウの天主堂なのかな、とジュリアンは思った。もっと大きくて、もっとたくさん天主堂があるはずだったのに、そして、美しい歌声と楽の音もひびきつづけているはずだったのに。それでも、白や黄色の壁の家々のほとんどは赤い屋根で、それが朝の光を受けて、整然と連なる町のながめは充分に美しかった。

そのとき、遠くからカン、カン、カン、という金属の音がひびきはじめた。

——なんじゃ、あの音は？

——あいや、マリヤさま、ゼズスさま、あれは天主堂の鐘の音じゃなかか。

——わしらのために鳴らされておるんか。

——どうなんやろ。まさか、とは思うが……。

いちばん手前の丘のふもとから、長い海岸がひろがっていて、そこにも、小さな舟がたくさん停泊している。その海岸の、はずれの浜に、どこから現れたのか、二十人、いや、それ以上のひとたちが集まっていて、金色の大きなくるすを掲げるひと、手を振るひとたちもいた。船から浜までは距離があるのではっきりとは見分けられないけれど、どうもニホンから来たきりしたんたちに向かって手を振っているらしい。しかも、そのひとたちはニホンの着物を着ているように見える。船に寄り添う小舟を操る船頭たちも、チカたちに笑顔で手を振っている。

——おお、あんひとたちはニホン人らしか。わしらを迎えに来てくれとるんじゃ。

――なんちゅうこっちゃ。ああ、うれしや。ありがたや。

船に乗るきりしたんたちも熱心に手を振り返した。遠くからひびく鐘の音は、ほかの鐘の音を誘いだし、にぎやかにそのひびきを重ねていく。

――ルルル、ロロロロ、……ファオーウ、アトゥイソー、ファオーウ、カタアー、……ファオーウ、シルポック……。

ジュリアンに身を寄せたチカは、マリヤさまに似たハポに導かれて、澄んだ声でうたいはじめた。沖の海で、小鳥が危ない、助けを求めている、そんな意味もチカに伝わってくる。歌の全部はまだ、よみがえってこない。それでも、アマカウの鐘の音がハポの歌を少し呼び起こしてくれたらしい。

――やあ、チカ坊がうたっとる。かわいか声でうたいよっと。

そばにいたペトロがびっくりして叫んだ。船旅のあいだに伸びた髭と汚れとで、すっかりすすけてしまったペトロの頬も涙で濡れている。

うたいつづけるチカは、ペトロに笑顔を返した。

# 一九八五年　オホーツク海

…………

ルカニンカ　フオー、ルカニンカ　鳥の群れの先頭に
ルカニンカ　フオー、ルカニンカ　立って飛ぶ鳥は
ルカニンカ　フオー、ルカニンカ　わたしたちの頭上を
ルカニンカ　フオー、ルカニンカ　ぐるぐる円を描いて、
ルカニンカ　フオー、ルカニンカ　鳥ではあるが
ルカニンカ　フオー、ルカニンカ　その落とす涙は
ルカニンカ　フオー、ルカニンカ　大粒の雨をなして
ルカニンカ　フオー、ルカニンカ　わたしたちのうえに
ルカニンカ　フオー、ルカニンカ　滴り落ち、……

大きな黒い影が、森の奥をかすめていく。

——アオサギだね、ありゃ。

タクシー運転手の田川さんがなにげなく言った。

——え、アオサギ！　あれって、アオサギだったんですか。

アオサギとはどんな鳥なのかも知らないのに、耳にひびいたその名前だけで、あなたは声を弾ませた。そしてかたわらに坐るダアにも伝えた。

——ねえ、今の影、気がついた？　アオサギだって。すごいねえ、もっと見えたらいいのに。

ダアはアオサギという名前のひびきから、あるいは、母親のあなたの反応から、なにか尋常ではない生きものを想像してしまったのか、どこに見えるの？　どこ？　とあわててタクシーの窓から顔を突き出そうとする。あなたはそれで、ダアの体を自分に引き戻さなければならなくなる。

——アオサギなんざ、いくらでも、ここにゃいるさあ。シラサギも、ゴイサギも、もちろんいるけどよ。オオワシも飛んでくる。オオワシは高い空を飛ぶから、こっからは見えねえな。

田川さんがあなたたちを諌《いさ》めるように言った。あなたの頭には、オオワシの脚にしがみついて、空を渡っていく人間の姿が浮かびあがる。あれは、なんのお話だったのだろう。答を見つけられないうちに、つづけて、ハクチョウの背中に乗って、空を自在に飛ぶ少年の姿もよみがえる。いや、あれはハクチョウではなかったのかもしれない。だとしたら、なんの鳥だったのか。そもそも、いったいなんのお話だったのかも、あなたにはわからない。

あなたは小声で聞いた。

——ハクチョウは？

——あれは渡り鳥だから、春にちょっとアバシリに来るけど、そのあと、カラフトに行って、シベリアまで飛んでいくさ。アバシリにいるあいだも、こんな内陸の林までは飛んでこねえな。むかしはコウノトリとか、トキもいたけんど、今はもうダメだね。

——コウノトリに、トキですか。なんだか、信じられない。

あなたは眼を丸くして、あえぐようにつぶやく。

——むかしとは、なんもかも、すっかり変わっちまっただな。この道もなかったから、原生林を車でこうして走ることもできんかった。おいらは今のほうがいいけどよ。

ゆっくり車を進めながら、田川さんは感情をのぞかせない、平坦な声で言う。

——ねえ、アオサギって、なあに？

ダアがあなたにささやきかける。

——鳥の種類よ。アオサギっていうんだから、体が青く見えるってことじゃないかと思うんだけど。

あなたは田川さんがアオサギについて説明をしてくれないかと期待しつつ、ダアに答えた。けれど、田川さんは口を開けようとはしなかった。


森のなかの一本道を、田川さんが運転するタクシーは走っていた。両脇にそびえる木々はタモとか、カバ、クリ、ナラのたぐいなのだろうか、かなりの高さにそびえていて、空を道の両側から閉ざしている。木々のほかにはなにも見えず、どこかにアオサギが隠れているのだとしても、東京から来たばかりのあなたには、その影を見届けることはむずかしい。車から降りてしばらくたたずんでみれば、アオサギの声が聞こえ、ほかの小鳥たちの声も聞こえたのかもしれない。けれど、森のなかのほの暗い道を進むあいだ、あなたはその可能性に思いいたることなく、ただ、車の窓から森を飛ぶ鳥の影を探しつづけていた。

あなたが森だと感じているところは、田川さんが生まれ育った土地の近くにある原生林で、田川さんが育った家はすでに消え失せ、その場所は新しく生えてきた木々で閉ざされている。メマンベツの町から、十キロ以上奥まったあたりだった。むかしはアカン湖とアバシリ湖をつなぐアバシリ川にひとつだけかかる丸太の橋を渡らなければ、田川さん一家は町に出ることができなかった。川が氾濫すると、丸太の橋は簡単に流されてしまい、そうなったら一時しのぎに太い針金で両岸をつなぎ、それをたぐりつつ、筏《いかだ》で川を渡ったという。今はどこにでもごくふつうに見られるコンクリートの橋ができている。

——さてと、どこに行きたいのかね。

田川さんは自分の車にダアとともにあなたが乗りこんだのを確認してから、あなたに話しかけた。それに応えて、あなたは思いつきの希望を口にした。

——ゆうべ、おっしゃっていた田川さんが生まれ育った原生林ってどんなところなんでしょう。もしその近くに行けるようなら行ってくださいますか。

そうして、あなたとダアはアオサギの飛ぶ原生林のなかを車で走ることになった。まわりの木々は高く枝を伸ばし、空を覆い隠し、道を走る車はほかに一台も見えなかった。原生林は暗く静まりかえり、真夏の直射日光に照らされているほかの場所のうんざりするような暑さを忘れさせるほど、心地よくひんやりとしていた。

田川さんはあなたたちの前に、とつぜん、現れた。東京から飛行機に乗り、サッポロで空港とつながるホテルに一泊した。乗り物酔いのひどいダアのためにむりはしないことにした。ダアは新幹線に乗っても、すぐ青くなる。ダアにとって飛行機に乗るのは、このときがはじめての機会だったので、酔うのかどうかわからなかったけれど、用心しておくのに越したことはなかった。

翌日、飛行機を乗り継ぎ、あなたたちは信じられないほど小さなメマンベツ空港に降りたった。あなたが学生だったころは、上野駅から夜行の急行列車で青森まで行き、青函《せいかん》連絡船に乗り、ハコダテからさらに急行列車に乗って、サッポロに出た。それでちょうど、丸一日かかった。アバシリまで行くのにも、やはり急行列車に乗っていた。ダアにとっては、そんな旅のほうが楽しかったのかもしれない。でも、今どき、北海道に行くのにそんな悠長な行き方をするひとはいないし、夜行の急行列車もほとんど廃止されている。

メマンベツ空港からタクシーに乗った。宿泊に利用させてもらう予定になっていた「別荘」の住所と電話番号を、あなたは持っていた。けれどその電話番号は、ふだん、無人の状態になっている「別荘」のものなのだから、なんの役にも立たない。住所が書かれた紙切れをタクシーの運転手に見せ、迷い迷い、あなたたちはようやく、広いビート畑に囲まれた小屋にたどり着いた。白樺《しらかば》林のなかとか、きれいな川のほとりとか、あるいは、商店が近くにあるような市街地に「別荘」はあるのか、とぼんやり思っていたあなたは、危うくタクシーの運転手に、ここじゃないと思いますけど、などと言いそうになった。

東京で借り受けてきた鍵でなかに入ると、ひとつしかない畳の部屋が夏の熱気ではちきれそうになっていた。鍵を受け取ったときに、なぜ「別荘」について知り合いに具体的なことを聞こうとしなかったのか。あなたは後悔したが、もう遅かった。ホテル代を節約できるという了見が先走り、「別荘」の持ち主である知り合いに対する遠慮もあって、「別荘」そのものについての質問を避けてしまっていた。急いで窓を開け放ち、部屋を大ざっぱに掃除して、風呂場を洗い、ふとんを押し入れから出して、日光に当てた。それだけですっかり疲れてしまい、あなたはダアとともに、湿気をまだ含んでいるふとんに寝転んで、だらしなくそのまま眠ってしまった。

お母さん、なんか音がするよ、だれか来てるよ、とダアに起こされたのが、もう夕方に近い時間だった。小屋のドアを開けると、そこに日焼けして色の黒い田川さんがのっそりと無表情にたたずんでいた。驚いて、なにも言えずにいるあなたに、田川さんは「別荘」の持ち主の名前を出し、東京から連絡があったから、様子を見に来た、自分のタクシーであんたたちをどこへでも連れていく、明日も、あさってでも利用してくれ、と言った。もちろん、一日分ずつまとめて料金は払ってもらうが、普通のタクシーと比べたら、すごく安くする。

——だいいち、こったら場所じゃ、歩いて食事に行くこともままならねえ。おらのタクシーを利用するしかねえべ。

田川さんはそのように言い、あなたはほんの少し迷ってからうなずいた。わざわざ東京からメマンベツまで来たのに、車に乗らなければならないなんて、とあなたは反《はん》撥《ぱつ》を感じた。あなたの頭のなかでは、大自然のなかでゆっくりと散歩などをして過ごすという、凡庸ではあるけれど充分に魅力的なイメージが作りあげられていた。ところが実際の「別荘」を見ると、まわりにはビート畑がひろがり、裏手にひょろひょろした木が何本か植わっているだけで、真夏の暑いさなか、木陰も期待できない。散歩をするとしても、汗びっしょりになって、ビート畑のあぜ道をひたすら歩くしかなさそうだった。「別荘」に台所はあったけれど、食料など用意していなかった。見渡したところ、町がどこにあるのか見当もつかない。

——わかりました。それじゃお願いします。でも、この子、すごく乗り物に弱いので、ゆっくり運転していただけると助かります。

あなたが言うと、田川さんはダアを見やって顔をしかめ、うなずいた。都会の子どもはまったく、ひ弱で、困ったもんだ、とでもいうように。東京の生活では、ダアはほかの子どもよりむしろ元気よく町なかを走りまわっている。街路樹のもとから、近くの路地から、小さな公園から、ダンゴムシやトカゲ、ヤモリ、ヒキガエルなどを見つけて、マンションの九階の狭い住まいに持って帰ってくる。ダアのような子はこんな都会にいても、思いがけない場所にさまざまな自然を見つけだすんだ、とあなたは困惑しながらも感心させられていた。ところが、メマンベツの田川さんを前にすると、ダアは生命力に乏しい都会の子どもにしか見えなくなる。それで、母親のあなたは少し悲しくなった。

とりあえずその日はメマンベツの町まで、夕飯のために行き、田川さんにも夕飯をつきあってもらった。そのあいだ、あなたたちは田川さんの語るむかしの話に聞き入ることになった。あなたの知り合いの要求に応えて、田川さんは土地を用意し、建物の工事にまで手を貸したとのことで、「別荘」は田川さんにとって、知り合いのものというより、自分に所属するものなのだった。

帰りも、田川さんの車で送ってもらった。昼間あんなに長い時間寝たというのに、

「別荘」に戻ると、口では、体が汗でべたべたね、お風呂に入らなくちゃ、と言いながら、あなたはふとんに体を投げだし、そしてそのまま眠ってしまった。ダアもおとなしく、あなたのかたわらで眠っていた。

あなたはいつも疲れていた。仕事に追われ、ダアのために食事を用意し、洗濯し、毎晩ふとんを敷く前には、いったん畳を掃除する必要がある。畳はダアの飼っているトカゲやダンゴムシの籠からこぼれたおがくずなどでざらざらしている。宿題や、翌日の時間割の点検。爪を切り、髪の毛も伸びすぎれば切らなければならない。ダアは髪の毛を切られるのをいやがって、逃げまわる。ダアが育つにつれ、あなたはそのあとを追うのに息切れがしはじめ、ときどき、男の子を育てるにはやはり男親が必要なんだろうか、と不安になった。

それでもあなたは夏、そして春になると、ダアを連れて、二、三泊の小さな旅行に出た。伊豆や、箱根、秩父へ。子どものために、親というものはそうしなければならないと信じていたから。たった二、三泊の旅行でも、仕事に穴を空けてはならないので、その前後はかなりむりをすることになる。旅さきでは、ふとんやベッドに横になると、あっという間に眠りに落ち、できることなら、一日中でも眠りつづけたくなる。そうしたあなたをよく知っているダアは、必要がないかぎり、あなたを起こさず、いつも手放さない虫の図鑑を見たり絵を描いたりして、あなたが起きるのを静かに待ちつづける。

そのていどの旅行しか実現できずにいたのに、あなたはダアの成長とともに欲を出し、今年はメマンベツまで来たのだから、来年の夏はぜひ沖縄に行こう、もっと先には、珍しい生きものがたくさんいるという、ダアのあこがれの場所、ガラパゴス島にだって連れて行こう、などと胸をふくらませていた。

メマンベツでの最初の夜、田川さんはこれもサービスのうち、と心得ていたのだろう、開拓時代の話をあなたたちに自分から話しはじめた。原生林の伐採からはじまった「駆け落ちもん」である田川さんの両親による開墾の話。両親はアイヌを見習い、丸太とヨシを使って、小屋を作り、囲炉裏もアイヌ風だった。キツネがいつもまわりをうろつき、クマも来て、せっかく作った畑を荒らした。田川さん一家は麦とイナキビばかりを食べていた。ソリや荷車、風呂桶、臼、かんじき、スキー、雪靴なども、当然手作りだった。ふとんも南京袋にガマの穂を詰めた手作りのものだった。

イナキビって？　ガマって？　かんじきって？　ダアはときどき話の途中で、あなたに質問をする。

やがて、「たこ」と呼ばれた労働者たちによって、メマンベツにも鉄道が通るようになった。「たこ」のなかにはアイヌもいた。

ダアは「たこ」ということばに笑い声をあげた。

厳重に監視されていた「たこ」たちは、田川さんのことばによれば、まるで奴隷と同じ境遇だった。冬になると、かれらはどこかべつの場所に移っていった。鉄道の蒸気機関車を見て、田川さんは感動し、乗り物に興味を持つようになったという。「たこ」として使役されずにすんだアイヌたちは川岸に住み、川漁をしていた。田川さんの父親は物々交換で、穀物、野菜と引き替えに川エビを得た。とはいえ、田川さんの話しぶりでは、家族でアイヌと日常的に親しくつきあうことはなかったらしい。接触があっても、所詮はまったくべつの世界に住んでいるのだから、たがいにせいぜい、じゃまをしないようそれぞれの領域を守っていればよい、という意識しかなかったのかもしれない。

都会から来たあなたが関心を持つようには、アイヌやウィルタ、ニブヒの文化について など、田川さんはさっぱり興味がない様子だった。「駆け落ちもん」である和人の開拓民の息子としては、あこがれていた車の運転で生活ができるようになったこと、白いご飯がいくらでも食べられるようになったこと、それだけで満足だった。田川さんにとって原生林とは伐採の対象に過ぎず、土地を開拓しなければ人間はどのように生きていけばよいというのか、そう言いたげだった。

メマンベツは変わり、田川さんの生活も変わった。今では、家に冷蔵庫も、テレビも、洗濯機すらある。なんたら贅沢《ぜいたく》なこった、田川さんは眼を細めて言う。けれど、あなたとダアから見れば、日焼けして真っ黒なその顔、黄色い乱杭歯、いかにも力が強そうな大きなその手は、原生林とはいかなるところなのか如実に語っていた。

翌朝、早すぎる時間に来られても困ると思い、十時ごろに来てくださいますか、とあなたが頼んでおいたとおり、田川さんは十時ぴったりにあらわれた。そしていったん町に出て、駅前の喫茶店に寄ってもらった。朝食としてダアは牛乳、あなたはコーヒー、それにサンドイッチも頼んだ。田川さんは喫茶店はきらいだと言い、車であなたたちを待っていた。それで、急いでサンドイッチをおなかに収めなければならなくなった。朝食のためにわざわざ町の喫茶店に行くなんて、田川さんから見れば、都会の人間丸出しの行為なんだろうな、とあなたは恥ずかしくなった。けれど空腹のまま車に乗ると、ダアの車酔いはひどくなる。今日は帰りに、牛乳やパンを買って、「別荘」に戻らなければ。あなたは自分に言い聞かせる。

すでに時刻は十一時をまわり、真夏の暑さにメマンベツもあぶられはじめていた。原生林のなかでは、その暑さからいっとき逃れられ、あなたは一息つく。アオサギが飛んでいると田川さんから聞かされ、あなたの体につきまといつづけていた重い眠気がいっぺんに消え失せた。田川さんはオオワシについても話す。オオワシからハクチョウをあなたは連想し、どきどきしながら、ハクチョウはここまで来るのか、と田川さんに問いかけた。ハクチョウはここまで来ないけれど、むかしはコウノトリやトキもいた。あなたの動悸《どうき》はますます速くなる。

あなたはダアに話さずにいられない。

——ずっとむかし、わたしもハクチョウを見た。三月だったから、まだ、この近くにいたの。すごい数の群れでね、クォー、クォーって鳴くの。大きな、白い鳥。いつか、ダアにも見せたい。

——うん、ぼくも見てみたい。

まわりの原生林を見つめながら、ダアは答える。

ちょっと調べてみれば、現実に、和人に毒殺されたアイヌがいたってことがわかるのよ、とメマンベツの「別荘」の鍵を受け取ったとき、その持ち主である、あなたより十歳ほど年上の知り合いは、「ルカニンカ　フオー、ルカニンカ」というサケへを持つカムイ・ユカラについて話してくれた。それが抵抗するアイヌに対する、和人の常套《じょうとう》手段だったみたい。まともに戦ったらかなわない相手だったからかな。仲よくしましょう、とにこやかに誘っておいて、毒を飲ませて殺してしまうなんて、卑怯《ひきょう》すぎて、同じ和人としていやになっちゃう。とにかく、アイヌたちはこうしたカムイ・ユカラをうたいつぐことで、和人はこわいよ、だまされるな、毒の酒を飲まされるなって警告していたのね。

大手の出版社で営業の仕事をしている知り合いは、メマンベツに「別荘」を建ててしまうほど、北海道の自然を愛し、アイヌの文化にもくわしかった。あなたにカムイ・ユカラのレコードを聴かせてくれたこともある。このときもカムイ・ユカラの話、とりわけ涙を落として飛ぶ鳥をうたうカムイ・ユカラについて話すのに熱中して、知り合いは田川さんのことをあなたに伝えておくのを忘れてしまったし、あなたも「別荘」について具体的な説明を聞こうとはしなかった。

カムイ・ユカラは神々が自分の話をうたう、という意味だから、基本はもちろん、さまざまな神の歌なんだけど、この歌のように、人間が自分の話を語るものもあるの。クマも鳥もキツネもカエルも、そして人間も、まったく対等な神を宿していて、だからその存在も対等だってこと。和人のうたうカムイ・ユカラまである。アイヌのひとたちは和人にも神を認めているってわけ。それって、すごい発想だと思わない？

知り合いはそのように言い、涙を落とす鳥のカムイ・ユカラの歌詞が書き記されたページのコピーを、あなたに渡した。

アイヌ語もここには書いてあるから、それも読んでね。和人のことをふつうはシサムっていうのに、ここではトノって呼んでいる。お金がある和人のことはトノって呼んでいたみたい。もちろん、日本語から来たことばだけど。

「ルカニンカ　フオー、ルカニンカ」のサケへがついたカムイ・ユカラを、あなたは頭のなかでたどり直してみる。大粒の涙を地上に落としながら、空を飛ぶ鳥は、ひょっとしてアオサギだったのか。あなたはふと疑ってみる。でもやっぱり、ちがう。あれは、オオハクチョウだったにちがいない。とくべつに体が大きくて、首の長い渡り鳥だったから、そして翼をひろげて空を飛ぶ姿がとりわけ美しく見えたから、アイヌのひとたちはカムイ・ユカラで、人間のように涙を流しながら空を飛ぶ鳥として、オオハクチョウをうたうことにした。そういえば、あのカムイ・ユカラのなかでも、わざわざ大きな鳥、白い鳥とうたっていたではないか。あなたは自分に言い聞かせる。だから、タンチョウヅルの可能性も低いだろう。タンチョウヅルだと、羽と首に黒い部分があり、白い鳥とは言い表しにくくなる。

涙をぽとぽと落とすオオハクチョウは、ふたりの兄と、妹娘の三人が乗る舟のうえをぐるぐるまわりつづけた。兄たちが自分の手で作り、美しい神々の彫刻で飾った舟だった。ふたりの兄はそれまで幼い妹を育てなければならなかったので、和人のトノとの交易に出かけることができなかった。妹が大きくなり、兄たちはいよいよ待望の交易に出発する。シカやクマの毛皮をたっぷりと舟に積み、女であるがゆえにとくべつトノからもらえる品々もあろうと期待し、妹も交易に連れて行くことにした。

海の真ん中に進むと、たくさんの白くて大きな鳥が群れを作って飛んできた。その先頭の鳥が涙を落としながら、舟に乗る兄たちと妹にことばを伝えた。

「ルカニンカ　フオー、ルカニンカ　おれも
ルカニンカ　フオー、ルカニンカ　交易しようと
ルカニンカ　フオー、ルカニンカ　出かけて
ルカニンカ　フオー、ルカニンカ　行ったのだが、
ルカニンカ　フオー、ルカニンカ　悪いトノの通辞が
ルカニンカ　フオー、ルカニンカ　毒の入った酒を
ルカニンカ　フオー、ルカニンカ　おれに呑ませて殺したので、
ルカニンカ　フオー、ルカニンカ　おれは死んでしまった。

ルカニンカ　フオー、ルカニンカ　おれの死魂が
ルカニンカ　フオー、ルカニンカ　（おれの村へ）帰るところなのだ。
ルカニンカ　フオー、ルカニンカ　決して汝たちも行くな！
ルカニンカ　フオー、ルカニンカ　急いで帰れ！
ルカニンカ　フオー、ルカニンカ　急いで戻れ！」

このことばを聞き、小さい兄はこわくなり、大きい兄は信じなかった。ふたりはかなり争ったが、大きい兄が勝ち、予定通り、舟を進めて、和人の町に着いた。兄たちは岸に苫《とま》小屋を作り、舟で運んだ品々を陸揚げして、刺繍のみごとな服に着替えてから、家が建ち並ぶ町に入った。大きな板屋のなかに入ると、和人の通辞が出てきたので、ふたりの兄は丁寧に挨拶をした。庭に一枚のむしろが敷いてあり、そこにふたりの兄は坐らされた。そして酒を振る舞われたので、その酒を飲む。すると、ふたりの兄はあっという間に毒で息絶えた。それを見てびっくりした妹は外に駆け出て、叫び声をあげる。……

渡り鳥のハクチョウは空を飛ぶ。でもたまには、空から落ちるハクチョウだってい

るにちがいない。翼を急に動かせなくなって、とまどううちに、まっすぐ海面に落ちていく。そんなとき、ハクチョウは恐怖を感じるのだろうか。仲間から置き去りにされる悲嘆におそわれるのだろうか。

　メマンベツでの夏、あなたはハクチョウの鳴き声に耳を傾ける。

　その夏、大型の飛行機がとつぜん迷走状態になり、山に落ちた。乗客のみなが思ってもいなかったとつぜんの事故。機内には夏休みのことと て、ひとり旅の男の子もいた。飛行機も落ちる。ハクチョウも落ちる。

「ピーターパン」のミュージカルに、ダアを連れていったことがある。見せ場はなんといっても、ワイヤーで吊られたピーターパンが客席のほうまで飛びまわるシーンだった。あなたはハラハラしながら、それを見ていた。大丈夫なんだろうか、ワイヤーが切れて、落ちたりはしないのだろうか。でもピーターパンは空を飛ばなければ、ピーターパンではなくなってしまうので、役者がどんなにこわく感じても、ワイヤーに吊るされて客席のうえを飛ばなければならない。万がいちにも事故が起きてはならないので、ワイヤーの安全性はしつこいぐらいに確認されているのだろうけれど。

　山手線の土手の柵をくぐり抜け、ザリガニ釣りをしていた男の子が、ある瞬間、線路まで落ちてしまい、不運にも、ちょうどそこに走ってきた車輛《しゃりょう》にはねられたことがあった。ダアの通っていた小学校の四年生の男の子だったか、五年生の子だったか。そのあと、山手線の土手には決して行かないように、と学校でも子どもたちに厳しく言い聞かせたのだろうが、あなたもダアにくり返し言った。あの土手に行っちゃダメだからね、柵がちゃんとあるでしょ、すごく危ないから、柵があるのよ、柵を越えたら、ダアも線路に落ちて、死んじゃう、絶対にあの土手には行かないで。

そう言い聞かせながら、この子は線路の側溝にたくさんいるというザリガニの誘惑に勝てるのだろうか、とあなたは不安だった。

交通事故に遭ったダアの同級生もいた。頭蓋骨が砕けてしまったが、さいわい生き延びることはできて、けれど頭を守るヘルメットのようなものをかぶりつづけなければならず、体の動きもぎくしゃくするようになった。あの子のこと、笑うやつがいるんだよ、とダアはあなたに訴えていた。ひどいよねえ。気持がわるい、近づくなって、あの子に言うんだよ。だから、ぼくはあの子の友だちになったんだ。

あなたはダアがいなくなってから、そうしたダアのことばを思いだす。体が不自由になった男の子についても考える。でも、あの子は死ななかった。今も生きているはず。どうして、ダアのほうがいなくなってしまったのか。

メマンベツでのあなたは、いつの間にか、七ヶ月後のあなたを飛び越して、さらに未来のあなたにすり替わっていく。

一年後のあなた。三年後のあなた。十年後、二十年後のあなた。ダアが当たり前にあなたのそばにいたころの記憶を呼び寄せようとしても、その後のあなたが入りこんできて、じゃまをする。メマンベツにいるあなたとダアの輪郭に、つぎつぎ未来の輪郭が降りそそいできて、もとの輪郭が見えなくなる。記憶の軸が融け消えていく。ハクチョウが空から落ちることもあるなんて、ダアがいなくなることもあるなんて、想像もしていなかったころのあなたとダアを取り戻すことができない。

それでもともかく、あの夏、今から二十六年前のメマンベツでは、あなたのかたわらに八歳のダアが温かい体で生きていたのだし、あなた自身はアオサギがこの原生林には多いと聞いて、「ルカニンカ　フオー、ルカニンカ」のカムイ・ユカラを思い、でも、あの歌でうたわれているのはオオハクチョウだったんだろう、と思ったのだった。

オオハクチョウのような渡り鳥がどこから渡ってきて、どこに去っていくのか、むかしのアイヌのひとたちはシベリアではなく、死んだひとたちが行く天上の世界を想像せずにいられなかった。死者のなかでも、心ならず死んでしまったひとたちが、真っ白な美しい鳥の姿に変わり、地上の空に戻ってきて、大粒の涙を落としながら、地上の人間たちにどうしても伝えておきたいことを伝えようとする。

たくさん泣くことで、もしダアがよみがえるのなら、いくらでも涙を流すけれど、どうしてもよみがえってくれないのなら、よけいな涙は流さない、いつごろのことだったのか、掃除をしながら、皿を洗いながら、道を歩きながら、気づかぬうちに涙を落としつづけていたあなたは思い決めた。悲しみと涙はべつのもの、ともあなたは思い知らされた。あなたには老いた母がいて、孫を失ったその母は、少なくともあなたには一度も涙を見せなかった。ダアに起きたことをなんとか母には隠しておけないものか。病院の霊安室であなたはもがきつづけていた。母をおそうはずの絶望に、あなたはおびえた。けれど母は白い布を顔にかけられたダアを見ても涙を流さず、口から声も洩らさなかった。じっとダアのかたわらに坐りつづけていた。

その母がいたから、あなたは生きつづける必要があった。涙はあなたの不意を突いて、ぽとぽとこぼれ落ちる。あなたはあわてて、その涙をせき止めようとする。自分の涙に、あなたは裏切られたような気がする。

何年も経ってから、あなたは母から聞かされた。母がダアを連れて、糖尿病で眼が見えなくなった姉を老人ホームに訪ねたことがある、と。子どものいないその姉の葬儀から一ヶ月経ったころだった。それとも、もっとあとだったのかもしれない。母も今から十年ほど前に他界している。あなたはダアを保育園に預け、小学生になってからは学童保育に預けていたが、母に預かってもらうことも多かった。

ある日曜日、あなたは所用でどこかに出かけ、母はダアとともに、東京の郊外にある老人ホームに電車に乗っていった。伯母は眼が見えないから、ダアに直接触って、どんな子か確認しないわけにはいかない。子どもにとってはくすぐったくて、いやだったろうけど、ダアはにこにこ笑って、触られるまま、じっとしていた。伯母は満足して、うん、いい子だ、と言った。ダアは伯母に歌をうたって聞かせた。糸まきまきではじまる「糸巻き」の歌だった。まあ、なんて楽しいんだろう。伯母が言うと、ダアはもうひとつ歌をうたった。それが驚いたことに、「夏は来ぬ」の歌だった。

あんたがダアにあの古い歌を教えたの？　ことばの意味なんか、まるでわからなかっただろうに。

母に聞かれ、あなたはうなずき、涙ぐんでしまった。母はつづける。

また、会いに来てくれる？　伯母が聞くと、ダアは、うん、いっぱい来るよ、と答えて、伯母に抱きついた。ぼくもおばあちゃんに会いたいから。

ダアからあなたはそんな話は聞いていなかった。あなたは思い浮かべる。郊外への電車で母と並んで坐るダア。駅から母と手をつないで歩くダア。老人ホームの部屋で、ちょっと恥ずかしそうにうたいだすダア。「夏は来ぬ」の歌では、最後の部分になると、ふしぎに必ず笑いたくなって、ダアといっしょにあなたも、なつうーはきぬう、と声をうねらせ、長く引っ張ってうたい、笑い崩れた。眼の見えない伯母と別れるとき、その体に抱きついたというダア。そんなダアもいたなんて。あなたは驚かされた。ダアはなぜ、その話をあなたにひと言も伝えなかったんだろう。あなたの眼にふたたび、涙がこみあげてくる。それは、どのようなたぐいの涙だったと考えればよいのだろう。

あなたはダアの遺骨を手放したくなかった。三月のまだひどく寒いころ、ダアの体は病院の霊安室に運ばれ、監察医務院にまわされ、マンションではなく母の家にいったん戻ってから、火葬場に運ばれ、骨になって、やっとあなたの手に戻された。春が来て、夏が来た。ダアの遺骨を置いた祭壇に、あなたは花を供えつづけた。夏には水がすぐに腐ってしまう。水の取り替えに追われながら、頻繁に花を買いに行くあなたは花屋に顔をおぼえられてしまい、あなたはべつの花屋に行くようになった。

夏が過ぎ、秋になり、冬になって、あなたはダアの遺骨にいつまでも執着しつづけることはできない、と気がついた。日中、あなたは仕事で外に出ている。留守中に大きな地震でも起きたら、遺骨は花瓶の花といっしょに床に落ちてしまう。へたをすると、床にダアの遺骨が散乱しかねない。あなたの住むマンションの外壁工事もはじまった。夜毎《よごと》の道路工事もつづいた。冬になっても、暖房でビル全体が暖まっているせいか、チャバネゴキブリは姿を消そうとせず、遺骨の箱のまわりにも這い回っていた。遺骨は収めるべき場所に収めなければいけない。でも、遺骨を収めるべき場所とは、どこのことなのだろう。菩提寺《ぼだいじ》の墓のなかには入れたくなかった。真っ暗な地下の石室などに、どうしてダアを閉じこめられるだろう。

いつでも遺骨を取り戻せそうな納骨堂なら、と思いつき、あなたは都内のいくつもの納骨堂を見てまわった。都営墓地のなかにある、古びた納骨堂。民間事業者の納骨堂。お寺で販売する納骨堂。キリスト教会の地下にある納骨堂。どこもめまいにおそわれるほど憂鬱な場所だった。友人知人にも尋ねた。

そのうち、知り合いのひとりが千葉にある納骨堂を紹介してくれた。そこからわずかながら海が見え、まわりにはたっぷり緑の木も生えている。地下ではなく、地上に建つ納骨堂だったので、日中、外の光が差しこむ窓もあった。おそらく虫が多く集まり、鳥も飛んでくるだろう。これなら、ダアはさびしい思いをしなくてもすむ。ダアがいなくなってからちょうど一年経ったころ、あなたはそこにダアの遺骨を収めさせてもらった。

ダアの遺骨を東京から運び、納骨堂に収めた日は、ひどい嵐になり、翌日、その嵐は大雪に変わった。あなたの母と弟は意固地になっているあなたになにも言わず、納骨のささやかな式に参加してくれた。ダアの父親もいた。ダアが生まれてから、ダアの父親は地方に単身赴任し、そのまま地方でひとり暮らしをつづけていた。

あるひとと恋愛をして、そのひとの子どもをどうしても欲しくなって、ひとりで子どもを産んでしまったんですって、とあなたはまわりで言われていた。どうしてそんな古くさい、恋愛ドラマのような筋書きを信じられるんだろう。それを知ったあなたは驚かされたものだった。子どもを産むってずいぶん簡単にできちゃうものなのね。そう言われたこともあった。はじめから、ひとりで子どもを育てるつもりでいたものの、とても単純な、けれど心理的にひどく入り組んだ人間関係のなかから、ダアは生まれた。ダアの父親がいつも、あなたとダアを見守っていた。それはダアの父親にとっても、あなたにとっても、決して簡単なことではなかった。

納骨のとき、あなたは「ジャッカ・ドフニ」の写真を持っていった。それまで家の祭壇に置いていた写真をなんの考えもなく、そのまま運んだだけだった。納骨堂を探し歩く日々に、あなたは疲れ果て、「ジャッカ・ドフニ」の写真、正確には、「ジャッカ・ドフニ」の前庭に作られた「カウラ」での写真を納骨堂に置く意味など考えようともしなかった。

大震災とそれにつづく原発事故のあと、六月になって、あるひとが息を引き取った。七十なかばの年齢から、十年来、ガンを病んでいたそのひとの家は、秩父に近い山のなかにあり、敷地には小川が流れている。ダアはその小川で思いきりたくさんのオタマジャクシを捕まえ、ウシガエルも捕まえた。

大震災が起こり、世の中は騒然としていても、こうして以前からの病気でひっそり死ぬひともいる。そんな凡庸な感慨を抱きながら、あなたは雨の夜、通夜に出かけた。通夜の会場で、ひとりの青年とその母親に出会った。亡くなったひとの家で泊まり合わせ、同じ年齢の子どもたちはいっしょに小川で遊んだことがある。といっても、青年については、すぐにだれなのかわからず、お久しぶり、と母親にまず挨拶をしてから、すぐ横に立つ青年を見て、ひょっとして、とあなたは驚いた声を出した。

ええ、そうよ、これがあの子よ。青年の母親は言い、青年はあなたにほほえみながら、頭を下げた。

まあ、そうなの、こんなに大きくなって、そりゃそうね、もうたしか、三十四歳になっているんですものね。あなたよりも背が高い、落ち着き払った青年のおとなっぽさにうろたえながら、あなたは言った。青年はあいかわらず、静かに笑っている。その笑顔がまぶしくて、青年から眼をそらし、母親と少し近況を伝え合ってから、それじゃ、と別れようとした。そのとき、あなたは思いきって振り向き、青年に尋ねてみた。

ねえ、あなたはダアとあの小川で遊んだときのこと、おぼえている？　もう忘れちゃった？

色が白く、か細い体だった八歳の少年の面影がすっかり消えている青年は、すぐになんのためらいもなく答えた。

もちろん、おぼえていますよ。はっきりと、細かいことまでおぼえています。あんなに楽しかったんですから、忘れるはずがありません。

そうなの、本当に？

疑い深く問いつづけるあなたに、青年はしっかりとうなずいた。

本当です。ぼくが死ぬときまで、ずっと変わらないと思います。子どものころの楽しかった記憶って、そういうものみたいですね。

あなたはうなずき返すだけで、なにも言えなくなった。

二週間ほど経って、あなたはそれまでいくつもの段ボール箱に入れて抱えつづけていたダアの服、おもちゃ、学校のノートや教科書、ランドセルから運動靴、ダアの部屋に散らばっていたがらくたとしか言いようのないものを整理しはじめた。青年の記憶にダアが刻みこまれているのなら、こんながらくたになんの意味があるというのだろう。ダアが眉をひそめ、お母さん、それ、気味がわるいよ、とささやきかけているように感じた。とっくにカビがはびこっているダアの下着やTシャツ、運動靴を、つぎつぎゴミ袋に詰めこんだ。それでもすべてを捨てることはできず、ダアの字や絵が残されているノート、作文類を中心に、段ボール箱ひと箱分は残したけれど。

そして夏になり、あなたはサッポロまで用事で行ったついでに、ダアがいなくなってから、二度と訪れる機会はないだろうと思いつづけていたアバシリまで行ってみるつもりになった。

…………

ルカニンカ　フオー、ルカニンカ　大きな鳥が
ルカニンカ　フオー、ルカニンカ　飛んでくるのを

ルカニンカ　フオー、ルカニンカ　（砂浜で泣きわめく）わたしが見ていると、
ルカニンカ　フオー、ルカニンカ　わたしの真上を
ルカニンカ　フオー、ルカニンカ　ぐるぐるまわり飛んで
ルカニンカ　フオー、ルカニンカ　いたが、
ルカニンカ　フオー、ルカニンカ　わたしを爪でつかんで
ルカニンカ　フオー、ルカニンカ　宙へ飛び上がらせた。……

メマンベツの原生林を抜けてから、あなたたちはアバシリに向かい、原生花園に行ってみた。

学生のころ、あなたはアバシリを訪れたことがある。ハクチョウがこれからシベリアに戻る前に飛んでくると聞いて、学生のあなたは路線バスに乗ってトウフツ湖に行ってみた。ハクチョウはまだ来ていないと知りながら、その飛来地を見届けておきたかった。春さきのトウフツ湖も原生花園も静かに凍りつき、白く平坦なひろがりのなかで、どこがトウフツ湖で、原生花園なのか、あなたには見分けがつかなかった。

ハクチョウなどいなくても、流氷がなくても、あのひろがりをダアに見せておきたい。都会に生まれ、都会に育たなければならないダアなので、人間を圧倒する、あの

ひろがりを体感させてやりたい。あなたはそのように願わずにいられなかった。メマンベツの原生林からそこまで行くのに、かなりの時間がかかった。ダアが車に酔うおそれがあるので、のろのろと車を走らせてもらい、さらに途中で休憩も取る必要があった。

原生林を抜けるとたちまち、真夏の強すぎる日差しに、あなたたちはさらされた。トウフツ湖にようやく着いてから、あなたはダアを連れて、車の外に出た。湿地帯のそのあたりには、影を作る木がまったく生えていない。せっかくここまで来たのだから、とあなたは歩きはじめる。強すぎる光のなかにいると、極端に視野が狭くなる。気がつくと、足もとだけを見つめていて、顔をあげる気にもならなかった。あなたが期待したひろがりなど、眼のなかの暗がりに消え失せている。黙りこくって、少し歩き、それからあなたたちは車に戻った。道ばたでソフトクリームを売っていたので、あなたはそれを三つ買い、ダアと田川さんに配り、自分も車のなかでソフトクリームをなめはじめた。

――なんだって、こんなに暑いんでしょう。東京よりずっとこちらは涼しいと思っていたのに。

あなたはグチっぽく、田川さんに言う。ダアを疲れさせるために、ここまで来たようなことになってしまい、しかもダアはなにも不満を言わないので、あなたはうしろめたい思いになっていた。

——夏だからなあ、そりゃ暑いさ。

田川さんはのんきな声で答える。

アバシリの町に行き、昼食なのか、夕飯なのか、よくわからない食事を取って、牛乳とパンを翌朝用に買い求めてから、ふたたび、のろのろとメマンベツの「別荘」に戻った。

その日は汗まみれになった体がいくらなんでも耐えられなくなり、風呂場でダアといっしょに洗い流し、それからすぐに、あなたとダアは深い眠りに落ちた。ビート畑のはしっこにある「別荘」は、静寂の魔法の砂に包まれていた。

翌日、あなたたちは荷物をまとめ、急いで朝食代わりのパンを食べてから、迎えに来てくれた田川さんの車に乗った。田川さんはそのとき、アマガエルのたくさん入った虫籠を、ダアに渡した。前日、ダアの虫籠を田川さんは預かり、あした来るとき、アマガエルをこれに集めといてやっから、と言った。その約束を、田川さんは守ってくれたのだ。ダアにとって、その旅行でいちばんうれしい瞬間だった。

メマンベツ空港なら、すぐに着く。けれど、あなたはアバシリまでもう一度、車を走らせてもらった。すでに切符を買い求めている飛行機は夜六時の便なので、それまで、だいぶ時間がある。あなたはそろそろ田川さんから解放されたくなっていた。ダアとふたりだけで、少しアバシリを楽しみたい。アバシリ駅で田川さんと別れ、喫茶店で一休みしてから、今度は本物のタクシーに乗って、市内の博物館に行ってみた。ヒグマの剝製があなたたちを迎えた。それから、「ジャッカ・ドフニ」を訪れ、ゲンダーヌさんがちょうどそこにいたので、ほんのわずかばかり、話を交わした。あなたたちの写真を、ゲンダーヌさんが撮ってくれた。そのときから一年と七ヶ月後、納骨堂のためにあなたが運んだ写真。

郊外の丘に建てられた「キリシエ」の存在を、「ジャッカ・ドフニ」ではじめて知ったので、あなたたちはそのあと足を延ばして、戦争の犠牲になったサハリンの少数民族のひとたちのために手を合わせた。

もっと北のほうにサハリンという大きな島があって、そこに住んでいたウィルタ、ニブヒというひとたちも日本の戦争に兵隊として使われて、死んじゃったんですって。

あなたはダアに説明した。

これはそのひとたちのタマシイを慰めるために、さっき写真を撮ってくれたおじさんが建てたの。おじさんにとっては、みんな子どものころからよく知っている友だちだったから。おじさんは生き残ったけど、日本の戦争で死んじゃった友だちが、おじさんには忘れられなかったから。

いくら訴えを起こしても、戦後の日本は三十名以上の、当時の南樺太にいた少数民族の青年たちを、正規の日本兵として認めないままでいる。生き残ったゲンダーヌさんとしては、樺太の日本領に生きていた、それだけの理由で、日本軍に使い捨てられたという悔しさと情けなさを、せめて慰霊碑の形で残さずにいられなかった。あなたはそうしたいきさつを、「ジャッカ・ドフニ」に掲示してあった写真入りの説明文ではじめて知った。

ゲンダーヌさんより年上の田川さんもそう言えば、戦争のとき、召集されて、千島列島のどこかに送りこまれたのだった。戦後になってアバシリに住みついたウィルタのゲンダーヌさんについて、田川さんはどれだけ知っていたのだろう。知らなかったはずはない。けれど田川さんは、いくら「駆け落ちもん」の息子だとはいえ、生まれたときから日本の国籍を持つ日本人だった。したがって、おそらく軍人恩給をごく当たり前に受けとっていたのだろう。ウィルタのゲンダーヌさんが軍人恩給を求めて裁判まで起こしたという報道を、もしかしたら田川さんは冷ややかに、遠くから見ていたのかもしれない。

メマンベツの原生林で苦しい生活をしていても、おいらたちはアイヌとちがう、という誇りを持っていた。まして南樺太のウィルタだの、ニブヒだのは、そりゃ正式な帝国軍人になるのはむりってもんだよ。戦後、日本国籍をもらえて、アバシリに住めるようになっただけでもありがたいと思えねえもんかね。そう感じていたのかもしれない。だから、あなたが「ジャッカ・ドフニ」についてなにか言ったとき、田川さんは気にくわないという表情をちらっと見せ、それに気がついて、あなたは田川さんと別れてから、「ジャッカ・ドフニ」に行くことにした。

戦後に生まれたあなたには想像がつかないことだけれど、北海道のアイヌのひとたちも日本の軍人になって日本のために戦うことで、隠れもない日本人だと認められる、そのように期待して、むしろ自分から進んで軍の召集に応じたという。そしてゲンダーヌさんのような南樺太の少数民族の少年、青年たちも現地召集されて、すでにりっぱな日本軍人となっているアイヌを見習え、南の「高砂族《たかさご》」に負けない勇気を示せ、などと上官から言われると、おれたちも日本軍人になるんだ、と高揚した気分になった。

弱い立場の人間は、少しでも強い立場に立とうとする。ところが、強い立場の人間は弱い立場に関心を持とうとはしない。弱い立場の人間は口を閉ざしていればいいいんだ、としか思わない。

ダアがいなくなってからしばらくして、あなたはまわりのひとたちの、子どもを失ったかわいそうな母親とはどんな様子なのかと知りたがる視線を感じはじめた。もし笑顔を見せたら、子どもを失っても笑うのか、それでも母親なのか、と責められそうな視線だった。仕事を再開すれば、なんてあなたは強いひとなの、わたしだったら耐えられないけど、などとわざわざ言ってくるひともいた。このひとは自分の繊細さを自慢したいのだろうか、そのようにしかあなたには感じられなかった。

二十六年後のあなたはそのときの思いを、ウィルタとしてこれからは生きると心を決めたときのゲンダーヌさんに重ね合わせようとする。ゲンダーヌさんの場合は、日本全体を相手にしていたのだから、はるかに孤独で、悩ましく、非難する声も大きかったにちがいないけれど。同じウィルタのひとたちにも、アイヌのひとたちにも、黙っていれば、ふつうの日本人として生きられるものを、と反撥するひとがいた。黙っていれば、痛い思いをしなくて済む。黙っていれば、少なくとも、仲間はずれにはならずに済む。黙ってさえいれば……。

…………

ルカニンカ　フオー、ルカニンカ　（それから）飛びに飛んで
ルカニンカ　フオー、ルカニンカ　わたしの家の浜への下り口の……
ルカニンカ　フオー、ルカニンカ　砂浜のうえに
ルカニンカ　フオー、ルカニンカ　投げ下ろされた。
ルカニンカ　フオー、ルカニンカ　神さまの物言う声が
ルカニンカ　フオー、ルカニンカ　凜然《りんぜん》とひびいて、
「ルカニンカ　フオー、ルカニンカ　悪い女！
ルカニンカ　フオー、ルカニンカ　醜い女！
ルカニンカ　フオー、ルカニンカ　なんのために
ルカニンカ　フオー、ルカニンカ　汝だけを
ルカニンカ　フオー、ルカニンカ　助けたのだろう？」

えらい神は轟音《ごうおん》とともに飛び去り、あとに残された妹娘は砂浜でいつまでも泣きつづけていた。すると、沖のほうから鳥が飛んできて、妹の頭上を飛びまわって、涙をこぼし、妹にことばを伝える。……

樺太の南半分が日本領になったのは、明治三十八年なので、田川さんは日本領の時代しか知らなかったことになるし、「オタスの杜」と呼ばれた先住民居留地が作られたのは大正十五年で、メマンベツの原生林で暮らしていた田川少年は遠いところのうわさとして聞きかじっていたかもしれないが、毎日の生活に追われていれば、南樺太の事情などには無関心なままだったろう。

一方のゲンダーヌさんは南樺太のタライカ湾に注ぐポロナイ川の岸辺、サチというウィルタの集落で生まれた。アイヌと同じように、ウィルタの文化も文字を持たないので、いつ生まれたのか自分たちの記録はなく、正確な生年月日はわからない。日本の「土人係」による聞き取り調査で大まかに記録された「原住民名簿」が戸籍の代わりになる唯一のものだった。それをもとに、ゲンダーヌさんたちは日本の特務機関に召集され、戦後には、日本の戸籍を持っていなかったという理由で、軍人恩給を支払われなかった。

日本時代の南樺太には、三百人ほどのウィルタが住んでいたらしい。アイヌのほうがずっと多くて、千五百人以上居住していたという。南樺太にはほかに、以前はギリヤークと呼ばれていた漁猟生活を営むニブヒも住んでいたし、ヤクート、エヴェンキ、ウデへなども少数ながら住んでいた。

四、五歳のころ、ゲンダーヌさん一家は「オタスの杜」に移住した。母親は眼が見えず、幼いゲンダーヌさんと兄とが両側から母親の手を引き、船からおりた。「オタスの杜」の空気を体で感じとるためだったか、まず母親は顔を空に向け、それから、ゆっくりまわりに顔を向けて、一歩一歩、新しい土地を歩きはじめた。その母は早くに死んでしまった。

タライカ地方ではすでに日本人による開発が進み、製材所や缶詰工場、製紙工場などが作られ、トナカイ遊牧民であるウィルタは事実上、遊牧生活ができなくなっていた。役所からは移住を迫られつづけ、「オタスの杜」にいやでも移らないわけにはいかなかった。魚を捕るのも、木々を伐るのも、日本の役所によって厳しく管理されていた。そこは川のなかの三角州のような場所で、その一部はトナカイ苔の生えるツンドラ地帯だったものの、大半は砂地の土地だった。夏ともなると、日本からたくさんの観光客や研究者が訪れた。

ゲンダーヌさんは、この「オタスの杜」に移ってから、息子のいなかった伯父ゴルゴロの養子になった。サマ（シャーマン）だったその養父から、ゲンダーヌさんはウイルタが失ってはならないさまざまな、たいせつな考え、習慣を教えられた。「ジャッカ・ドフニ」に収めた展示品のひとつひとつも、もし養父がいなかったら、再現することができなかったにちがいない。養父ゴルゴロは言った。オタスはトナカイを飼うための囲い場と同じで、ドジンをそこに放りこんで見世物にする、シシャ（日本人）が珍しがってドジンを見にくる、と。囲い場に作られた「土人教育所」では、カミサマであるテンノウヘイカの子になれ、と子どもたちに教えた。

ウィルタはモンゴルなどの遊牧民と同様に、天そのものを崇《あが》める。地上のすべてのものは、天、つまりボオからの授かりもので、みんなで共有し、分かち合う。ウィルタには定住の習慣もないし、精神的な支えとしてサマはいても首長はいない。ボオには、人間や動物などに宿るそれぞれのカミサマも住んでいる。ボオは、だれかがムチで教えて、理解できるようなものではない。人間であれば、いつの間にか、ボオについて考えるようになる。けれど、テンノウヘイカについては、シシャがムチで教える。そして、テンノウヘイカは写真に写っている。写真に写るカミサマなどいるのだろうか。少年ゲンダーヌが養父ゴルゴロに聞いても、ゴルゴロはなにも答えなかった。おそらく、答えたくなかったのだろう。

ポロナイ川を渡る小さなポンポン船の船長を務めていた少年ゲンダーヌは、十八歳ぐらいで日本の兵隊になった（と信じていた）。樺太のソ連との国境あたりで敵の偵察や射撃訓練、ツンドラ地帯の移動訓練などをさせられた。そのうち、仲間のひとりが偵察行動をしているとき、ソ連兵に頭を撃たれ死んだ。けれどその死は「病死」とされた。「戦死」したらカミサマになって、シシャのヤスクニというカミサマの家に祀《まつ》られる、そうゲンダーヌさんたちは聞かされていた。そのためにはもし、敵の弾に当たったとしても、死ぬ直前に、テンノウヘイカバンザイ、と上官に聞こえるようにちゃんと叫ばなければならないらしい。けれど、そんなことができるものだろうか。ゲンダーヌさんたちは首をかしげ、その疑問が消えることはなかった。

日本の敗戦後、ゲンダーヌさんたちはソ連軍に逮捕され、ヤポンスキーの「戦犯」として刑期八年を言い渡され、シベリアの内陸にあるラーゲリに送られた。刑期を終えると、今度は「地方人」として新しい集落作りに従事しろ、との命令を受けた。二年近く経って、とつぜん、仲間といっしょに釈放になった。ハバロフスクまで列車でたどり着いたところで、ゲンダーヌさんはすでにソ連領になっているサハリンに戻るべきなのか、日本に行くべきなのか悩んだ。けれど、「日本兵」だったからこそ、十年近くものあいだ、シベリアで働かされていたのだ。ゲンダーヌさんはナホトカから、「北川源太郎」として日本の引揚船に乗りこんだ。

日本に「戻った」ゲンダーヌさんはアバシリに住みはじめたが、まず日本の戸籍を作らなければならなかった。戸籍がなければ、働くこともできない。ゲンダーヌさんは戸籍を作る申し立てを家庭裁判所に行い、一ヶ月後にようやく戸籍を作る許可が下りた。その書類を作るとき、「南樺太のドジン」ウィルタであることを隠すため、自分と父の日本名を書き記し、日本名を拒みつづけた亡き母には元より日本名がなかったので、迷ったあげく、母親の欄には「不詳」と書いた。

「北川源太郎」は日本の戸籍を得てから、日雇い労働者としてアバシリで働きはじめた。やがて、サハリンに残っていた家族をもアバシリに呼び寄せた。それでもあいかわらず、ウィルタであることを隠しつづけていた。日本に暮らすことになったウィルタはたがいに、ヒミツを守り合い、早く日本人になりきろうと努めた。「ドジン」扱いされることに、だれもがおびえていた。

戦後、ソ連領になったサハリンでは、朝鮮人は解放されたが、タライカ地方の少数民族は解放されなかった。スパイの家族だろう、とロシア人に疑われる日々におびえ、日本に渡って、息子や夫がシベリアから戻る日を待つ女性たちもいた。

ニブヒの友人の母親は、アバシリで息子の帰りを待ちつづけていた。子どものころからゲンダーヌさんと仲が良かったその友人は真冬の伐採作業中に栄養失調で倒れ、目覚めることなく眠りつづけ、そのまま息絶えた。雪解けを待ってから、ゲンダーヌさんはウィルタの友人とともに、遺体を埋葬した。一ヶ月後に、その友人も栄養失調で死んだ。アバシリで息子の帰りを待っていたニブヒの友人の母親は、シベリアから戻ったゲンダーヌさんの話を聞き、涙とともにはじめて息子の死を受け入れた。

クシロでは、昔話の巧みな語り部であるウィルタの母親が、息子を待ちつづけていた。十三歳で召集され、十五歳からシベリアのラーゲリで十年働かされた息子は、クシロの母のもとに戻ってきた。けれど栄養失調になっていて、なにを食べても吐きもどし、ひとりで歩くこともできない。やせ細って、ただ寝てばかり。そして息子は、シベリアにおれは帰る、おれには日本は合わん、シベリアでかわいい娘と結婚の約束もした、シベリアはボオが近い、ボオのそばにいられるから、ウィルタになれる、そう言いながら、骨だけになって、死んでしまった。

また、サハリンに留まった女性たちもいた。ゲンダーヌさんの義妹は結婚相手が死んだと思いこみ、朝鮮人と再婚し、三人の子どもの母親となった。ところがそこに死んだはずの、もとの夫が戻ってきた。栄養失調のため、片目を失っていた。義妹はいたたまれず、日本に三人の子どもとともに移住してしまった。

ゲンダーヌさんの兄嫁もサチに残っていたが、まわりの勧めで再婚した。戦後、もとの夫が戻ってきたとき、山に逃げこみ、その後、精神を病んでしまった。

アバシリの冬は長い、サハリンの冬はもっと長い。冬のあいだ、タライカ湾に注ぐポロナイ川は凍結し、子どもたちは手作りのスケートで遊ぶ。ひとびとは歩いて、あるいは、トナカイや犬が引くソリで、川を渡る。春になり、その氷が解けはじめるころ、ゲンダーヌさんは生まれた。

子どもたちにとって、解けはじめた氷のうえでスケートをするのは、とりわけおもしろい遊びだった。薄くなった氷が割れ、毎年何人かが水に落ちてしまう。ゲンダーヌさんも二度落ちたことがある。穴に落ちたら、アザラシのように頭だけを出して、動かずに助けを待つ。へたに動けば、穴がひろがって、取り返しのつかないことになる。

ポロナイ川の水が流れはじめると、オオハクチョウが数百羽、南から飛んできて、川の水面を埋め尽くし、にぎやかに鳴き交わすようになる。オオハクチョウは体が重く、翼も大きいので、空に飛び立つとき、川の水を撥《は》ね散らし、羽ばたく翼の音もばさばさとあたりにひびき、そこにクォー、クォーという鳴き声も重なって、かなり騒々しい。やがてそのオオハクチョウの群れは、シベリアのほうに飛び去っていく。

アイヌのカムイ・ユカラのように、ウィルタにもオオハクチョウに死者の魂を託した物語が語りつがれているのだろうか。ゲンダーヌさんはオオハクチョウの飛ぶ姿をアバシリで見るたび、シベリアで死んだ仲間を思っていたのだろうか。あるいは、子どものころのかなり危険なスケート遊びをなつかしみ、早くに死んだ実母、養母、そして当時の遊び仲間だった少年たちの、元気いっぱいの笑顔を偲《しの》んでいたのだろうか。

帰りの飛行機のなかで、ダアにどれだけ、ゲンダーヌさんについて話をしたのか、あなたには思い出せない。

あのおじさんはウィルタのひとで、ウィルタは角がりっぱなトナカイを飼っていたひとたちなのよ。トナカイは知ってるでしょ、サンタさんのソリを引っ張るトナカイ。凍った土の表面に生えるコケ類しか、トナカイは食べないし、そのコケはすぐになくなっちゃうから、コケを食べさせるために、移動をつづけなければならないの。さっき、わたしたちが写真を撮ってもらったのが夏の家で、あれは簡単に片づけることができて、組み立てるのも簡単。春になると、サハリンの川には大きなハクチョウが何百羽も南から飛んできたんですって。

それから、涙を流すオオハクチョウがうたわれるカムイ・ユカラの物語を、あなたはダアに教えたのかもしれない。オオハクチョウはとても美しい鳥なので、天国とこの世界を結ぶとくべつな鳥だと見られていた。なかでも、心ならず死んでしまった人間の魂はオオハクチョウに姿を託し、この世界の空を飛びながら涙を落とす。そして、地上に残された愛着深い家族や恋人に自分の思いを伝えようとする、そんなオオハクチョウの歌を。

　　…………

「ルカニンカ　フオー、ルカニンカ　わたしの妹よ！
ルカニンカ　フオー、ルカニンカ　今はもう
ルカニンカ　フオー、ルカニンカ　ほんとうに
ルカニンカ　フオー、ルカニンカ　毒の酒を呑まされた
ルカニンカ　フオー、ルカニンカ　とあとで知ったが、
ルカニンカ　フオー、ルカニンカ　死んでしまって
ルカニンカ　フオー、ルカニンカ　そのわたしのたましいが
ルカニンカ　フオー、ルカニンカ　こうして汝のところへ来た」

鳥のことばはつづく。
おまえがだれかと結婚したら、最初の子はわたしの子として、二番目の子は弟の子

としてくれ、そうしたらわたしたちの血筋はつづくのだから。

ことばを伝え終えても、うえの兄の魂である鳥は、妹を地上にひとり残しては飛び去りがたいのだろう、空をまわりつづけていたが、やがて川上のほうに飛び去っていった。

悲しみよりも、痛みよりも、後悔の思いは、人間の心からいつまでも消えないものらしい。

あなたはダアがいなくなってから、後悔の分厚い渦に取り囲まれてしまった。あまりに分厚い渦なので、渦の外に出ることができない。なぜ、すばらしい青空がひろがっていたあの日曜日の夕方、ダアをひとり残して、たとえ、たったの二、三時間だったにせよ、外出してしまったのか。なぜ、ダアを連れていこうとは思わなかったのか。なぜ、マンションのベランダに出たらだめよ、と言わなかったのか。なぜ、もっと早く戻らなかったのか。十分早く戻っていれば、ダアは死なずに済んだかもしれないのに。そもそも、なぜ、マンションの九階に住むことにしてしまったのか。部屋を選ぶとき、ベランダなどのない、一階の部屋を選んでさえいれば。

あなたは自分がダアにつけた名前もよくなかったか、と後悔した。ダアの星座が獅《し》子座《しざ》だと知り、きっと運の強い子なんだと喜んだ自分を後悔した。ダアをなぜ、あんなに叱ったのだろう、と後悔した。お箸の持ち方がちがうでしょ。顔をちゃんと洗って。ランドセルをそこらへんに投げださないで。ヒキガエルを部屋に持ってこないで。

ダアを連れて、母親のもとに戻っていれば、とあなたは後悔した。ひとりでダアを育てるなど、やはり自分の能力を超えたことだったんじゃないか、と後悔した。ダアに執着しすぎて、このままではダアがいくつになっても離れられなくなるかもしれないなどと、なぜ、つまらない不安を感じていたのだろう、もっともっと甘やかして、自分のそばから放さず、好きなものを好きなだけ与えてやればよかった、と後悔した。

ベランダで夕方の青空を見つめるダアのうしろ姿が、何百、何千、何万とくり返し、あなたにおそいかかってくる。夕方の青空にオオハクチョウが白い翼をひろげて飛んでいく、そのさまに、ダアは見とれる。天国と地上を結んで、自在に飛ぶ、とても美しい鳥。

オオハクチョウが飛んでいく。ダアも飛ぶ。けれど、オオハクチョウだって、空から落ちるときがある。飛行機だって落ちるときがある。オオハクチョウのように空を飛ぼうとしたダアも、空から落ちていく。ダアといっしょに、あなたも落ちていく。落ちつづける。

…………

ルカニンカ　フオー、ルカニンカ　（その後、家に）わたしは帰って来て、
ルカニンカ　フオー、ルカニンカ　二度身もだえ泣き
ルカニンカ　フオー、ルカニンカ　三度泣き身悶《みもだ》えし
ルカニンカ　フオー、ルカニンカ　つづけて、
ルカニンカ　フオー、ルカニンカ　悲嘆していたが
ルカニンカ　フオー、ルカニンカ　悲嘆しているあいだに
ルカニンカ　フオー、ルカニンカ　心を弱め
ルカニンカ　フオー、ルカニンカ　気力も失い、
いつも、今も、わたしは悲しみにくれつづけているのです。

……このように人間の女が自分の身の上を物語った。

〔下巻に続く〕

本書は、二〇一六年五月、集英社より刊行された『ジャッカ・ドフニ　海の記憶の物語』を文庫化にあたり、上下二巻として再編集しました。

初出
「すばる」二〇一五年一月号〜八月号（四月号休載）

# 集英社文庫 目録（日本文学）

# 集英社文庫　目録（日本文学）

# 集英社文庫　目録（日本文学）

長沢樹　上石神井さよならレボリューション
中島敦　山月記・李陵
中島京子　ココ・マッカリーナの机
中島京子　さようなら、コタツ
中島京子　ツアー1989
中島京子　桐畑家の縁談
中島京子　平成大家族
中島京子　東京観光
中島京子　かたづの！
中島たい子　漢方小説
中島たい子　そろそろくる
中島たい子　この人と結婚するかも
中島たい子　ハッピー・チョイス
中島美代子　ら　も　中島らもとの三十五年
中島らも　恋は底ぢから
中島らも　獏の食べのこし
中島らも　お父さんのバックドロップ
中島らも　こらっ
中島らも　西《さい》方《ほう》冗《じょう》土《ど》
中島らも　ぷるぷる・ぴぃぷる
中島らも　愛をひっかけるための釘
中島らも　人体模型の夜
中島らも　ガダラの豚Ⅰ～Ⅲ
中島らも　僕に踏まれた町と僕が踏まれた町
中島らも　ビジネス・ナンセンス事典
中島らも　アマニタ・パンセリナ
中島らも　水に似た感情
中島らも　中島らもの特選明るい悩み相談室　その1
中島らも　中島らもの特選明るい悩み相談室　その2
中島らも　中島らもの特選明るい悩み相談室　その3
中島らも　砂をつかんで立ち上がれ
中島らも　こどもの一生
中島らも　頭の中がカユいんだ
中島らも　酒気帯び車椅子
中島らも　君はフィクション
中島らも　変！！
中島らも・小堀純　せんべろ探偵が行く
長嶋有　ジャージの二人
中園ミホ・古林実夏　ゴースト　もういちど抱きしめたい
中谷巌　痛快！経済学
中谷巌　資本主義はなぜ自壊したのか　「日本」再生への提言
中谷航太郎　くろご
中野京子　芸術家たちの秘めた恋　―メンデルスゾーン、アンデルセンとその時代
中野京子　残酷な王と悲しみの王妃
中野京子　はじめてのルーヴル
長野まゆみ　上海少年
長野まゆみ　鳩《はと》の栖《すみか》
長野まゆみ　若葉のころ

集英社文庫

ジャッカ・ドフニ　海《うみ》の記憶《きおく》の物語《ものがたり》　上《じょう》

2018年 2 月25日　第 1 刷　　　定価はカバーに表示してあります。

著　者　津島佑子《つしまゆうこ》
発行者　村田登志江
発行所　株式会社 集英社
東京都千代田区一ツ橋2-5-10　〒101-8050
電話　【編集部】03-3230-6095
【読者係】03-3230-6080
【販売部】03-3230-6393（書店専用）
印　刷　大日本印刷株式会社
製　本　ナショナル製本協同組合

フォーマットデザイン　アリヤマデザインストア　　マークデザイン　居山浩二


ISBN978-4-08-745702-5 C0193